LE DÉSIR DE L'ALPHA

RENEE ROSE

LEE SAVINO

Traduction par

MARINA HAVEN

Édité par

ELLE DEBEAUVAIS

Midnight
ROMANCE

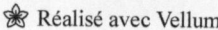

https://BookHip.com/QQAPBW

CHAPITRE 1

 *ared*

Trois mois que je fantasme sur cette humaine. Je sais, pauvre moi, pas vrai ? Essayez de dire ça à ma bite quand cette fille est sur le podium, dans son short minuscule, en train de faire une danse suggestive pour tous les clients de la boîte de nuit de mon alpha.

Angelina. Cette pile électrique rousse qui, à elle seule, a fait de l'Éclipse *le* club branché de Tucson le samedi soir.

Et un connard vient de poser la main sur sa cuisse.

Je me fraie un chemin à travers la foule dans la salle, prêt à fracasser des crânes. Heureusement pour moi – et dommage pour le trouduc peloteur – c'est mon boulot.

Des vagues de chaleur émanent des danseurs. La musique est assourdissante. Les clubbeurs s'écartent pour faire de la place à ma silhouette massive. Presque cent kilos de muscles couverts de tatouages. Peu de gens la ramènent devant moi, ou face à n'importe quel videur de l'Éclipse.

On n'a même pas besoin de se servir de notre force métamorphe pour avoir le dessus.

Garrett n'apprécie pas que ses videurs se montrent trop agressifs, mais je suis incapable de me réfréner lorsque je vois qu'Angelina est agacée par l'insistance des mains baladeuses du client.

Je m'interpose entre le podium sur lequel danse Angelina et l'homme avant de croiser les bras, principalement pour me retenir de refermer mon poing autour de son fragile cou humain.

« Oh là, oh là ! » Il lève les bras d'un air offensé, comme si ma réaction était excessive.

« Pas touche aux danseuses. Si tu recommences, je te vire.

— Ça va, c'est bon. Pfou, je lui disais juste bonjour. »

Sur un ton de défi, je lance : « T'as un problème ? » Bien sûr, j'espère qu'il répondra par l'affirmative. Effacer son attitude hautaine serait presque aussi satisfaisant que recevoir le regard reconnaissant d'Angelina.

Viens avec moi dans la réserve après la fermeture et je te laisserai me remercier comme il faut.

Tu parles, j'aimerais bien. Ce n'est pas comme si elle ne m'avait pas fait comprendre que je lui plais. Ce n'est pas non plus comme si je n'avais pas baisé au moins une centaine d'humaines dans cette réserve depuis l'ouverture de l'Éclipse.

Mais celle-là me plaît un peu trop.

De plus, les relations avec les humaines sont interdites. Du moins, elles l'étaient jusqu'à ce que Garrett décide d'en prendre une pour compagne.

Et de toute manière, elle est beaucoup trop bien pour moi.

Son visage lisse est ravissant et passionné. Elle étudie la

danse à la fac. Elle ne pourrait pas être plus élégante et innocente.

Quant à moi, j'aime les motos et les tatouages.

Et je suis un métamorphe.

Clairement pas le mec pour elle. Et si je me contentais de posséder son petit corps sexy ? Ça rendrait le sexe avec ses futurs partenaires insipide.

Ce n'est pas pour me vanter, mais je fais attention à ce qui plaît à une fille. Je suis dominant et brutal, aucun doute là-dessus, mais je ne force personne et je ne leur fais jamais de mal. Je les amadoue jusqu'à ce qu'elles s'abandonnent puis je leur montre comment baise un loup.

Trey appelle ça la *Jaredisation*. Une fois qu'une fille y a goûté, elle revient toujours pour en avoir plus. Et quand je dois mettre un terme à notre relation, elle est blessée. Angelina ne mérite pas ça.

Le goujat recule, une attitude plus intelligente que sa réaction initiale. « Non, pas du tout. Eh beh. » Il secoue la tête et s'éloigne, disparaît parmi les clients dans la salle.

Je lève la tête vers Angelina. « Ça va, ma belle ? »

Putain, elle fait courir ses doigts sur mon crâne rasé, et son large sourire révèle une profonde fossette sur sa joue. « Merci, crie-t-elle pour se faire entendre par-dessus la musique. Tu assures. »

Le dernier tube de Lady Gaga commence à passer. Angelina se met à sautiller, visiblement ravie par le choix du DJ. « Wouhou ! »

Je reste là à la regarder en souriant comme un idiot. Cette fille m'attire comme un aimant.

Je vois ses yeux pétiller juste avant qu'elle s'approche de moi. Elle soulève une jambe, la pose sur mon épaule et secoue son poing en l'air.

Bordel de merde. Mes mains remontent dans son dos pour

la maintenir tandis qu'elle bouge son bassin et danse sur mon épaule.

Du moins, je crois qu'elle danse. Mon cerveau me dit que c'est ce qu'est cette activité, mais ma bite est certaine qu'elle a envie de se faire baiser. Surtout si l'on considère que sa chatte est à quelques *centimètres* de mon visage.

J'enfonce mes dents dans l'intérieur de sa cuisse.

Elle pousse un cri et agrippe mon crâne à deux mains, ce qui fait juste penser à mon sexe qu'elle en veut plus.

Ouais, ça ne va pas marcher. Si je ne la repose pas sur le podium tout de suite, ma bouche va vouloir se faire plaisir malgré le petit morceau de tissu qui se tient entre sa douce chatte et moi.

Je me penche, la laisse glisser à regret de mon épaule et remonter sur son perchoir. Je ne peux m'empêcher de donner une tape à son cul irrésistible avant de tourner les talons et de m'éloigner.

Je ne me retourne pas – je ne *peux pas* – mais je suis satisfait de savoir que j'ai laissé une marque nette sur la peau nue qu'elle secoue pour tout le monde ce soir.

Sérieusement, je vais peut-être devoir lui demander de venir avec le cul couvert la semaine prochaine.

Non. Je ne peux pas.

A) Les minishorts qui ne couvrent que la moitié des fesses des filles sont à la mode. Toutes les étudiantes en portent. Et

B) Les go-go danseuses et leurs culs exquis font partie des raisons pour lesquelles le club est plein tous les samedis soir. Et ce n'est pas comme si j'avais mon mot à dire sur leurs tenues ou sur leurs chorégraphies.

C'est le spectacle d'Angelina. Son projet, sa proposition, son exécution. Elle a amené une troupe de danseuses et elles ont mis le feu dans le club.

Si seulement chacune de ses performances ne me laissait pas avec les couilles douloureuses...

~.~

Angelina

Oᴴ, grand Dieu.

Jared, le videur musclé et tatoué avec une attitude sombre et séductrice, m'a rendue toute chose. Mes fesses brûlent là où il les a frappées et je n'ai pas besoin de regarder pour savoir qu'il a laissé une grosse trace écarlate visible de tous.

Je maudis mon teint pâle de rousse lorsque je sens le rouge me monter aux joues, car je me doute que tout le monde peut le voir.

Je le regarde s'éloigner dans la foule, déçue qu'il ne se retourne pas une seule fois. Cet homme est beau. Un parfait spécimen de virilité brute. Il a des manières bourrues et des tatouages, mais il a assez de charme pour rendre sexy sa présence intimidante.

Ouah, et cette petite démonstration de force avec le type qui me collait ?

Ça m'a excitée direct.

Je tourne la tête pour attirer l'attention des deux danseuses qui m'accompagnent ce soir et on se lance toutes les trois dans une chorégraphie, passant du freestyle à des mouvements synchronisés.

Talya et Remy sont un peu ivres, mais on connaît toutes si bien la choré qu'on pourrait l'exécuter en dormant. Et puis, avec tout l'entraînement que nos corps de danseuses semi-professionnelles ont reçu, nous pouvons donner l'impression que n'importe quel mouvement est délibéré.

Le morceau se termine et nous avons fini pour la soirée. On nous accorde la dernière heure pour nous amuser, avec open bar. C'est l'arrangement que j'ai conclu avec le propriétaire, un autre homme baraqué et impressionnant appelé Garrett Green : cinquante dollars chacune et nos consommations gratuites en échange d'un spectacle de danse chaque samedi soir. La plupart des filles de ma troupe de danse improvisée seraient prêtes à le faire juste pour la publicité gratuite et pour être le centre de l'attention sur scène.

Moi ? Je ne sais pas pourquoi je le fais. Pas pour les boissons gratuites ; je ne supporte pas l'alcool. Juste pour la simple joie de la création, j'imagine. C'est amusant d'ajouter de la musique à son quotidien.

Oui, je suis le genre de personne qui adore les comédies musicales dans lesquelles les acteurs se mettent soudain à chanter. Je suis la fille qui pousse son chariot dans le supermarché tout en imaginant une chorégraphie dans ma tête pour les clients que je croise.

Ne vous inquiétez pas, je ne danse pas pour de vrai. Mais ça ne me dérangerait pas de le faire si j'arrivais à convaincre d'autres danseuses de m'accompagner.

Je me faufile entre les clients du club en faisant comme si je n'étais pas à la recherche d'un certain malabar sexy prénommé Jared. Là. Près de la porte de la terrasse arrière. Je me dirige vers le bar, parce que je n'ai pas envie que ma manœuvre soit évidente. Je ne crois pas qu'il soit vraiment intéressé. Je lui fais des appels de phare depuis des semaines et, bien qu'il me lance des œillades de braise, il ne m'a jamais demandé mon numéro ni proposé que l'on se voie en dehors du club.

Quelle déception.

Je m'installe au bar et commande de l'eau pétillante avec une rondelle de citron. C'est mon petit subterfuge pour faire croire que je bois un gin tonic ou une vodka limonade, alors qu'en réalité je ne fais que m'hydrater. Mes amies commandent leurs verres et se mêlent aux clients pendant que j'essaie de la jouer cool. Un type m'aborde, mais je ne suis pas intéressée ; je lui souris poliment et m'éloigne vers les toilettes.

Lorsque j'en sors, Jared se tient dans le couloir devant la porte.

« Viens là, petite fille », dit-il en pliant son index pour me faire signe d'approcher. Je le suis, passe la porte réservée au personnel et entre avec lui dans la réserve remplie de bouteilles d'alcool.

Merde, si une fraternité étudiante voulait cambrioler un endroit, ce serait le jackpot.

Mon cœur bat la chamade et mon visage chauffe, même si je ne sais même pas ce qu'il veut.

Je veux dire, je sais ce que *j'espère* qu'il veut.

Et je ne devrais pas espérer.

Aux dires de tous, Jared est un séducteur. Il couche avec les filles et ne les rappelle jamais. C'est ce que tout le monde raconte, y compris son meilleur ami, Trey, l'autre videur. On m'a mise en garde contre ce type, mais je ne peux empêcher des frissons de parcourir mon corps.

Jared me prend la main. Avant que j'aie le temps de comprendre ce qu'il fait, il me tourne face au mur et pose ma main dessus. Il prend ensuite mon autre poignet, les rassemble et plaque les deux contre le mur d'une main puissante.

Ma gorge se noue lorsque son autre main s'écrase sur mon cul. Comme tout à l'heure, elle entre en contact avec le dessous de mes fesses, la partie exposée par mon minishort.

Je pousse un petit cri mais ne proteste pas. Je suis beaucoup trop excitée pour avoir envie qu'il arrête.

Il me donne une tape sur l'autre fesse, tout aussi fort que la première. « Ça, c'est parce que tu portes des shorts qui donnent envie à tous les mecs dans le club de baiser ce cul alléchant. »

Je suis presque sûre que je cesse de respirer. On ne m'a jamais parlé aussi crûment, mais je ne me plains pas, bien au contraire. Émoustillée à l'idée de ce que Jared compte me proposer d'autre, je sens mon entrejambe se contracter et s'humidifier.

Il me retourne pour rencontrer mon regard et m'adosse au mur, me coupant le souffle. Sa main se pose sur le bouton entre mes jambes et il étale ses doigts sur mon sexe.

« Et la prochaine fois que tu approches autant cette chatte de ma bouche... » Il fait onduler sa main, la presse contre mon clitoris avant de plonger ses doigts plus bas, jusqu'à mon anus. Je pousse un petit cri et me mets sur la pointe des pieds. « ... tu sauras exactement ce que j'ai envie de lui faire. »

Un frisson aux proportions épiques me traverse. Plutôt un tremblement incontrôlable, mais on pourrait penser que c'est quelque chose de désagréable. Or, ce que je ressens est tout sauf désagréable. Mon bas-ventre se liquéfie, de l'électricité inonde le creux de mes reins et descend jusqu'à la plante de mes pieds.

Je comprends à présent pourquoi on parle de *coup de foudre*.

Il fait glisser fermement ses doigts sur ma fente, qui a complètement détrempé ma culotte. « C'est compris, ma belle ? »

Je déglutis. « Ouais. » Ma chatte se contracte.

Ses doigts passent sous mon short, dans ma culotte, et je gémis.

« Bébé, si tu reviens à l'Éclipse avec ce short, je te ramènerai ici et je fesserai ce cul sexy jusqu'à ce qu'il soit rouge vif. Comme ça tous les mecs qui te regarderont danser sauront que tu appartiens à quelqu'un. »

Il rejette sa tête en arrière et la secoue comme s'il était surpris par ce qu'il vient de dire, mais ses doigts glissent, glissent, glissent sur mon sexe mouillé. Je gémis doucement, mes yeux baissés au niveau de son torse.

« Regarde-moi, chérie », ordonne-t-il, et j'obéis sans réfléchir. Les danseuses sont des créatures obéissantes par nature. Nous avons passé notre vie à conditionner notre corps et notre esprit pour exécuter absolument tout ce que les chorégraphes ou professeurs nous demandent. Celles qui n'y parviennent pas sont rapidement évincées. Il y a toujours dix danseuses qui attendent de prendre la place de celles qui ne sont pas prêtes à se donner à cinq cents pour cent.

Il soutient mon regard alors qu'il fait entrer un doigt en moi.

Je pousse un gémissement. Pas de douleur, mais de besoin. Je ne suis pas vierge ; cependant, je n'ai jamais été aussi excitée de ma vie. Mes tétons pointent sous mon haut, ma chatte est trempée.

Je gigote, mais il tient fermement mes poignets. Je me déhanche pour prendre son doigt plus profondément.

Il approche sa tête et appuie sa tempe contre la mienne. « Ça va, mon ange ? »

C'est un peu tard pour s'assurer de mon consentement, mais j'apprécie tout de même. « Ouais, dis-je d'une voix essoufflée.

— Tant mieux. » Il ajoute un deuxième doigt.

Je me cambre et me dresse sur la pointe des pieds.

« Tu danses pour moi, ma belle ?

— Oh mon Dieu. »

Je laisse échapper un nouveau gémissement quand il enfonce profondément ses deux doigts en moi et cesse de bouger. S'arrête net.

« Qu-qu'est-ce que tu fais ? »

Son sourire est absolument dévastateur. « Je veux juste être sûr que tu en as vraiment envie. »

J'avance mon bassin. « J'ai dit que oui. »

Il commence de lents va-et-vient. Trop lents. « Dis-le gentiment. Dis-moi pour qui tu danses.

— Toi. Je danse pour toi ! » J'ai désespérément besoin de jouir.

« Tu veux plus de doigts, mon ange ?

— Jared. » Je halète.

Il ferme à demi les yeux. « C'est bien, chérie. Dis mon nom comme si tu me suppliais. »

Je commence à me sentir légèrement agacée. Est-ce qu'il se moque de moi ?

Il doit sentir ma résistance, parce qu'il ajoute : « Nan, laisse tomber. C'est moi qui devrais te supplier. J'ai vraiment hâte de te rendre folle, ma belle. » Il fait entrer et sortir ses doigts jusqu'à ce que mes jambes tremblent au point de ne plus me porter. « Jouis pour moi, Angelina. Montre-moi ce dont tu es capable. »

Je n'ai pas la moindre idée de ce qu'il entend par là, mais, à nouveau, mon corps obéit. Je cède sous sa torture experte. L'instant où mes muscles commencent à se contracter autour de ses doigts, il les plonge profondément entre mes cuisses et attend, laisse les vagues de mon orgasme déferler sur moi.

« Ah, putain, bébé. » Il appuie son front contre le mien et retire ses doigts. « C'était encore mieux que je l'imaginais. »

Je ne sais pas ce qu'il veut dire par là non plus, vu que je suis la seule à avoir joui, mais ses mots m'étourdissent et font sortir mon corps de la relaxation dans laquelle il était plongé.

La poignée de la porte remue. Jared s'écarte brusquement et remet mon short en place juste avant que la porte de la réserve ne s'ouvre.

Un barman entre, s'arrête en nous voyant et nous lance un regard curieux.

Jared se place devant moi comme s'il voulait me cacher. Même si c'est un peu tard, je lui en suis reconnaissante.

« Je ferais mieux d'aller rejoindre mes amies », dis-je en marmonnant. Ce n'est pas que je veuille m'éloigner de Jared... enfin, si, c'est ça.

La gêne a pris le dessus quand j'ai compris qu'il a probablement couché avec des dizaines de filles ici. C'est pour ça que le barman ne semble pas si étonné.

Je pousse Jared pour sortir. « Attends, mon ange. *Attends*. » Il me retient par la taille.

Je me fige, mais ne tourne pas la tête vers lui.

« Je suis désolé, murmure-t-il à voix basse pour que je sois la seule à entendre. Je ne voulais certainement pas te donner l'impression que je me servais de toi. »

Je ne sais pas si c'est ce que je ressens, mais maintenant qu'il a mis des mots dessus, la nausée se propage dans mon ventre.

« Je dois vraiment y aller. »

Jared me lâche. Je sens sa réticence, mais je refuse de rencontrer son regard. Je veux juste partir loin d'ici.

Je suis la seule parmi mes amies à ne pas avoir bu ce soir, pourtant c'est moi qui prends les mauvaises décisions.

« Attends une minute. Tu peux m'accorder un instant ? »

Je m'éloigne pour être hors de sa portée et grommelle en évitant son regard : « Tout va bien. On pourra discuter plus tard. » Je m'enfuis hors de la réserve avant qu'il puisse ajouter autre chose. Je le sens derrière moi, mais je vais droit vers le bar pour rejoindre mes amies et me tirer d'ici sans un regard en arrière.

Mais qu'est-ce qui m'a pris ? Apparemment, il suffit qu'un mec me donne une fessée pour que je le laisse me faire tout ce qu'il veut.

Putain. Je dois demander à mes amies de ne plus me laisser seule avec Jared. Jamais. Surtout pas quand j'ovule.

Zone dangereuse.

Je retrouve Talya et Remy au moment où les néons se rallument au-dessus de nos têtes pour indiquer la fermeture du club. Les fêtards poussent un grognement collectif et se dispersent, comme des cafards surpris par le soleil.

« Allez, dis-je à mes amies d'un ton pressant. Partons. J'en ai assez. »

~.~

JARED

J'AI DÉCONNÉ. À fond.

Je *savais* que je n'étais pas censé toucher à Angelina. Elle est ma kryptonite sous forme humaine. Je perds tout self-control en sa présence.

Et maintenant, je lui ai manqué de respect de la pire manière imaginable.

Ça en valait presque la peine. Presque.

Putain, je vais me branler sur le souvenir de son visage

12

pendant qu'elle jouit toutes les nuits pendant une semaine. C'était même mieux que ce à quoi je m'attendais.

Je me tourne vers les clients restants, ceux qui ont besoin d'encouragements pour s'en aller. Des hommes et des femmes qui essaient de concrétiser avec leur conquête de la soirée avant de partir.

« C'est l'heure, dis-je d'une voix sonore. Tout le monde dehors. »

Quelques filles s'attardent en me lançant des regards d'invitation.

Je ne suis pas tenté. Pas vraiment. Mais d'un côté, je pense que je devrais peut-être en baiser une, juste pour sortir cette beauté rousse de ma tête. Et de mes fantasmes. Merde, elle en est l'actrice principale depuis le jour où, au début du semestre, elle s'est présentée avec sa troupe pour proposer son idée audacieuse de devenir les go-go danseuses du club.

Je me suis même retrouvé je ne sais comment à me porter volontaire pour construire les podiums sur lesquels elles dansent.

Une blonde perchée sur des talons de quinze centimètres, plus jolie sous la lumière tamisée qu'elle le serait en plein jour, s'approche de moi en balançant les hanches.

Lorsque je fronce les sourcils et secoue sèchement la tête, elle dévie et prend la direction de la sortie.

Je secoue la tête, surtout contrarié contre moi-même, et fais sortir le reste des clients. Je passe ensuite la serpillère après avoir ramassé les gobelets, les pailles et les serviettes en papier par terre. J'essaie de penser à autre chose, à n'importe quoi plutôt qu'aux courbes douces du cul d'Angelina alors qu'elle dansait sur son podium. Ou à son petit sourire pendant que je la pénétrais. À la manière dont sa bouche s'est ouverte et ses yeux se sont révulsés quand elle a joui.

Je continue à me repasser la scène bien après avoir verrouillé les portes.

« Qu'est-ce qui t'arrive, mon pote ? me demande Trey alors que nous marchons jusqu'à nos motos garées sur le parking.

— Rien. » J'ai l'air plus renfrogné que je n'en avais l'intention.

« Il s'est passé quelque chose avec la danseuse ?

— Ferme-la, connard. » Trey est mon meilleur ami, mais parfois, il ne sait pas quand il faut me foutre la paix.

« Hm-mm. C'est bien ce que je pensais. Damian a dit que tu te la tapais dans la réserve. »

J'attrape le col de son T-shirt et approche mon visage du sien d'un air menaçant. « Je la baisais *pas*.

— D'accord, dit-il rapidement en levant les mains. Si tu le dis, mon pote. »

Conscient que je viens d'aggraver mon cas, je le lâche et monte sur ma moto. Je démarre en faisant rugir le moteur plus fort que nécessaire.

Je sors du parking en trombe. Il est presque trois heures du matin et il n'y a personne sur la route. Du moins, c'est ce que je me dirai plus tard. En vérité, mon esprit était encore dans cette putain de réserve, à se demander comment ce moment avec Angelina avait tourné au vinaigre.

C'est pour ça que je suis sorti de la ruelle sans regarder.

Je n'ai pas vu la voiture arriver. Pas avant de voler par-dessus au milieu d'une grande explosion de verre brisé, comme des milliers de confettis soudain libérés d'un ballon.

 *ngelina*

JE NE SUIS PAS sûre que tous les cris soient les miens. Quelqu'un gémit sur la banquette arrière.

C'est donc Remy. Talya est à l'avant à côté de moi. Ouais, elle hurle aussi.

Je ferme la bouche pour arrêter le son terrible et force mon cerveau à fonctionner. Je suis rentrée dans quelque chose. Quelqu'un.

Oh mon Dieu. Je suis rentrée dans une moto.

Je me précipite hors de la voiture et approche de l'avant du véhicule en trébuchant. L'impact a écrasé mon pare-chocs avant et cabossé le capot. Un de mes phares ne fonctionne plus, cassé par le choc. Celui qui reste projette une lueur inquiétante sur la scène. Une grosse moto est couchée devant la voiture, mais le conducteur...

Pitié, qu'il ne soit pas sous la voiture.

Un geignement pitoyable s'échappe de ma gorge. Je

tombe à genoux pour regarder sous le véhicule, mais ne distingue rien.

Talya et Remy sortent à leur tour de la voiture. Elles étaient bourrées quand on est parties de l'Éclipse. On serait déjà rentrées si Talya ne m'avait pas demandé d'attendre qu'elle n'ait plus l'impression que la voiture tournait avant de prendre la route.

« Qu-qu'est-ce qui se passe ? » demande-t-elle d'une voix rauque.

Remy fixe la moto. « Où est le conducteur ?

— Je ne sais pas. » En pleurs, je contourne la voiture et m'approche du coffre.

Là.

Une silhouette est avachie sur les pavés de la ruelle. Je me couvre la bouche. Est-ce qu'il est mort ?

Non, il remue, essaie de s'asseoir.

Je le rejoins en courant et m'accroupis à côté de lui. « J-je pense que c'est mieux si vous ne bougez pas. »

Il pousse un grognement et retire son casque avant de passer un bras autour de ses côtes en un geste protecteur.

« *Jared* ! » Une boule grossit dans ma gorge, m'étouffe.

J'ai blessé Jared. J'ai renversé Jared. Ça craint. Ça craint vraiment, vraiment, vraiment.

« Jared, ne bouge pas. Je vais appeler les secours. » Je fouille dans ma poche arrière et sors mon portable en me maudissant de ne pas avoir appelé une ambulance à l'instant où c'est arrivé. Mais peut-être est-ce encore l'instant où c'est arrivé ? J'ai du mal à savoir. Le temps paraît s'écouler très lentement.

« Non. » Jared m'arrache le téléphone de la main et brise la coque dans sa poigne puissante.

Je le regarde, bouche bée.

« Pas d'ambulance. » Il se relève en chancelant et fourre

mon portable dans sa poche. Un filet de sang coule de son front.

Je tremble de la tête aux pieds et j'ai du mal à tenir debout. « Qu-quoi ? Non, tu as besoin d'une ambulance. »

Il boîte vers ma voiture.

« *Jared.* »

Il se penche et soulève (oui, il *soulève*) sa moto. Il ne la redresse pas, je dis bien qu'il la *soulève du sol*. Il la porte jusqu'à une benne et la pose derrière.

« Jared, tu vas bien ? Je pense que tu as besoin de voir un médecin tout de suite.

— Ouais, c'est clair. » Le choc fait trembler la voix de Remy. Je me demande si la mienne tremble aussi.

Tel Hulk, ou un Néandertal, il ne s'arrête pas. Il se traîne jusqu'à la place conducteur et monte dans ma voiture.

« Quoi ? Tu ne peux pas conduire. Qu'est-ce que tu fais ? » Je sais que c'est moi qui ai l'air stupide, mais il est dingue. Il ne peut pas conduire dans son état actuel. Il a probablement des os cassés et un traumatisme crânien. Sans parler du fait qu'il a besoin de faire recoudre sa blessure au front.

« Monte. » L'ordre est lancé d'un ton si grave et rocailleux, contient tant d'autorité, que nous nous dépêchons toutes les trois d'obéir, même s'il n'est pas en position de prendre les décisions.

Je m'assieds sur le siège passager pendant que Remy et Talya sautent à l'arrière.

Jared enclenche la marche avant et sort de la ruelle. J'attrape mon sac de danse posé derrière mon siège et en sors une paire de collants. « Euh, tiens. » Je les lui tends en lui montrant son front qui saigne.

Son expression se teinte d'abord de confusion, mais il les accepte et s'essuie le visage, éponge le sang. « Merci. » Il me les rend comme s'il n'avait pas besoin d'appuyer sur sa blessure. Comme si ce n'était qu'une égratignure.

« Tu nous emmènes à l'hôpital ? »

Il secoue sèchement la tête. « Je vous ramène toutes les trois chez vous. Tu es trop secouée pour conduire et elles ont bu. »

Il s'exprime de manière si détachée et semble à tel point en pleine possession de ses moyens que j'oublie pendant une seconde qu'il n'est pas en état de conduire.

« Dis-moi où aller.

— Hum... » Mon cerveau refuse de fonctionner. Il a raison, je suis beaucoup trop secouée. Je n'arrive plus à réfléchir.

« Qui est-ce que tu déposes en premier ?

— Talya. » Je réponds automatiquement, soulagée. « À l'angle de Campbell et de la troisième rue. »

Il hoche la tête et enclenche le clignotant, conduit ma voiture emboutie comme si rien ne s'était passé.

« C-ce n'est pas illégal ? De fuir les lieux d'un accident ? »

Un petit sourire se dessine sur ses lèvres. « L'autre conducteur est dans la voiture avec toi.

— Mais on ne doit pas prévenir la police ? Comment on fait pour le constat d'assurance ? Je n'ai pas bu, je t'assure. Tu avais peur que j'aie des ennuis ? » Je sais que je bredouille, mais je n'arrive pas à me taire.

Tout ça n'a aucun sens.

« Tu es blessée ? » demande-t-il soudain avec un regard en coin. Son front est plissé et l'inquiétude brille dans ses yeux verts.

« Hum. » Je me frotte la nuque pour vérifier que je n'ai rien.

« Et vous ? aboie-t-il en regardant dans le rétroviseur central.

— Non, je vais bien, marmonne Talya.

— Moi aussi, dit Remy.

— Angelina ? » Il se retourne vers moi. « Parle-moi, bébé.

— Jared, c'est *toi* qui es blessé », finis-je par réussir à dire.

Il secoue la tête comme si ça n'avait aucune importance. « J'irai mieux demain matin. Ce ne sont que quelques bosses et des égratignures. Mais dis-moi que tu vas bien, sinon je vais craquer.

— Je vais bien. »

Les épaules de Jared se détendent, mais le pli reste entre ses sourcils.

« Tu es sûre ?

— Ouais, je crois. Juste secouée.

— Évidemment que tu l'es. » Il pose une main sur mon genou, comme pour m'offrir du réconfort. Ça ressemble davantage au Jared que je connais. Jared le Néandertal s'efface.

« Je suis désolée de t'avoir renversé », dis-je. Les larmes qui menaçaient de couler depuis l'accident commencent à tomber.

« Ah, mais non. C'était ma faute, bébé. Je ne pensais pas que quelqu'un allait sortir de la ruelle à une heure pareille, mais j'aurais dû regarder avant de m'engager.

— Tu avais bu ? » Je ne veux pas avoir l'air d'une connasse, mais j'essaie toujours de comprendre pourquoi il ne m'a pas laissée appeler les secours.

« Non, bébé. Je suis sobre. C'est pour ça que je conduis. » Il remonte sa main vers ma nuque et la pince doucement pour détendre mes muscles.

Quand nous entrons sur la troisième rue, je lui indique la maison de Talya. Il s'arrête sur le bord de la route et elle descend de voiture. « Vous êtes sûrs que ça va aller ? » demande-t-elle une fois sur le trottoir en se penchant par la vitre. Son haleine empeste l'alcool.

« Ouais, ouais, tout va bien. Bonne nuit.

— 'nuit. » Elle secoue mollement la main et s'éloigne.

Jared attend qu'elle soit rentrée chez elle avant de redémarrer. Je lui donne l'adresse de la maison de Remy, puis celle de mon petit chez-moi. Jared se gare dans l'allée et sort de la voiture.

Va-t-il entrer ?

Je devrais vraiment lui demander de rester, au cas où il tombe dans le coma au cours de la nuit. Mais lorsqu'il fait le tour de la voiture pour me rejoindre, il ne boîte plus. Après une inspection plus minutieuse, je vois que sa coupure au front ne saigne plus non plus. En fait, elle n'a plus l'air récente. Elle a l'apparence d'une blessure refermée depuis une semaine. Ça doit être une illusion créée par la lumière.

« Viens ici. » Jared me serre dans ses bras.

Je ne savais pas à quel point j'en avais besoin avant d'être entre ses bras forts, mon visage pressé contre son torse puissant.

Encore quelques larmes coulent lorsqu'il enfonce ses doigts dans mes cheveux et me masse le crâne. Le choc se transforme rapidement en quelque chose de différent. Quelque chose de dangereux, teinté de besoin.

Je m'écarte en me remémorant à quel point je me suis sentie gênée à l'Éclipse. Mes mains s'agitent. « Hum, tu veux entrer ? Je veux dire, tu devrais dormir ici. Juste pour être sûr que tu n'as rien. Pas parce que je veux que tu passes la nuit ici... » Pouah. Je raconte n'importe quoi.

Comme d'habitude, Jared prend les choses en main. Il

saisit mon coude et nous fait avancer vers ma porte. « Je dormirai sur ton canapé, si tu en as un. Pour être sûr que tu vas bien. »

Pour être sûr que *je* vais bien.

Ce type est sérieusement déconnecté de son propre corps.

Mais il a l'air indemne. Il ne se tient plus les côtes, ses pupilles ne sont pas dilatées. Pourquoi est-ce qu'il ne boîte plus ?

Merde, qu'est-ce qui vient de se passer ?

On s'arrête sur le porche le temps qu'il examine mon trousseau de clés et devine correctement laquelle ouvre ma porte. Une fois à l'intérieur, il promène son regard dans mon petit séjour et pose le trousseau sur la table de l'entrée.

« Je vais me nettoyer. » Il enlève son T-shirt taché de sang en s'éloignant vers ma salle de bains.

Il est possible que je reste bouche bée en voyant ses épaules et son torse nus. Des tatouages s'enroulent autour de ses bras, aussi gros que des poteaux électriques. Les muscles de son dos mettraient la honte à Hulk.

Miam.

Mais non.

Je ne coucherai pas avec Jared parce que :

1. Il est là pour se reposer après l'accident, et
2. C'est un séducteur. Sauf que
3. Je ne suis pas sûre que ça m'importe.

Je le suis jusqu'à la salle de bains en me disant que c'est pour m'assurer qu'il va bien. Pour examiner ses blessures de mes propres yeux.

Ce n'est *pas* parce que je veux reluquer son corps finement ciselé.

Il éclabousse de l'eau sur son visage pour rincer le sang et, lorsqu'il se redresse, j'étouffe un cri.

La coupure sur son front a presque entièrement disparu.

Mon cerveau essaie de trouver un raisonnement logique, un scénario qui pourrait expliquer le phénomène, sans y parvenir. J'ai *vu* cette blessure saigner abondamment il y a moins d'une demi-heure.

Il surprend mon regard et plaque une main sur son front, masquant la cicatrice, ce qui ne fait que rendre la situation encore plus bizarre. J'ai l'impression d'être tombée dans la *Quatrième Dimension*.

Je trébuche en arrière, le souffle coupé. « Qui... que... qu'est-ce que tu es ? »

~.~

Jared

Merde, merde et remerde.

Je tends la main vers elle. Je ne supporte pas de voir son visage blêmir, sa façon de se recroqueviller devant moi comme si j'étais une espèce de monstre.

Je la prends par la taille, la soulève et la pose sur le comptoir de la salle de bains. « Tout va bien, bébé. Tu n'as pas à avoir peur. Pas de moi. »

Elle déglutit. « Tu n'as pas répondu à ma question », murmure-t-elle.

Bordel.

Comment est-ce que je vais me tirer de ce foutu faux pas ?

Révéler notre existence aux humains va à l'encontre du code des métamorphes. Je me rappelle quand Garrett, mon chef de meute et alpha, est tombé amoureux de la petite avocate sexy qui habitait à côté de chez nous. Jusqu'à ce qu'il en fasse sa compagne et mêle son destin au nôtre, Trey et moi étions morts d'inquiétude.

Selon la version la plus ancienne du code, les humains qui apprennent notre secret doivent être abattus. *Supprimés.*

Il ne me semble pas que ce soit arrivé de mon vivant, mais je suis sûr que la situation se présente dans quelques meutes arriérées.

La solution la plus courante est de demander à une sangsue d'effacer leurs souvenirs. Mais je ne ferais jamais ça à Angelina. Elle ne mérite pas qu'un putain de vampire trifouille dans son cerveau.

Je dois trouver quelque chose à lui dire, sans me trahir ni trahir la meute.

« Je suis... euh... spécial. »

Ouais. C'est brillant, J.

Elle me regarde fixement de ses grands yeux bleus.

Je pose mes mains sur le comptoir, l'emprisonne entre mes bras. « Pas dangereux.

— Pas dangereux », répète-t-elle. Ses lèvres charnues me donnent tellement envie de l'embrasser que je dois me retenir de ne pas posséder cette moue boudeuse.

« C'est ça.

— Spécial comment ?

— Euh... » Je me rappelle que j'ai soulevé ma moto devant elle, ce que je n'aurais jamais fait si je ne venais pas d'atterrir sur la tête après être passé par-dessus une voiture.

« Je suis juste très fort. Et je guéris vite. Un peu comme un superhéros. »

Un superhéros.

Ouah. Tu parles d'une réplique. Je me demande pourquoi je ne l'utilise pas plus souvent avec les femmes.

Elle tend la main avec hésitation et quand elle m'effleure le torse, une décharge électrique de plaisir me traverse. « Alors, tu... es vraiment indemne ? Pas blessé du tout ? »

C'est ça qui l'inquiète ? Le ciel soit loué.

« Vraiment indemne, bébé. Maintenant, tu vas me laisser t'embrasser ? »

Merde, je ne suis pas venu ici pour la séduire. Ce n'était absolument pas dans mes projets. Mais je ne peux pas résister à ma séduisante petite danseuse.

Lorsque sa bouche s'entrouvre et que ses yeux se posent sur la mienne, je ne me retiens pas. Je pose une main dans sa nuque pour la garder prisonnière et plaque mes lèvres contre les siennes, je suce, je mordille. Quand sa langue pointe entre mes lèvres, je perds tout contrôle. Je prends son cul à peine recouvert à pleines mains et colle son entrejambe contre mon sexe dressé pendant que je me défoule sur sa bouche séduisante.

Elle s'ouvre à moi, se soumet de si bon cœur. Ses jambes s'enroulent autour de ma taille, me serrent et, *putain* ses cuisses sont musclées ! Bien sûr, c'est dû à sa pratique de la danse.

Je la soulève et la porte jusqu'à la chambre. J'ai envie de la baiser comme un fou. Pour la récompenser de ne pas avoir flippé en découvrant mes capacités de guérison surnaturelles. Putain, pour la récompenser d'être elle, tout simplement.

Parce qu'elle est une personne magique et unique.

Je la pose sur le lit et mes mains descendent vers le bouton de son short. Alors que l'odeur de son excitation emplit la pièce, je frotte la couture du vêtement contre sa fente d'une main tout en ouvrant sa braguette.

Elle gémit et se tortille, ce qui me facilite la tâche pour lui enlever son short et sa culotte. Je laisse les chaussures à talons, parce que, ouais, c'est sexy.

Je lui fais écarter les jambes en passant mes mains sous ses genoux. Pendant un instant, je me contente de la contempler, ce qui la fait gigoter.

Une rougeur se répand sur son cou et ses joues. « Qu-qu'est-ce que tu fais ?

— Je regarde la chatte la plus parfaite de la Terre. » Et elle l'est. Humide et rebondie, son petit cœur rose ouvert réclamant d'être léché. Et, ouais, elle est assortie à sa chevelure, même si je n'avais jamais douté qu'elle était une vraie rousse.

« Jared. » Elle essaie de se libérer, mais je la tiens fermement et baisse la tête pour déposer un baiser délicat sur son clito. C'est le dernier geste de tendresse dont elle va bénéficier avant que je me déchaîne.

Elle frissonne, son ventre plat tremble.

J'écarte ses grandes lèvres de la pointe de la langue et lèche l'intérieur de son sexe, fais tourner ma langue autour de son clito.

Elle pousse de petits bruits mignons, d'adorables *hum-ah* qui rendent ma queue déjà gonflée dure comme la pierre.

Elle a déjà eu mes doigts ce soir, alors je continue de la stimuler avec ma langue. Je continuerai tant qu'elle ne criera pas mon prénom en me tirant les cheveux. Elle a besoin de jouir, après la peur bleue qu'elle a eue.

Je suce, mordille et lèche jusqu'à ce que sa voix prenne un timbre aigu désespéré, puis je colle mes lèvres contre son clito et aspire fort. Je le lâche, lui donne un coup de langue et recommence. Comme je suis amateur d'anal, je ne peux m'empêcher d'enfoncer mon pouce entre ses fesses, à la recherche de son petit trou.

Dès que je le touche, elle pousse un cri perçant, serre les fesses et colle sa chatte trempée contre ma bouche. Je la torture avec ma langue tout en faisant des cercles lents avec mon pouce pour masser son anus.

Elle s'agite en dessous de moi, bafouille des paroles incohérentes.

J'applique un peu plus de pression avec mon pouce et elle perd le contrôle. Elle donne des coups de bassin contre ma bouche, ses mains pressent mon visage contre son sexe alors que ses muscles se contractent sous les spasmes de son orgasme.

« C'est bien, ma belle, dis-je pendant qu'elle gémit. J'adore ta façon de jouir. »

Elle laisse échapper un rire tremblant et un peu incrédule.

« C'est vrai. » Je lève le bras pour pincer son téton à travers son T-shirt fin et son soutien-gorge. « Je crois que les danseuses le font mieux. »

Elle sourit en repoussant les cheveux devant son visage. « Je n'en doute pas. »

Je la fais rouler sur le ventre. « Laisse-moi voir ce petit cul ferme. » Je lui donne une tape. Son cul n'est que muscles toniques, tout comme ses cuisses. Parfait à fesser.

J'écarte ses jambes, caresse sa chatte et repars à la recherche de son anus avec mon pouce.

Elle serre à nouveau les fesses.

« Je sais, bébé. On ne t'a jamais prise par derrière, c'est ça ? »

Elle ne répond pas, mais j'en suis certain.

« J'adorerais baiser ton cul. Je parie qu'il est foutrement serré. Mais je ne vais pas le faire ce soir. On gardera ça pour une autre occasion, quand tu auras été vilaine et que tu auras besoin d'une autre fessée. »

Son derrière se contracte de plus belle, me tirant un éclat de rire.

Cependant, je n'aurais pas dû reparler de ce qui s'est passé dans le club ; ça doit lui rappeler ce qu'elle a ressenti ensuite. Je pense qu'elle s'est sentie utilisée et méprisée, ce que je n'ai jamais voulu.

Elle me tourne le dos et s'assied, remonte la couverture jusqu'à sa taille. « Je, hum... je ne sais pas si c'est une bonne idée. » Ses yeux descendent vers la bosse dans mon jean et la culpabilité teinte un instant son expression.

Je déplace mon sexe. *Du calme, mon grand.* « Non, tu as raison. »

Je ne peux pas me mettre en couple avec cette fille, et elle mérite bien mieux qu'un coup d'un soir.

Je me lève du lit et recule. « Je vais juste, euh... Tu sais quoi, je ferais probablement mieux d'y aller. Je vais prendre ta voiture et l'emmener au garage de mon ami Tank. On va la faire réparer à mes frais, d'accord ? L'accident était ma faute. »

Elle me regarde avec ces yeux bleus innocents, si grands et alertes que j'ai du mal à me retenir de recommencer à l'embrasser jusqu'à ce qu'elle manque d'air.

« Tu peux prendre des Uber jusqu'à ce que ce soit fait ? Je te promets que ce sera rapide.

— Hum, ouais. D'accord. Merci.

— C'est le moins que je puisse faire. Tu me donnes ton numéro de téléphone ? »

J'entre son numéro dans mon portable, ce qui me rappelle que j'ai toujours le sien dans ma poche arrière. Je le lui rends. « Repose-toi. Je t'enverrai un message pour te donner les délais pour la voiture. » Après avoir rangé mon téléphone, je plonge les mains dans mes poches pour éviter de les tendre vers elle et me contente de déposer un baiser au sommet de son crâne.

« Bonne nuit, mon ange.

— Bonne nuit. » Sa voix est douce, et ces simples syllabes me donnent envie de retomber à genoux pour vénérer à nouveau son entrejambe. Mais je me force à partir.

Merde. J'ai encore déconné. J'espère qu'elle ne me détestera pas.

CHAPITRE 3

ngelina

JE ME RÉVEILLE vers midi et vais à la salle de bains en pilote automatique. Lorsque je vois le grand T-shirt taché de sang sur le sol, tout me revient brutalement en mémoire.

Jared et sa super force. Ses super capacités de guérison.

Qu'est-ce que c'est que ce bordel ? Est-ce que j'ai été droguée ? J'ai accepté son explication facilement hier soir, mais sous la lumière du jour, tout ça paraît dingue.

Jared, le superhéros.

Mais il possède toutes les qualités pour être un superhéros, non ? Brave. Fort. Protecteur. Généreux.

Oh, qu'il a été généreux hier soir.

Et je ne lui ai absolument rien donné en échange.

Parce que je n'ai vraiment pas envie d'être une conquête de plus sur son tableau de chasse, ou peu importe comment on appelle ce cliché idiot. Jared est un séducteur jusqu'à la moelle.

Mais bon, je suis déjà allée assez loin avec lui. Quelle différence entre coucher ensemble et ce que nous avons fait, réellement ? Est-ce que ça aurait si terrible de le faire jouir aussi ? Si l'on considère que ça m'est arrivé, deux fois. J'aurais au moins pu le sucer. Je parie que sa bite est aussi impressionnante que son corps musclé...

Oh, bon Dieu, mais qu'est-ce qui me prend ?

Je dois effacer cet homme de mon esprit. Il a beau être séduisant, charmant et doté de pouvoirs de superhéros, je...

Non, vraiment. Pourquoi est-ce que j'essaie de l'oublier ? Il est mieux qu'un héros de film. J'emporte son T-shirt ensanglanté jusqu'à la buanderie et le mets dans la machine à laver. Je peux au moins laver ses habits.

Cette idée m'évoque soudain toutes sortes d'images choquantes de soumission domestique. Moi, dans la tenue de la parfaite femme au foyer des années cinquante (rien sauf un tablier, une culotte et des chaussures à talons rouges, bien sûr), en train d'attendre qu'il rentre à la maison, le dîner prêt sur la table.

Moi, nue à l'exception d'un collier en perles et d'un imperméable, le surprenant à son travail...

Sauf qu'il travaille dans un bar. Cette pensée dissipe complètement mon rêve éveillé.

Non, ce type ne ferait pas un bon mari. Ni même un bon petit copain. C'est un bon coup avec un doigté divin qui travaille dans une boîte de nuit. L'homme à ramener chez soi après un accident.

Le type qui répare gratuitement ta voiture.

D'accord, à mes yeux, c'est plus que séduisant.

Parce que mon père aurait pété un câble en apprenant pour l'accident. Il m'aurait fait la morale pendant des heures sur l'augmentation du prix de l'assurance et seriné que j'étais irresponsable de conduire à trois heures du matin en sortant d'un club.

Bien sûr, je devrai probablement quand même lui parler de l'accident ce soir. Mes parents habitent ici, à Tucson, et ils insistent pour que je vienne dîner chez eux tous les dimanches. Parfois, j'aimerais que le meilleur programme de danse du pays ne soit pas proposé par l'université de ma ville natale.

J'esquisse un sourire en coin en m'imaginant présenter quelqu'un comme Jared à mes parents. Son apparence suffirait à choquer profondément leur sensibilité snob.

Ils n'arrêtent pas d'insinuer qu'ils veulent me faire rencontrer un multimillionnaire local qui a fait fortune dans l'informatique.

Pas intéressée.

Et c'est uniquement parce que mon père aimerait que ce type rachète sa petite entreprise de logiciels. Bien sûr, papa, vends ta fille pour ton avancement professionnel. À croire qu'on est encore au Moyen-Âge. Grrr.

Je lance la machine à laver et consulte mon téléphone.

Jared m'a déjà envoyé un message. *Ta voiture est entre de bonnes mains. Je te la ramènerai demain, ce sera comme s'il ne lui était jamais rien arrivé.*

Ma résistance fond un peu plus.

Je réponds : *Merci. Et ta moto ? Tu as besoin que je paie pour les réparations ?*

Je n'ai pas les moyens de le faire, mais je me dois tout de même de proposer. Si nécessaire, je trouverais le moyen de payer. Je pourrais peut-être accepter une autre place de prof de danse au studio du coin.

Il répond immédiatement. *Je m'en occupe, t'inquiète.*

Je souris à mon téléphone. J'ai vraiment du mal à ne pas

avoir des papillons dans le ventre dès qu'il s'agit de Jared. Et aussi à ne pas être impatiente de le revoir.

Mais j'ai mis le holà avec lui. Je ne veux pas être son plan cul, sa *sexfriend*, ou peu importe ce qu'il fait d'habitude.

Aucun doute, c'était la bonne décision.

Alors, je devrais arrêter d'être excitée à l'idée de le voir quand il me rapportera ma voiture demain. Et d'imaginer qu'il m'invite à dîner. Ou qu'il me plaque contre un mur et me redonne une fessée.

Ouais.

~.~

Jared

SI JE NE CRAIGNAIS PAS QU'IL l'apprenne autrement, je ne dirais même pas ce qui s'est passé à mon alpha.

Mais un accident de voiture dans la ruelle derrière son club nécessite un coup de fil. Surtout quand ça implique une fille qui m'a vu me regénérer spontanément.

Merde.

Je préférerais qu'Angelina ne fasse pas du tout partie de cette conversation, mais ça aussi, c'est impossible. Non seulement les métamorphes peuvent sentir le manque de sincérité, mais mentir à Garrett pourrait me valoir d'être banni de la meute, même s'il est l'un de mes plus proches amis.

Je repousse l'appel aussi longtemps que possible. On est dimanche, il a une nouvelle compagne. Il n'a pas envie que je l'appelle dès le matin pour lui raconter une histoire de merde.

J'attends la fin de l'après-midi pour composer son numéro, en me disant qu'il vaut mieux que je m'occupe d'abord de faire réparer la voiture et la moto.

J'ai raconté l'histoire à Trey ce matin. Il m'a dit que j'étais un foutu idiot et que si je croyais que Garrett n'allait pas péter un câble en apprenant qu'Angelina avait vu mes blessures guérir, je l'étais encore plus que j'en avais l'air. Mais bon, c'est un échange ordinaire entre nous.

Je sors devant le garage de Tank et m'appuie contre le fourgon de mon frère de meute.

Garrett répond à la deuxième sonnerie. « Quoi de neuf ? »

Je commence immédiatement à marcher, comme si rester en mouvement allait me faciliter la tâche. « Salut. J'ai eu un petit souci hier soir.

— Quel genre de souci ? Au club ?

— Ouais. Je suis sorti de la ruelle sans regarder et Angelina, la petite go-go danseuse, est rentrée dans ma moto avec sa voiture. »

Garrett pousse un juron. « Elle a été blessée ? » Bien sûr, il ne va pas demander si je suis blessé parce que, ouais, on est des métamorphes.

« Non, ni elle ni ses deux collègues danseuses. Je les ai ramenées chez elles et j'ai apporté sa voiture à Tank pour qu'il la répare. »

Il y a une pause et Garrett, qui me connaît trop bien, demande : « Qu'est-ce que tu ne me dis pas ? »

Je fais craquer les articulations de ma main libre. « Elle a vu une coupure se régénérer. »

Garrett jure de plus belle.

J'entends sa compagne, Amber, murmurer quelque chose en arrière-fond.

« C'est rien. Des histoires de meute. Ne t'inquiète pas,

bébé, puis-je l'entendre lui répondre avant qu'il me dise : Efface-la. »

Je serre les dents. Putain, je n'ai pas envie de l'effacer.

« Elle ne sait rien. » J'essaie d'insister, mais même à mes propres oreilles, mon ton n'est pas convaincant.

« Elle sait que tu es un être surnaturel. Tu connais les règles. Elle doit être effacée.

— Tu n'as pas effacé Amber. » Je suis un enfoiré de le lui faire remarquer. Je ressens probablement un faux sentiment de sécurité ; si nous étions dans la même pièce, mon alpha m'aurait déjà cassé la gueule.

Le grondement d'avertissement de Garrett vibre dans le téléphone. « C'est différent pour Amber. Elle aussi, elle est surnaturelle. »

La compagne de Garrett a des facultés extralucides, dont il s'est servi pour retrouver sa sœur lorsqu'elle a été kidnappée par les hommes du Moissonneur au printemps dernier.

Ouais, ben Angelina est une magnifique danseuse promise à un bel avenir. Mouais. Pas un argument de poids. Heureusement que je ne l'ai pas dit à voix haute.

« Jared ? » J'entends l'inflexion alpha dans sa voix.

« Oui, chef.

— Ne me fais pas répéter, putain.

— Je m'en occupe », dis-je en marmonnant. Je mets fin à l'appel avant de m'enfoncer encore plus.

Et merde.

Je me frotte le front. Je ne vois aucun moyen de contourner l'ordre de Garrett. Je lève les yeux vers le ciel. Le soleil n'est pas encore couché. Je vais devoir attendre la nuit pour demander de l'aide à une sangsue, ce qui laisse à Angelina encore quelques heures avec ses souvenirs intacts.

Quant à moi, je dois rencontrer des métamorphes de San Diego pour organiser des combats sur Tucson.

Je pourrai peut-être m'en occuper demain soir, quand je lui ramènerai sa voiture.

Ouais, ça devrait le faire. Si Garrett me pose la question, je lui dirai que ça aura lieu dès que possible. Et ce n'est possible qu'à partir de demain.

~.~

Angelina

« CONDUIRE EN CENTRE-VILLE après la fermeture des bars, c'est quasiment du suicide », me réprimande mon père en découpant soigneusement son steak. J'aime cet homme, mais il me rend chèvre. Comme je m'y attendais, il a fait tout un plat de l'accident de voiture.

Nous sommes installés autour de leur longue table à manger réservée aux dîners dominicaux, et j'ai choisi de n'écouter sa leçon de morale que d'une oreille tout en mangeant le broccolini que ma mère a fait bouillir pour moi. Au moins ce soir mes parents mangent la même chose que moi, même si contrairement aux miens, leurs légumes ont cuit dans du beurre citronné.

Pendant qu'il parle, mon esprit dérive vers les moments passés avec Jared. Principalement le dernier. Quand il m'a montré exactement à quel point il était doué avec sa langue et qu'il n'a pas insisté dès que je me suis sentie mal à l'aise.

C'est vraiment un gentleman.

Marrant que la gratitude que je ressens pour m'avoir traitée avec respect et révérence me donne envie de courir le retrouver et de lui sauter dessus. Ma réserve à l'idée de coucher avec lui a complètement disparu.

Mais non. Je suis le genre de fille qui s'attache.

« Comment se passe l'école, ma chérie ? demande ma mère pour changer de sujet.

— Pas mal. Bien. » Mon ventre se noue.

« Comment se sont passées les auditions pour le gala du printemps ?

— Plutôt bien. »

C'est un mensonge. J'ai fait de mon mieux et je serai probablement acceptée dans plusieurs pièces mais, en vérité, j'ai l'impression d'être un imposteur dans le programme de danse. Pas parce que je ne suis pas une bonne danseuse ; j'ai un niveau correct. Dieu sait que mes parents ont dépensé suffisamment d'argent pour mon entraînement depuis mes trois ans. C'est juste que je n'ai plus envie d'être un automate. Je n'ai pas envie de me démener pour satisfaire mes professeurs dans l'espoir qu'ils m'attribueront un bon rôle dans leurs galas.

J'ai envie de chorégraphier mes propres danses. Non, pas seulement de la danse... des spectacles. Je souhaite diriger ma propre compagnie. Organiser de grosses productions audacieuses. Une vision moderne de l'Oiseau de feu. Un ballet chorégraphié par Lady Gaga.

Le problème, c'est que le cursus universitaire n'est pas vraiment orienté dans cette direction. Je pourrais continuer et espérer intégrer le Master, mais en vérité, j'en ai assez de trimer pour faire plaisir à tout le monde.

J'ai passé ma vie à rendre mes parents fiers de moi. À être la princesse parfaite sous tous rapports, comme ils le souhaitaient. C'est ma mère qui m'a fait commencer la danse. Je ne sais pas pourquoi. Honnêtement, je pense que la fille d'une de ses amies riches fréquentait le studio, alors elle s'est dit que c'était la chose à faire.

Pour rester à la page et faire comme les voisins, tout ça.

« Tu surveilles ton poids ? »

Je pose ma fourchette. « Oui, maman. » J'ai le ton d'une ado impatiente. Parce qu'elle me retransforme en gamine butée en un clin d'œil. J'ai beau être une étudiante presque indépendante, cinq minutes chez eux et je me débats à nouveau contre les contraintes de mon enfance.

« Eh bien, je sais que ce genre de choses t'inquiète.

— Non, je ne suis pas inquiète. Je n'aurais jamais dû te parler de la lettre de surcharge pondérale. De toute façon, je suis sûre que c'est un mythe. »

D'après la rumeur, la faculté vous envoie une lettre de surcharge pondérale si elle trouve que vous vous empâtez un peu trop. Personnellement, je les mets au défi de le faire. Il me semble qu'il s'agit d'une violation des libertés civiles. Mais qu'est-ce qu'en j'en sais ? Je ne suis pas avocate. Je ne suis certainement pas aussi filiforme que certaines bécasses à chignon du programme, mais je ne suis pas grasse non plus. Et je ne veux surtout pas être obsédée par mon poids, comme le sont quasiment toutes les danseuses. Depuis ma période de troubles alimentaires pendant le lycée, j'ai parcouru un long chemin pour aimer mon corps et lui être reconnaissante de tout ce qu'il accomplit pour moi.

Je suis fille unique et ma mère est femme au foyer, donc je suis devenue l'objet d'une montagne d'attentions. Angelina la ballerine, avec des notes excellentes, des dents droites et de bonnes manières. Une bonne fille.

Bon Dieu, j'en ai marre.

« Je ne sais pas pourquoi tu gardes ce travail au club, de toute manière, dit mon père en réenfourchant son cheval de bataille. Ce n'est pas du grand art et la rémunération n'est pas terrible.

— La rémunération est parfaite. » Mes mâchoires se contractent. Le sujet de l'Éclipse me met encore plus sur la défensive que celui de mon poids.

C'est peut-être triste, mais j'ai l'impression qu'organiser des spectacles de go-go dancing pour mes amies et moi au club est la plus grande chose que j'ai accomplie depuis que j'ai commencé l'école.

Je suppose que c'est un minuscule pas vers mon projet de diriger ma propre compagnie.

Mais mes parents ne soutiennent pas du tout ce plan de carrière.

Mon père m'a poussée à passer un diplôme de commerce en parallèle parce qu'il pense que je devrais ouvrir un studio de danse après mes études.

Ce qui est très bien. J'aime enseigner. C'est juste... ce serait sympa de suivre mes propres rêves, pour une fois.

Au lieu du plan que mes parents ont soigneusement élaboré pour moi.

« Je ne comprends toujours pas pourquoi ce Jared a emmené faire réparer ta voiture. Je trouve ça louche. Est-ce que tu connais bien ce type ? »

Oh, pitié, que je ne rougisse pas.

Parfois, je déteste être rousse.

« Je le connais assez bien, papa. C'est un videur du club. Quelqu'un de très gentil. Je t'ai expliqué, il a dit que c'était sa faute parce qu'il a débouché devant moi, et comme un de ses amis possède un garage, il a proposé de s'occuper des réparations.

— Qu'est-ce qui nous dit que ce garage est fiable ? Et si on te fait du mauvais boulot ? Et s'il avait volé ta voiture ? Tu aurais dû appeler la police. Tu avais bu ? »

Je lève les yeux au ciel. « *Non*, papa. Je n'avais pas bu. Je suis sûre que ce sera du travail très professionnel, et tu devrais être content que je n'aie pas appelé la police. Sinon, l'assurance aurait été prévenue et les tarifs auraient crevé le plafond.

— Eh bien, c'est vrai. »

Il est toujours possible de faire entendre raison à mon père à travers son portefeuille.

Fort à propos, je demande : « Comment vont les affaires, papa ? »

Mon père boit une gorgée de vin. « Bien. Je travaille toujours sur la proposition d'acquisition pour SeCure.

— Tu as réussi à rencontrer le PDG ? »

Le visage de mon père se teinte de frustration et, pendant un instant, je le plains un peu. Malgré son ambition et sa nature autoritaire, il ne peut plier le monde entier à sa volonté. Il a une vision pour sa retraite. Il aimerait s'en aller sur un coup d'éclat, bien sûr, mais il n'a pas encore été en mesure d'y parvenir.

« Nous organisons une collecte de fonds pour son œuvre de charité préférée, Sauvegarde des Monts Santa Catalina, et notre organisatrice évènementielle lui a demandé de faire une apparition pour encourager la participation d'autres gros donateurs. Son assistante a laissé entendre qu'il était intéressé.

— C'est super ! » Je suis sincèrement contente pour lui. Cependant, je sais ce qui va suivre.

« Nous aimerions que tu sois là, ma chérie, dit gaiement ma mère. C'est un évènement très important pour ton père.

— Bien sûr. » J'ai répondu par automatisme. Après avoir été paradée toute ma vie devant la haute société comme la fille parfaite venant compléter une famille idéale, je suis rodée. Je pose les yeux sur les assiettes de mes parents. En voyant les couverts en argent proprement empilés dedans, je me lève. « Bon, je ferais mieux d'y aller. J'ai plein de devoirs. » Je débarrasse les assiettes et les emporte à la cuisine, où je les rince rapidement avant de les mettre dans le lave-vaisselle.

« Tu ne veux pas un café ? demande ma mère en me suivant dans la cuisine. Ton père et moi allons manger du dessert. »

Bien sûr, elle ne me propose pas de gâteau. Et si j'en demandais, elle me sermonnerait sur mon poids. Je soupire. Juste un dîner ordinaire avec mes parents.

« Non, merci maman. Bisous. » Je lui embrasse la joue et sors tranquillement de la cuisine. « Au revoir, à bientôt, bisous ! » dis-je alors que je marche droit vers la porte.

Le Uber s'arrête devant la maison au moment où j'en sors et je m'y engouffre directement tout en vérifiant si j'ai reçu des sms.

Ouais, j'espère avoir encore des nouvelles de Jared. Même si ça n'a pas de sens.

Même si je ne devrais pas en avoir envie.

L'idée de le revoir lorsqu'il ramènera ma voiture ne devrait pas m'enthousiasmer. Je ne devrais pas avoir envie d'en apprendre plus sur ses mystérieuses capacités de guérison.

Mais il est comme une drogue. Maintenant que j'y ai goûté, je n'arrive plus à le sortir de ma tête.

~.~

Jared

. . .

« ALORS, TU VAS LE FAIRE QUAND ? » me demande Trey.

Je baisse le capot de la Toyota d'Angelina et le lustre avec un chiffon. Tank s'occupe des réparations principales, mais je n'ai pas pu m'empêcher de venir contrôler son travail. Ou peut-être que je suis juste un peu masochiste et que je voulais encore sentir le doux parfum d'Angelina. « Faire quoi ? »

Trey lève les yeux au ciel. « Effacer les souvenirs de la danseuse. » Lorsqu'il s'appuie contre le côté conducteur de la voiture, je lui jette le chiffon dessus.

« Arrête de salir la vitre.

— Oh là là, pardon, raille-t-il en attrapant le torchon d'un mouvement si rapide qu'il est flou. Je ne voulais pas salir la voiture de ta copine.

— On n'est pas ensemble. » Mes tripes se nouent alors que je prononce ces mots. *Ce n'est pas ma copine. Elle ne le sera jamais.* J'ai peut-être plus de muscles que de jugeotte, mais j'en ai tout de même assez pour le savoir.

Dommage que mon loup ne soit pas de cet avis.

Je ramasse les outils et commence à les ranger, un peu plus brutalement que nécessaire.

« Merde, t'es vraiment mordu, remarque Trey. Il vaut peut-être mieux que ce soit moi qui l'amène voir la sangsue.

— Faudra me passer sur le corps d'abord », dis-je en me redressant et en pointant un doigt menaçant vers le grand métamorphe. C'est mon meilleur ami, mais dans l'immédiat, mon loup ne voit qu'un adversaire. L'ennemi. La concurrence.

Trey lève les bras. « Hé, doucement. Je ne vais pas l'approcher. Mais tu ne fais que retarder l'inévitable. »

Il a raison. Si je ne m'en occupe pas, Garrett me bottera le cul. Et ensuite, il ordonnera à Tank ou à Trey de le faire de toute façon.

« Ça craint. Elle est à la fac, continue Trey à voix basse. Effacer sa mémoire pourrait vraiment la foutre en l'air si c'est pas fait correctement. »

Je pose brusquement les outils, et j'ai envie de donner un coup de pied dans l'établi pour faire bonne mesure. « Je sais. Je sais.

— Est-ce que... » Trey s'interrompt quand une Camaro entre dans la cour. Il grommelle un juron. « Ne me dis pas qu'on a des clients. »

Trey s'approche de la porte et s'arrête net quand trois types sortent de la voiture. L'un a des cheveux noirs, un autre est grisonnant et le troisième porte un chapeau démodé, un genre de chapeau mou de gangster, mais il est si grand et maigre qu'il ressemble à un épouvantail. « Tu les as appelés ?

— J'ai fait le premier pas. Ils voulaient qu'on se rencontre, dis-je en allant me rincer les mains au lavabo. On va aller voir un espace où organiser les combats.

— Garrett est au courant ?

— Oui. » Mon alpha n'est pas ravi, mais alors que de plus en plus de membres de la meute trouvent leur compagne, il comprend l'intérêt à ce que ses loups célibataires puissent exprimer et évacuer leur agressivité. Séparer des bagarres à l'Éclipse n'est pas suffisant. Mon loup, plus que les autres, a besoin de se battre et de saigner régulièrement.

Et vu comment la situation avec Angelina me met à cran, je pourrais affronter un ours pendant une vingtaine de rounds.

Trey traverse lentement le parking à mes côtés pour rejoindre nos trois visiteurs. Deux d'entre eux fument. Le troisième, celui avec le chapeau, reste en arrière.

« Parker », dis-je à l'homme grisonnant. Malgré ses cheveux gris, il ne paraît pas beaucoup plus vieux que moi. Il me salue d'un signe de tête puis baisse subtilement le regard : sans être soumis, il ne veut pas paraître provocateur.

Le brun jette son mégot par terre et nous regarde approcher sans rien dire. Declan, l'Irlandais. Je ne me souviens pas du nom du troisième type, mais à la façon dont il fixe un point au-dessus de nos têtes en tremblant nerveusement, il ne parlera pas beaucoup.

Leur odeur met mon loup mal à l'aise. Elle est un peu... bizarre. Pas étonnant qu'ils n'appartiennent à aucune meute. Les métamorphes équilibrés ne supportent pas longtemps ceux qui le sont moins. Avec l'odeur de ces types, sans parler du fait que le grand n'arrête pas de trembloter, seul l'alpha le plus zen et doté de la plus grande compassion ne les abattrait pas. Je ne sais pas exactement ce que DataX leur a fait, mais d'après les rumeurs que j'ai entendues, les mettre à mort serait peut-être leur rendre service.

« Content que vous ayez pu venir. Je ne pensais pas que vous auriez le temps pour qu'on se rencontre.

— On prend le temps, pour une occasion de développer nos activités. » La voix de Parker est un peu rauque. Ses yeux luisent légèrement, signifiant que son animal n'est pas loin. Je ne sais pas du tout quel est son animal, à vrai dire. Ce qui ne plaît pas à mon loup. Mais ces mecs ont aidé Sam, un loup ami de notre meute qui travaille comme barman à l'Éclipse. Et Sam leur fait confiance.

« Ça commence à être trop chaud pour les combats métamorphes en Cali' », annonce Declan avec son accent irlandais.

Trey fronce les sourcils. « Il fait très chaud ici aussi... »

J'enfonce mon coude dans ses côtes. « Il parle pas de la météo.

— La Fosse n'est plus aussi sûre qu'on le voudrait, explique Parker. Des humains sont venus fouiner.

— Des humains ? » Je détache mon regard du visage sombre de Declan pour me tourner vers Parker.

« Des flics, répond ce dernier en plissant le nez. Ils sont venus poser des questions sur les combats et les paris illégaux. On pense que quelqu'un nous a balancés pour essayer de débusquer des métamorphes.

— Je croyais que ces problèmes étaient terminés. » J'évite de nommer directement DataX.

Parker grimace. « Pas entièrement. »

Le troisième type est pris de tics si violents que son chapeau glisse de son crâne. Declan laisse échapper un geignement canin et Parker, qui secouait la tête, se fige.

« Vous êtes les bienvenus si vous voulez organiser des combats ici », dis-je en essayant de conserver un ton nonchalant. Ces trois sont peut-être des marginaux, mais lorsqu'il s'agit d'organiser des combats et de jouer les bookmakers, ce sont les meilleurs.

« Parfait. » À la réponse de Parker, je sens l'enthousiasme me gagner. « J'ai plein de voyous qui ont envie de se battre et nulle part où les mettre.

— Sans parler des paris », ajoute Declan.

J'acquiesce. « Allons voir le lieu. » Mon loup pousse un cri de triomphe alors que nous rejoignons nos véhicules respectifs.

« Merde, dit Trey en montant sur sa moto à côté de moi. Ça va vraiment se faire.

— Un *Fight Club* de métamorphes. Comme on l'a toujours voulu. » On échange des sourires, mais le mien s'efface dès qu'on commence à rouler. Ce soir, on va prendre une décision concernant le lieu où organiser les combats. Demain, je dois emmener Angelina voir une sangsue. Il va effacer sa mémoire, ses souvenirs de l'accident et qui sait quoi d'autre dans son cerveau.

Ça ne paraît pas juste. Alors que je suis sur le point de réaliser mon rêve, je m'apprête à gâcher sa vie.

~.~

AGENT DUNE

IL OUVRE le verrou sur le grillage et se glisse sous les scellés de police qu'il a installés autour du laboratoire incendié plusieurs mois plus tôt. Il n'y a rien d'important ici. C'est un bon agent, merde ; il ne serait pas passé à côté de quelque chose. Mais parfois, être sur place met en branle de nouveaux raisonnements.

Au moins, ça lui donne une activité physique à faire. Et putain, un mec comme lui a besoin d'exercice. Si seulement le travail d'agent spécial n'était composé que de courses-poursuites et de combats, tel Jason Bourne. Mais non. C'est un sacré paquet d'investigation.

Et c'est mille fois plus dur quand vos supérieurs ne vous donnent pas toutes les informations sur l'affaire. Trouve les coupables. Étouffe l'affaire auprès des gens du coin. Des informations sur les activités du laboratoire et l'intérêt que lui porte le gouvernement ?

Top secret.

Très bien. Ils ne voulaient rien lui dire ? Il se débrouille-rait tout seul, merde. Comme il s'était débrouillé quand ils l'avaient laissé sans autre ressource que ses méninges alors que sa tête était mise à prix en Afghanistan. Et en Corée du Nord. Et en Iraq.

Il a obtenu quelques secondes de vidéo provenant de la nuit des explosions. Le reste a été censuré, manifestement. Mais il possède une image partiellement floue d'un fourgon blanc. Une photo de deux hommes. Et un visage qu'il reconnaît des forces spéciales. Nash.

Le type sur qui il essaie de mettre la main depuis des années.

Il se doutait que Nash finirait par apparaître à un moment où un autre au cours de cette affaire. Quelqu'un qui disparaît si totalement trempe encore dans les secrets gouvernementaux. Comme lui.

Résoudre ce puzzle était alors devenu plus intéressant. Plus personnel.

Parce que Nash est quelque chose de différent. Il n'est pas humain.

Et Charlie a besoin de savoir ce qu'il est.

CHAPITRE 4

$\mathcal{J}$ared

LE MATIN SUIVANT, je gare la Toyota réparée devant chez Angelina. Tank a été un vrai pote et s'en est occupé rapidement. Je lui revaudrai ça, c'est sûr.

Je sors de la voiture et vais toquer à sa porte. Je lui ai envoyé un message, donc elle m'attend. Pourtant quand elle vient m'ouvrir, elle a l'air nerveuse et essoufflée, ce qui me donne envie de la prendre dans mes bras et de la plaquer contre la porte pour l'embrasser.

Mais je ne suis pas ici pour ça. Je suis ici pour quelque chose de bien plus déplaisant. Une chose qu'elle ne me pardonnerait pas, si elle s'en souvenait. Bien sûr, ce ne sera pas le cas.

« Salut. » Son sourire brillant de gloss est si éclatant qu'il serait capable de faire fondre la nouvelle couche de peinture sur sa voiture. Il me blesse presque. Comme s'il se faufilait quelque part entre les fissures de ma poitrine et m'emplissait à ras bord de sa lumière bienveillante.

Je m'appuie contre l'encadrement de la porte pour ne pas m'avancer trop près d'elle. « Salut à toi. »

Elle s'approche et entre dans mon espace, pose les mains sur mon torse, lève son visage vers le mien.

Oh, par le ciel, je ne suis pas assez fort pour résister. Je baisse la tête, mais ne vais pas plus loin, et elle dépose un petit baiser sur ma joue. Je suis à la fois rassuré et horrifié qu'elle ne m'ait pas embrassé sur la bouche, parce que maintenant, le besoin de revendiquer ses lèvres est si puissant que je dois respirer profondément et compter jusqu'à cinq. J'ai l'impression d'être redevenu un louveteau, obligé de se retenir pour ne pas se retrouver mêlé à une bagarre.

Ma tendance à la violence est justement l'une des raisons pour lesquelles je ne dois pas poser mes grosses pattes sur cette jolie petite humaine. Elle est comme une fleur venant d'éclore et moi la tondeuse capable de la raser. Je sais, je devrais laisser les métaphores aux poètes.

Je me contente de toucher sa joue, juste un instant. Je place ma paume contre sa peau et caresse sa pommette de mon pouce. Ma grosse main est rêche contre sa peau douce.

Ses yeux papillonnent. Je lis de la surprise dans son regard, et autre chose que je n'arrive pas à identifier. Merde, moi aussi, je suis surpris. Les caresses tendres ne sont pas mon truc, d'habitude. Je suis plutôt du genre à baiser sans ménagement contre un mur. Non que je ne meure pas d'envie de le faire aussi avec elle.

Je me force à enlever ma main et montre la voiture du pouce. « Elle est réparée, mon ange. Prête à prendre la route. »

Elle me fait un nouveau sourire resplendissant. « Merci. Hum... » Elle rentre à l'intérieur de la maison et revient, mon

T-shirt à la main. « Tiens, dit-elle en me le tendant. Tout le sang est parti. »

Je le prends, en résistant à la pulsion de le porter à mon nez pour respirer son odeur. « Merci. Tu n'étais pas obligée. » J'hésite. D'habitude, je suis bien plus à l'aise avec les femmes, mais comme je n'ai aucune envie de faire ce que je m'apprête à faire, j'essaie de gagner du temps.

« Oh, est-ce que, euh, tu veux entrer ? » Elle s'écarte pour me laisser passer.

Je secoue la tête. « Non, bébé. Est-ce que tu pourrais me reconduire au club ? Et je dois aussi faire un arrêt rapide sur le chemin. D'accord ?

— Oh. » Ses yeux et sa bouche s'arrondissent. Elle est tellement expressive, bordel, c'est à se demander pourquoi elle est devenue danseuse plutôt qu'actrice. « Bien sûr ! Je suis désolée, je...

— Ne t'excuse pas, dis-je en tournant la tête vers la voiture. Allons-y. » Je donne une petite tape sur ses fesses quand elle me dépasse en trottant, son sac passé sur son épaule. Je le regrette instantanément. On n'est pas dans le club et elle ne vient pas de chevaucher mon épaule. On est en pleine journée, devant chez elle, et on ne sort même pas ensemble.

Ce qui ne signifie pas pour autant que je ne lorgne pas son cul sexy se balancer vers la voiture. « Désolé, dis-je. C'était déplacé. Je ne le ferai plus.

— Tant mieux, je croyais que j'allais devoir demander à un autre videur de l'Éclipse de te calmer. »

Elle me taquine, pourtant les mots *un autre videur* me font serrer les poings. Mais lorsqu'elle me sourit par-dessus son épaule et que je la vois rougir, mon ventre fait des cabrioles. J'ai envie de courir après elle pour lui enlacer la taille. De la pencher contre sa voiture et de lui donner la

49

fessée jusqu'à ce que son cul soit de la même teinte rosée que ses joues. De lui mordre le cou et de la serrer dans mes bras. Et une demi-douzaine d'autres trucs torrides.

Merde, je tombe sous le charme de cette fille à tous les coups.

« Je vais conduire, mon ange », dis-je en la voyant se diriger vers le côté conducteur.

Elle se tourne et fait une petite moue. « Tu es le genre de type qui a toujours besoin d'avoir le contrôle, c'est ça ? »

Je hausse les épaules. J'imagine que la sincérité est la meilleure option. « Ouais. Et j'aime prendre soin de toi. Mais si tu veux vraiment conduire, je te laisserai faire.

— Non, vraiment pas. » Elle secoue la tête et fait le tour de la voiture. Quand son sourire vacille, mon cœur se serre.

« Oh, bébé. » Je m'approche rapidement d'elle et la serre dans mes bras en essayant de ne pas l'écraser contre mon torse. Ça me semble si naturel, si nécessaire. C'est différent de ce que j'ai ressenti avec les autres femelles. Quand ai-je déjà ressenti le besoin de *réconforter* une autre femme ? « Tu as repris le volant depuis l'accident ? Tu es nerveuse ? »

Elle se laisse étreindre. « Un peu. Pas vraiment nerveuse. Juste... je ne sais pas, murmure-t-elle contre mon torse. Ça m'a fichu une trouille d'enfer de te renverser. »

Je me sens comme un abruti de ne pas avoir envisagé qu'elle serait traumatisée, puis d'avoir insisté pour conduire. Elle avait besoin de remonter en selle tout de suite et je l'ai privée de l'opportunité de le faire.

Je m'écarte mais laisse les mains sur ses bras, mes pouces caressent sa peau nue. « C'est toi qui conduis, mon ange. Je ne veux pas que tu aies peur. » Je l'accompagne jusqu'à la portière côté conducteur et l'ouvre pour elle. « Vas-y. Tout va bien se passer. Je serai juste à côté de toi. »

Je ne suis pas sûr que ma présence l'aide à apaiser son

stress, mais je suis obligé de le dire. Le besoin de la rassurer est trop puissant. Mon loup, crispé depuis ma conversation avec Garrett, se détend un peu.

Elle s'installe derrière le volant et tourne la clé dans le contact. Elle a une expression résolue, et je reconnais cette force intérieure que j'ai toujours décelée en elle. La puissante détermination dans cette humaine, qui semble si douce et souple au premier abord. Voilà la Angelina qui a conçu et mis en œuvre l'idée folle d'organiser des numéros de go-go dancing à l'Éclipse, celle qui a insisté jusqu'à ce que Garrett accepte.

Garrett. L'alpha le plus dur à cuire du coin.

Le seul signe de nervosité que je remarque est la profonde inspiration qu'elle prend avant de sortir de la place de parking devant le trottoir, puis elle paraît de plus en plus à l'aise à mesure qu'elle conduit.

« Ça se passe bien ? Comme faire du vélo, ça ne s'oublie pas ? »

Son sourire contient du soulagement, et sa façon de me regarder du coin de l'œil me fait bander. « Oui. Merci. Désolée, je ne voulais pas...

— Pas besoin de t'excuser. C'est moi qui suis désolé de ne pas y avoir pensé.

— Tu es un vrai gentleman, Jared. »

Le rire qui m'échappe a un fond d'amertume. « Est-ce que ça te surprend ? » Je regrette immédiatement d'avoir posé la question, parce que je connais la réponse. C'est pour ça que ma gorge s'est nouée quand elle l'a dit.

Bien sûr qu'elle ne me prenait pas pour un gentleman. Tout ce qu'elle voit, c'est le tas de muscles et de tatouages qui, si l'on en croit mes parents, ne fera jamais rien de sa vie. Le gamin qui n'a jamais réussi à maîtriser son tempérament. Qui n'est bon à rien, à part se servir de ses poings.

Et obéir à son alpha.

Je suis l'homme de main de l'alpha. Les muscles qui font appliquer la loi de Garrett. En dehors de ça, je ne suis absolument rien.

Elle pique un de ses adorables fards qui font gonfler ma bite. « Non. C'est juste, hum, que ça devient encore plus évident. Peu importe. Je n'avais pas prévu de dire ça. » Elle secoue la main et rougit de plus belle.

Putain. La voir perdre ses moyens devant moi ravit mon côté dominant et apaise celui qui cogne dans mon crâne parce que je ne peux pas avoir Angelina. Elle m'a dans la peau, au moins pour le moment, et je m'en contenterai.

« Où est-ce que je t'emmène ? » Lorsqu'elle mordille sa lèvre inférieure, je dois réajuster mon sexe dans mon jean.

« En centre-ville, au club. On doit juste faire un arrêt sur le chemin. C'est aussi dans la rue du Congrès. » J'ai du mal à ignorer l'appréhension qui me glace le sang alors que je pense à cet arrêt.

Elle acquiesce et suit mes indications pour se rendre à No Return, une autre boîte de nuit située dans la même rue que l'Éclipse. J'ai appelé à l'avance pour arranger une rencontre avec une sangsue sur place. C'est un type assez sympa. Je ne pourrais pas dire que je lui fais confiance, mais je n'ai rien contre lui non plus. Les loups ne se fient à personne en dehors de la meute.

Elle se gare et se tourne vers moi, attendant la suite.

« Entre avec moi une minute. J'aimerais te présenter mon ami Fox. »

Elle cligne des yeux sans répondre.

Merde.

Soit elle capte l'émotion bizarre qui émane de moi, soit je suis un menteur pourri. « Ce sera rapide. »

Mais elle prend son sac. « Hum, d'accord. »

Je suis sûr qu'elle se demande pourquoi je ne pouvais pas faire le trajet à pied. Ce n'est qu'à quelques centaines de mètres de l'Éclipse et un mec comme moi ne devrait pas avoir besoin d'un chauffeur.

Je fais le tour de la voiture pour lui prendre la main. Elle lève les yeux, étonnée, et je hausse les épaules. « Je sais que c'est inapproprié, mais je me sens protecteur, tout de suite. Fais-moi plaisir, d'accord ? »

Son rire est plein de surprise, et il produit un effet fou sur mon corps. Une vague de chaleur inonde mes entrailles.

Le club est fermé, mais quand je frappe à la porte, elle s'ouvre après quelques instants. Fox est là, toujours aussi jeune, ne changeant jamais. Ses cheveux blonds sont coiffés en piques et, bien qu'il vive aux États-Unis depuis plus d'un siècle, il s'exprime avec un léger accent anglais.

Je serre la main froide qu'il me tend. Son contact me hérisse. « Jared.

— Fox, dis-je avant de me racler la gorge. Voici mon... amie Angelina. » Merde, j'ai envie de dire que c'est ma *copine*, pas mon amie. *Amie* a l'air d'un terme totalement inexact, à tel point que j'ai envie de donner un coup de poing dans un mur ou de renverser une table.

« Bonjour. » Angelina sent que l'atmosphère est bizarre, j'en suis sûr, parce qu'elle paraît très attentive. Pas vraiment méfiante, ce qui me tuerait, mais vigilante. Elle essaie de comprendre ce qui cloche.

Fox serre la main d'Angelina. Lorsqu'elle rencontre son regard, ses yeux partent dans le vague, son expression devient vide.

Putain de merde.

La voir sous son emprise me donne envie de gerber.

« Qu'est-ce que j'efface ? » murmure-t-il sans détacher ses yeux des siens.

53

Une fureur sourde se déchaîne en moi. Contre Fox. Contre Garrett, qui m'oblige à faire ça. Je parviens à peine à parler, mais je réussis à dire : « Elle m'a vue me régénérer. »

Au même instant, ma main bouge toute seule et se pose sur les yeux d'Angelina.

Elle commence immédiatement à se débattre, sans doute effrayée. « Hé ! Qu'est-ce qui se passe ?

— Rien. Va attendre dehors. » Je la lâche et m'interpose entre Fox et elle.

« Putain, qu'est-ce que tu fous ? » siffle-t-il entre ses dents.

Je ne trouve pas de réponse, parce que je n'ai pas la moindre idée de ce que je fous.

En un battement de cils, Fox a disparu. Foutu vampire ! Je me tourne en entendant Angelina hurler. En fait, elle commence à le faire, mais le cri meurt sur ses lèvres dès qu'elle se retrouve à nouveau sous l'emprise de Fox.

« Non. » J'écrase mon poing dans le cou de Fox, l'envoie voler contre le mur. S'il était mortel, ça lui aurait brisé la nuque. Mais il ne l'est pas.

Angelina hurle, pour de vrai cette fois. Le son résonne contre les murs du club.

Fox se déplace si vite que je ne le distingue pas avant qu'il me décoche un coup dans la mâchoire. Avec sa force de vampire. Je finis les quatre fers en l'air, Fox au-dessus de moi.

J'évite son regard. Les pouvoirs des vampires ne sont pas censés marcher sur les métamorphes, mais on ne sait jamais. Je ne prends aucun risque. Je bondis et essaie de le saisir à la taille, mais il a déjà atteint la porte... celle qu'Angelina vient d'ouvrir. Il la referme avant qu'elle ne puisse sortir et elle crie à nouveau.

La terreur dans sa voix me fait voir rouge. Je ramasse

l'une des tables rondes contre le mur et la lance sur Fox. Il s'écarte prestement.

« Putain, qu'est-ce qui te prend ? » Sa voix tonne derrière moi. Il est adossé contre le mur, les bras croisés, comme s'il était là depuis le début. Cette foutue sangsue a plus d'un tour dans son sac. « Si elle avait pas besoin qu'on l'efface, au moins maintenant, c'est sûr. » Il fait un nouveau bond quand je ramasse la table pour la renvoyer sur lui. Elle s'écrase contre le mur et crée un trou dans le plâtre.

« Putain, si tu la regardes encore, je t'enfonce un pieu dans le cœur, vampire, dis-je en grondant.

— Vampire, murmure Angelina d'une voix étranglée. Les vampires n'existent pas. » Elle a ouvert la porte et s'est mise à courir avant même d'avoir terminé sa phrase.

Elle a bien raison.

Je fais volte-face, certain que Fox se sera déjà lancé à sa poursuite, mais il n'a pas bougé.

« Elle m'a vu. Elle sait.

— Je sais », dis-je malgré la boule dans ma gorge. Je ne veux pas déclencher une guerre entre vampires et métamorphes. Fox me rendait service et je viens de le mettre dans la merde jusqu'au cou, sans parler des dégâts dans le club. Je dois avoir l'air aussi scié que je me sens, parce que ses yeux bleus sans âge sont empreints de compassion.

« Tu as vingt-quatre heures pour résoudre tes soucis. Tu connais les lois. Pas d'exception. »

Je ne reste pas pour protester. Angelina s'éloigne en courant et elle est terrifiée. Je me mets à courir derrière elle. « Angelina. »

Elle ne s'arrête pas. Je la rattrape juste avant qu'elle n'atteigne la voiture et la saisis par la taille. « Attends, bébé. »

Elle envoie son talon dans ma mâchoire puis l'écrase sur mon pied, me brisant les os. Ma petite danseuse a suivi des cours d'autodéfense. Je ne sais pas pourquoi, mais la voir m'attaquer me fait sourire comme un taré.

Pourtant, je la lâche et lève les bras. « Doucement, doucement. Calme-toi, Angelina. Je suis désolé. »

Elle se fige, mais reste face à la voiture.

« Je sais que tu as peur. Je sais que tu ne comprends pas ce qui se passe. J'ai déconné. Total. Mais je ne te ferai pas de mal. C'est promis. Et je ne laisserai personne t'en faire. »

Lorsqu'elle finit par se retourner, des larmes brillent dans ses yeux.

Ça me déchire le cœur.

Puis, sans avertissement, elle se précipite vers sa voiture.

Tel le plus gros connard au monde, je plaque ma main sur la portière pour la maintenir fermée. « Ne t'enfuis pas. Je t'en prie, n'essaie pas de me fuir. La seule manière pour que ça s'arrange, c'est qu'on se fasse confiance. »

Je ne sais même pas ce que je raconte, mais je suppose qu'à un certain niveau, c'est la vérité. Si Angelina s'enfuit, je n'aurai pas le choix : je devrai immédiatement envoyer Fox à sa poursuite.

Et si elle ne le fait pas ?

Ça, je l'ignore. Je devrais quand même l'emmener voir Fox. Mon alpha m'a donné un ordre et Fox une date butoir. Mais putain, j'en suis incapable.

~.~

Angelina

. . .

LES VAMPIRES N'EXISTENT PAS. Les vampires n'existent pas. Les vampires n'existent pas. Oh mon Dieu, est-ce que les vampires existent ?

Je tremble de tout mon corps.

Si elle avait pas besoin qu'on l'efface, au moins maintenant, c'est sûr.

Je ne sais pas exactement ce qui s'est passé, mais je crois que Jared m'a emmenée ici pour faire effacer ma mémoire. Ou mon esprit. Et qu'il a ensuite changé d'avis. Quoi qu'il en soit, je ne compte pas m'attarder pour le confirmer.

Il y a un *vampire* dans le club qui serait probablement ravi de me vider de mon sang. Et maintenant, je ne fais plus confiance à Jared.

C'est ce qui me peine le plus. Je ne veux pas rester là et le laisser voir à quel point je suis blessée. Quand il abat sa grosse patte sur ma portière, je me glisse sous son bras et essaie de m'enfuir.

C'était idiot. Il me rattrape avant que j'aie fait deux pas, passe un bras autour de ma taille et me soulève. Je donne des coups de pied et des ruades, essaie de remonter mes pieds assez haut pour le frapper là où ça comptera.

« Angelina. *Angelina*. Ouuf. »

Ouais, je l'ai eu dans les couilles.

Ça le déstabilise, mais pas autant que je l'espérais. Je vise les yeux, comme on nous l'a appris en cours d'autodéfense. Mes ongles griffent sa joue, puis il saisit mes deux poignets et les rassemble dans mon dos. « D'accord, *d'accord*. » On dirait qu'il se retient de rire, ce qui me met hors de moi. « Bébé, arrête de te débattre, s'il te plaît. » Aucun doute, j'entends de l'hilarité dans sa voix.

« Ce n'est pas drôle », dis-je d'un ton strident en envoyant à nouveau mes talons dans ses tibias.

Il fait un bond en arrière, sans lâcher mes poignets. « Je

sais bien. *Je sais.* » Le face-à-face continue, moi essayant d'envoyer des coups, lui les évitant. « Tu es juste tellement adorable, et ça m'excite quand tu te bats. Je m'excuse... vraiment. S'il te plaît, Angelina. » Il me soulève et m'assied sur le capot de la voiture avant de se coller entre mes jambes. Il tient toujours mes poignets, mais on dirait à présent qu'il me serre juste dans ses bras. Du moins, j'en ai l'impression. Il plonge le nez dans mes cheveux et inspire profondément.

Et ne bouge plus.

Je suis pétrifiée. Merde, je ne sais vraiment pas quoi faire.

Il frotte son nez contre mon cou, son début de barbe effleure ma joue. Nos respirations hachées s'entremêlent. Je pourrais jurer que j'entends nos cœurs tambouriner à l'unisson.

Il lâche mes poignets et s'écarte lentement, comme s'il attendait de voir si je vais encore essayer de m'enfuir.

Je prends mon élan et lui donne une claque, aussi fort que je le peux.

Il ne paraît pas surpris. C'est comme s'il l'avait vue venir et avait décidé de se laisser frapper.

Mes yeux se remplissent de larmes alors que je lui assène une seconde gifle.

À nouveau, il me laisse faire.

Et au lieu de rire, il a à présent la décence d'avoir l'air désolé.

Les larmes coulent sur mes joues. Je les essuie du revers de ma main. « Dis-moi ce qui s'est passé là-dedans. Tu m'as emmenée voir un v-vampire ? Pourquoi ?

— Fox aussi a des superpouvoirs. Il peut effacer la mémoire des gens.

— Mais pourquoi... » La situation est si surréaliste que mon esprit se met à tourner à cent à l'heure. Je peux pratiquement entendre les éléments s'emboîter dans ma tête comme les pièces d'un puzzle. « L'accident. Tes superpouvoirs. Tu ne veux pas que je m'en souvienne. Tu m'as emmenée voir un vampire pour qu'il efface mes souvenirs. »

Il ferme les yeux et appuie son front contre le mien. « Ouais.

— Qu'est-ce que tu es, Jared ? » Ma voix se brise. « Pas un vampire. »

Si j'étais totalement sincère avec moi-même, je me rendrais compte que je suis terrifiée d'entendre sa réponse.

Sa grosse main se pose sur ma nuque. Elle n'est pas menaçante, au contraire ; elle m'apaise. Son pouce trace de petits cercles sur ma peau. « Un métamorphe... un peu comme un loup-garou.

— Un loup-garou ? C'est... c'est impossible. »

Il bat des cils et un brasier illumine ses iris. Genre, sérieusement, ils brillent.

Je pousse un murmure plaintif. « Non. Je deviens folle.

— Non, pas du tout. Tu es parfaite. C'est moi, le monstre. »

J'ai l'impression que mon cerveau tourne au ralenti. « Alors, tes superpouvoirs...

— La rapidité. La force. Des capacités de guérison supérieures. Et parfois... je suis très poilu.

— Poilu ?

— Je me transforme en loup.

— Oh mon Dieu. » On est là, à discuter de l'impossible, de vampires et de loups-garous, mais tout colle. Je devrais vouloir prendre mes jambes à mon cou, pourtant sa franchise me calme.

« Mais tu ne peux pas être au courant, Angelina. » J'entends de la frustration dans sa voix. Je le revois jeter une table sur le vampire. Le niveau de violence dans le club m'a écœurée. Mais bien que ce soit lui qui m'ait emmenée ici, il m'a aussi protégée.

Je tremble toujours et son aveu ne fait qu'empirer les choses. « Je t'en prie... laisse-moi partir. » Ma demande est sincère, mais l'idée qu'il me lâche, que je monte dans ma voiture et m'en aille, m'effraie encore plus que celle de rester. Je n'ai pas envie d'être seule tout de suite. Même si c'est lui qui m'a effrayée, sa présence donne de la substance à la situation. M'apporte un certain réconfort. Et je mérite clairement des explications supplémentaires.

« Je... je ne peux pas, Angelina, répond-il d'une voix accablée.

— Alors, qu'est-ce que tu vas faire de moi ? » La mienne n'est qu'un murmure.

« Je ne sais pas. » Il passe son avant-bras sous mes fesses et me soulève jusqu'à ce que j'accroche mes jambes autour de sa taille.

J'enlace automatiquement son cou pour conserver l'équilibre. Même si j'ai envie de le repousser, c'est plutôt agréable. « Ramène-moi chez moi. » Je fais de mon mieux pour ne pas laisser ma voix chevroter. Pour avoir l'air ferme, pas suppliante. Parce que malgré mes tremblements, mon corps s'est éveillé contre le sien et la chaleur se rassemble partout où nous sommes en contact.

« Ouais, bébé. Je vais te ramener chez toi. » Il s'approche de la portière conducteur, mais au lieu de l'ouvrir, il me coince contre la voiture, son membre raide enfoui juste entre mes cuisses, et plaque ses lèvres sur les miennes.

Je devrais le repousser, le punir pour ce qu'il m'a fait, mais ma bouche a sa propre idée. Je lui rends son baiser, m'enhardis et mordille sa lèvre.

Il éclate de rire contre ma bouche et recommence à m'embrasser.

Merde. Malgré ma résistance, chaque mouvement de ses lèvres, chaque petit coup de bassin alimente ma passion. Je sens une puissance brûlante affluer au creux de mes reins, la chaleur se propage dans mon bas-ventre.

Ses mains deviennent plus rudes, ses doigts pétrissent mes cuisses, il serre les parties accessibles de mes fesses. Sa langue glisse dans ma bouche et il me dévore, me lèche, me suce, me mordille et m'embrasse. Lorsqu'il s'écarte, je halète.

Je lui donne une troisième gifle.

C'est sans conséquence, vraiment. Ça me fait du bien et ça ne fait que l'amuser.

Il saisit ma main en souriant et la porte à ses lèvres. « Je vais te ramener chez toi, bébé, à une condition.

— Laquelle ? » Je repousse les cheveux devant mes yeux, essaie d'empêcher le monde de tourner autour de moi.

« Que tu m'invites à entrer. »

Je ne sais pas pourquoi mon nez se remet à picoter à cette phrase. Sa récente trahison me blesse toujours, j'imagine.

« Hé. » Je ne sais pas comment il capte mes émotions si clairement, mais c'est le cas. « Je ne m'attends à rien. Je ne te demande pas de m'inviter dans ton lit. J'ai trahi ta confiance et je vais devoir la regagner. Je le sais. Je pense juste qu'on doit discuter. Je te dois au moins une explication. »

Je cligne rapidement des yeux et opine du chef. Je ne fais pas assez confiance à ma voix pour tenter de parler.

Le regret passe sur les traits de Jared. Il m'embrasse sur le front, se penche et me repose sur mes pieds. Je vais m'installer sur le siège passager.

Lorsqu'il monte à son tour dans la voiture, il se passe une main sur le visage avant de démarrer. Je croise les bras et regarde fixement droit devant moi. Aucun de nous ne parle pendant le court trajet jusqu'à chez moi.

Une fois là-bas, il utilise ma clé pour ouvrir ma porte et nous entrons dans la maison.

Pourquoi a-t-il voulu entrer ? L'espace d'un instant, une centaine de scénarios flippants me passe par la tête. Je fais quelques pas en arrière.

Il lève les mains, me présente ses paumes ouvertes. « Je ne vais pas te faire de mal.

— Pourquoi tu es ici, alors ?

— Je suis ici pour... te surveiller, je suppose. Je ne peux pas te laisser appeler quelqu'un pour raconter ce qui s'est passé. J'ai besoin que tu comprennes bien ce qui est en jeu. »

Je hoche sèchement la tête. Bon, ça paraît logique. J'enlace ma taille et me perche sur l'accoudoir du canapé. « Alors, parle. »

Il montre la banquette du canapé en s'installant sur le pouf. « S'il te plaît, assieds-toi.

— Très bien. » Quand je m'exécute, il approche immédiatement le pouf jusqu'à ce qu'il soit assis juste en face de moi.

« Angelina. Je veux juste te dire que je regrette ce qui s'est passé. »

J'acquiesce. « Merci.

— Et il faut que tu saches que tu n'as jamais été réellement en danger. C'est vrai, je t'ai emmenée voir Fox pour effacer tes souvenirs de ma régénération, mais c'est tout. »

Je fais la moue. « Alors, pourquoi est-ce que tu l'as arrêté ? »

Jared a un air coupable. Il se frotte le front. « Je trouvais pas ça normal. Je n'ai pas aimé te voir sous son emprise. » Il semble réticent à l'avouer.

Quelque chose bouge, se réarrange dans ma poitrine.

« Je... J'ai envie de te protéger, Angelina. »

La chose qui vient de bouger se réchauffe.

« J'obéissais aux ordres de mon alpha, mais je n'ai pas

réussi à aller jusqu'au bout et ma réaction a été excessive. Mais je te le promets, peu importe de quoi ça pouvait avoir l'air dans le club, il ne te serait rien arrivé. Fox n'allait pas t'agresser. Et je ne te ferai jamais de mal. »

Je pince les lèvres, parce que j'ai l'impression que je vais me remettre à pleurer, puis pousse un soupir. « D'accord. Je te crois. »

Le visage de Jared se transforme. Ses rides soucieuses disparaissent, ses sourcils se haussent de surprise. « C'est vrai ?

— Ouais, dis-je en hochant la tête.

— Viens là, bébé. » Quand je ne bouge pas, il me soulève du canapé et m'attire sur ses genoux. Il plonge son visage dans mes cheveux et embrasse mon épaule. « Super, dit-il d'un ton manifestement soulagé. Tant mieux.

— Et maintenant, quoi ? »

Ses bras se resserrent autour de moi, la tension est de retour. « Maintenant, je ne sais pas, soupire-t-il. Est-ce qu'il y aurait une chance pour que tu acceptes qu'on efface tes souvenirs ? À propos de tout ça ? »

J'essaie de me lever de ses genoux, mais il me retient contre lui. « Doucement. Je ne vais pas te forcer. J'envisage juste les possibilités.

— Aucune chance, dis-je avec fermeté. C'est mort. »

Il rit doucement. « Tu es une femme intelligente. Et j'adore ton feu intérieur, bébé.

— Je ne pourrais pas juste promettre de ne jamais en parler à personne ? D'emporter votre secret dans la tombe ? »

Il reste un moment silencieux, puis répond : « Ouais. Je vais avoir besoin que tu me fasses cette promesse, bébé. »

Je pivote sur ses cuisses musclées pour le regarder dans les yeux. « Je le jure sur ma tête. Je ne le dirai jamais. Croix de bois, croix de fer... » Je dessine une croix sur mon cœur et lève trois doigts, à la manière des scouts.

Ses lèvres frémissent et il attire mes doigts vers sa bouche. Son baiser est doux, beaucoup plus tendre que je ne l'en imaginais capable.

« Maintenant, promets-moi que tu ne le feras pas », dis-je en soutenant son regard.

En le voyant hésiter, la déception me fait l'effet d'une douche froide. Mais il finit par hocher la tête. « Je te promets de ne pas effacer ta mémoire et de ne laisser personne le faire sans ton accord. »

Quand son téléphone sonne, je saisis cette occasion pour descendre de ses genoux. Pas parce que je lui en veux toujours. Plutôt tout le contraire. Je trouve cet homme dangereusement attirant.

Il lâche un juron et se lève. « Salut, dit-il dans le combiné. Non, pas exactement. »

J'entends une forte voix masculine à l'autre bout du fil. Jared me lance un regard à la dérobée.

Je demande : « C'est à propos de moi ? »

Il lève la main, comme pour me demander d'attendre, et sort sur le porche de l'entrée. Je l'entends marcher, mais je n'arrive pas à entendre ce qu'il dit.

~.~

JARED

. . .

« Putain, comment ça, *pas exactement* ? Mes ordres étaient pas clairs ? »

Sans surprise, Garrett est en rogne.

Je fais quelques pas pour m'éloigner de la maison d'Angelina. « Je n'avais pas envie qu'une sangsue rentre dans son cerveau.

— Je m'en tape, de tes envies. Un ordre est un ordre. C'est la loi de la meute, tu le sais.

— Ça m'est égal. » Je dépasse tellement les bornes que je pourrais être banni, mais je n'en ai plus rien à foutre. J'ai déjà fait mon choix. Je ne peux pas – ne veux pas – obéir à mon alpha. Je vais devoir assumer les conséquences, quelles qu'elles soient. « Si quelqu'un la touche ou essaie d'effacer sa mémoire, je le bute. C'est valable pour Fox et c'est même valable pour toi. »

Voilà. Je viens de creuser ma tombe. Il peut me bannir s'il le souhaite ; j'emmènerai Angelina avec moi et je la protégerai jusqu'à ma mort.

D'un côté, j'adore cette idée, bien qu'elle soit atroce. Une excuse pour lier Angelina à moi.

Il y a un silence de mort à l'autre bout du fil.

Mon cœur bat contre mes côtes et je dois faire un effort pour ne pas écrabouiller le portable dans mon poing. Si je n'entendais pas la respiration rapide de Garrett, je penserais qu'il a déjà détruit le sien.

Il défonce les téléphones plus vite que je peux dévorer un paquet de cookies.

« Est-ce que tu essaies de me dire que c'est ta compagne ? » demande mon alpha d'une voix basse et dangereuse.

Je ferme les yeux et inspire lentement, content que la lune ne soit pas pleine avant deux semaines. J'arrive tout juste à garder le contrôle sur mon loup en lui rappelant les risques qu'il ferait courir à Angelina.

Après un long moment, je réponds : « Non. » Même si dire *oui* résoudrait le problème.

Putain, je ne peux pas faire d'Angelina ma compagne. C'est une petite humaine délicate. La morsure de revendication risquerait de la tuer, et laisserait dans tous les cas une cicatrice sur son cou gracieux. Les ballerines n'ont pas d'horribles cicatrices dans le cou. Et elles ne choisissent pas une brute tatouée comme compagnon, ni comme petit copain, peu importe.

Angelina a de grands projets et elle est promise à un bel avenir. Il est hors de question que je lui enlève tout ça. Ce n'est pas juste.

Et je lui ai aussi fait une promesse. J'ai dit que je ne les laisserai pas effacer ses souvenirs.

Alors, qu'est-ce que je peux faire d'autre ?

« Putain, Jared, qu'est-ce que tu ne me dis pas ? »

Je décide d'être totalement honnête ; si j'essayais de mentir à Garrett, il le saurait. « Écoute, je ne sais pas. Cette fille est importante pour moi. J'aimerais que ce ne soit pas le cas, mais c'est comme ça. »

Garrett redevient silencieux. Lorsqu'il reprend la parole, sa voix est tendue. « Je vais te donner deux semaines. Débrouille-toi pour prendre une décision. Soit tu la marques et tu la revendiques comme tienne, soit tu l'effaces. Pendant ce temps, tu la colles. Assure-toi qu'elle n'en parle à personne. Compris ? »

Je ne devrais pas me sentir soulagé. Ce putain d'énorme problème ne sera pas résolu en deux semaines, pourtant je respire mieux. Ce sont deux semaines que je pourrai passer avec Angelina. Deux semaines avant que... merde.

« Cinq sur cinq.

— Bien. Et ne crois pas que je ne te botterai pas le cul la prochaine fois que je te vois. »

Je souris. Au fond, j'adore Garrett. Et je me fous qu'il me casse la gueule, parce que je le mérite. « Ouais. Je sais. Merci. Je dois encore arranger les choses avec Fox. Il m'a donné vingt-quatre heures.

— Elle est au courant pour lui aussi ? »

Mes membres s'engourdissent. « Ouais.

— Je vais lui parler. Lui dire qu'on s'en occupe.

— Merci, mon pote.

— Jared...

— Ouais ?

— Bonne chance, mon ami. »

J'aboie un rire amer. « Merci. Je vais en avoir besoin.

— Ouais, en effet. »

Je ne suis pas certain de ce qu'il entend par là, mais je me souviens à quel point il est devenu dingue avant de revendiquer sa compagne humaine. Avec Trey, on a dû le retenir pour l'empêcher de l'attaquer pendant la pleine lune.

Est-ce qu'il pense que je veux marquer Angelina ?

Je n'en ai pas ressenti l'envie irrépressible, mais je n'ai pas encore couché avec elle. Et elle éveille déjà toutes sortes de terribles désirs en moi.

Merde.

En effet, mon loup veut probablement la revendiquer. Mais ça n'arrivera pas. Parce que

1. Je suis un métamorphe.
2. Je suis un minable.
3. Elle est beaucoup trop bien pour moi. Même si j'arrivais à la marquer sans la mettre en danger, les filles comme elles ne sont pas faites pour les types comme moi.

Quand je rentre dans la maison, Angelina sort de la salle de bains, sa brosse à dents dans la bouche.

C'est une activité domestique banale, mais elle fait directement réagir ma bite, comme tout ce que fait cette fille. La voir ainsi, comme si on vivait ensemble, me perturbe profondément.

« Tu veux la bonne ou la mauvaise nouvelle ? »

Elle répond en mordant la brosse à dents pour parler : « 'a bonne 'ou-elle. »

Je souris idiotement. Putain, qu'elle est mignonne. « La bonne nouvelle, c'est que tu as obtenu un sursis. » Je lève la main en voyant ses yeux s'arrondir. « C'est une image, c'est tout. J'ai du temps pour résoudre la situation.

— Et 'a 'au-aise 'ou-elle ? demande-t-elle, la brosse toujours serrée entre ses mâchoires.

— Tu as une nouvelle ombre. Je dois rester avec toi pour le moment. Jusqu'à ce qu'on soit sûrs que tu garderas notre secret. »

Je m'attendais à ce qu'elle m'envoie me faire voir. Peut-être à ce qu'elle me gifle à nouveau, ce qui ne devrait d'ailleurs pas m'exciter autant. Mais elle rougit jusqu'à la racine de ses beaux cheveux roux. « R-rester avec moi comment ? Rester ici ? »

J'acquiesce. « Ne t'inquiète pas, je dormirai sur le canapé. Je ne suis pas ici pour te forcer à quoi que ce soit. Juste pour... » Je m'interromps. Juste pour quoi ? Décider si elle est ma compagne ? Accepter d'effacer sa mémoire ? Découvrir à quel point passer la nuit sous le même toit sans occuper chaque minute à la baiser sauvagement va être difficile ?

Elle hausse les sourcils.

« ... juste pour être sûrs. Comme je l'ai dit. »

Elle repart vers la salle de bains après m'avoir lancé un regard pensif.

Que se passe-t-il dans cette jolie caboche ?

« D'accord », dit-elle avant de cracher dans le lavabo. J'entends l'eau couler, mais je ne peux m'empêcher de la suivre.

Je m'appuie contre l'encadrement de la porte. « Tu sais que chaque fois que tu me dis *d'accord* avec cette voix boudeuse, j'ai envie de fesser ton joli petit cul jusqu'à ce que tu cries ? »

Ses lèvres s'entrouvrent et elle arrête de sécher ses mains sur la serviette, comme si je l'avais choquée au point de la pétrifier. J'essaie de ne pas baisser les yeux, mais les pointes dressées de ses tétons apparaissent sous son T-shirt fin et l'odeur de son excitation entre dans mes narines.

Je donnerais n'importe quoi pour la baiser sur-le-champ.

Ce ne serait pas difficile de la séduire. Elle est déjà à moitié sous mon charme, simplement avec ma menace crue.

Mais je ne le ferai pas.

Garrett ne m'a pas ordonné de rester avec elle pour que je me la tape, peu importe à quel point elle me rend dingue.

Et elle mérite mieux que moi.

Tellement mieux.

« Je vais laisser passer pour cette fois, dis-je lentement en lui décochant ce que je considère être mon sourire le plus charmeur. Mais estime-toi prévenue. » Je m'écarte d'un pas tranquille, parce que si je reste une seconde de plus elle va comprendre exactement à quel point j'ai envie de lui enlever son short. J'entends sa réponse rauque alors que je m'éloigne dans le couloir.

« Je le suis. »

 ngelina

JE NE SAIS PAS COMMENT j'ai réussi à m'endormir. J'ai passé la nuit à rêver qu'un loup-garou musclé entrait dans ma chambre et me plaquait sur le lit. Me forçait à ouvrir les jambes et me donnait du plaisir avec sa bouche et ses doigts jusqu'à ce que ma voix soit rauque à force de crier.

Cohabiter avec Jared va être quasiment impossible. Quand je l'entends fouiller dans la cuisine, j'enfile un short sous le T-shirt dans lequel j'ai dormi et vais le rejoindre. Je le trouve en train de chercher dans les placards avec un air renfrogné.

Il est encore plus massif et impressionnant le matin. Ses muscles étirent son T-shirt moulant et son jean. Une véritable œuvre d'art. La danseuse en moi a envie de l'escalader comme un espalier.

« Qu'est-ce que tu cherches ? »

Il ferme un placard en fronçant les sourcils. « Du café. Je

voulais te préparer un café pour bien démarrer la journée. Mais tu n'en bois peut-être pas ?

Je secoue la tête et essaie de tempérer le plaisir que je ressens en entendant qu'il cherche du café pour *moi*, pas pour lui. « Non, à moins d'en acheter à Starbucks. En général, je prépare un smoothie le matin. Tu en veux un ? »

Il semble surpris. « Hum, ouais. Volontiers. »

J'ouvre le réfrigérateur pour sortir des ingrédients. « Qu'est-ce que tu manges le matin, d'habitude ? » Je l'imagine être plutôt du genre à manger un steak et des œufs au petit-déjeuner, surtout s'il est un loup.

En parlant de loup, j'ai pensé à un million de questions que j'aimerais lui poser, mais je ne sais pas s'il acceptera de me répondre étant donné que je suis censée ne rien savoir.

« Oh, je suis du genre à boire une canette de Red Bull et à manger ce qu'il y a. » Il a un ton dépréciateur que je déteste, bien que je ne parvienne pas à mettre le doigt sur ce qui me dérange tant. C'est comme s'il partait du principe que j'allais le juger.

Je passe à côté de lui et commence à mettre différents fruits dans le mixeur : des myrtilles sauvages gelées, des framboises bio, un peu de jus concentré de cerise, une banane, quelques poignées d'épinards, de la gélatine pour mes protéines, de la spiruline, de l'eau et un trait de citron. Je mélange le tout et verse le contenu dans deux verres hauts auxquels j'ajoute des pailles.

Lorsque je tends le sien à Jared, il a les yeux mi-clos et me regarde intensément, comme si la préparation de smoothie était une forme d'art érotique.

« Merci. » Sa voix grave fait voleter des papillons dans mon ventre. Il l'avale en trois gorgées et s'essuie la bouche du revers de la main. « Délicieux. Merci, ma belle. »

— J-je vais sous la douche.

— Ne me laisse pas te retenir. » Il me fait son sourire charmeur, celui qui pousse les filles dans la boîte de nuit à lui montrer leurs seins et à se ridiculiser devant lui.

Je tourne les talons et m'éloigne vers la salle de bains. Vite, avant que je ne rejoigne le club.

Bien sûr, je pense à lui pendant tout le temps que je passe sous la douche. J'imagine comment ce serait s'il décidait d'entrer. Ai-je volontairement omis de verrouiller la porte ?

Oui, je le crains.

Mais il ne vient pas. Ce qui est une bonne chose, parce que j'ai cours toute la journée. Pourtant, je me sens incroyablement gênée quand je cours jusqu'à ma chambre sans rien d'autre qu'une serviette enroulée autour de mon corps. Pourquoi n'ai-je pas emporté mes vêtements avec moi dans la salle de bains ?

Je suis presque sûre d'entendre Jared rire doucement alors que je ferme la porte, ce qui rend la situation mille fois pire. Je ne devrais pas le laisser me faire perdre mes moyens sous mon propre toit. Je mets mes chaussures de danse puis enfile un short et un T-shirt par-dessus mon body et mes collants. Mes cheveux sont relevés en deux chignons sur le sommet de mon crâne, un peu comme des antennes, pas comme la princesse Leia.

Quand je sors de la chambre, Jared est appuyé contre un mur dans la pièce principale, la tête baissée sur son téléphone. Il prend une longue inspiration en me voyant et me dévore des yeux comme si j'étais une bombe sexuelle au lieu d'une débile en chignon obligée de s'habiller pour danser dès le réveil.

J'imagine qu'il est vraiment le grand méchant loup.

Et cette pensée ne devrait pas me faire autant mouiller.

« Bon, j'ai cours toute la journée, je ne rentrerai pas avant minimum dix-huit heures », dis-je en haussant les sourcils pour appuyer mes propos.

Il me prend les clés des mains et verrouille la porte derrière nous. « Super. Je vais conduire. »

Je cesse de marcher. « Attends... *quoi* ?

— Tu croyais que j'allais te retrouver ici à six heures ? Non, bébé, je suis ton ombre. Je vais là où tu vas. » Il marche en direction de ma voiture.

« T-tu ne peux pas venir en cours avec moi ! » J'en bégaie.

Il s'arrête devant la portière conducteur et pose les coudes sur le toit de la voiture. Son sourire est malicieux. « Bien sûr que si, je peux. »

Je hausse un sourcil. « Oh, *vraiment* ? Tu vas suivre un cours de danse classique ?

— J'attendrai devant.

— Mais qu'est-ce qui te dit que je n'en parlerai pas à quelqu'un pendant le cours ? C'est idiot, Jared. Tu ne peux pas passer toute la journée collé à moi. Tu n'as pas besoin de venir à l'école.

— J'ai mes ordres. Je ne dois pas te lâcher d'une semelle. » Il me détaille de la tête aux pieds avec un regard appuyé. « Et ça me convient très bien. »

J'ai du mal à rester impassible à cause des tressautements dans mon ventre. Je dois reconnaître que l'idée que Jared reste avec moi a quelque chose de plaisant. Mais c'est aussi totalement ridicule. Je plante une main sur ma hanche. « Tu ne peux pas. Tout le monde va te regarder. Qu'est-ce que je vais dire aux gens ? »

Son sourire vacille et j'ai l'impression que je l'ai blessé, bien que je ne puisse pas imaginer une seule raison pour ça. « Dis-leur que je suis ton garde du corps. Allez, monte. Tu vas être en retard.

— Tu ne sais même pas à quelle heure j'ai cours ! » Je proteste, mais il a raison.

« En fait, si. J'ai regardé ton emploi du temps sur ton téléphone et je l'ai synchronisé avec le mien. »

Je sors mon portable de ma poche. « Et quoi, tu m'as mise sur écoute, aussi ? »

Quand il ne répond pas, je suis bouche bée. « Tu es sérieux ? » J'ai à nouveau peur. Je suis surveillée par une organisation (non, une *espèce ?*) que je ne comprends même pas. Je croyais pouvoir faire confiance à Jared, mais je n'en suis plus si sûre.

« Hé, hé. » Comme d'habitude, il capte mon humeur. « Du calme. Qu'est-ce que je t'ai promis ? »

Je serre la lanière de mon sac jusqu'à faire blanchir les articulations de mes doigts. « Je ne sais pas, dis-je froidement.

— Tu es en sécurité avec moi. Je ne laisserai rien t'arriver.

— Tant que je garde ton secret. » C'est une constatation, pas une question.

Il hoche la tête. « Tant que tu ne parles de notre secret à personne.

— Et si je le fais ? »

Le visage de Jared s'assombrit, sa mâchoire se crispe. « Tu ne peux pas. » Son ton ne tolère aucun refus. Il ne servirait à rien de protester ou d'essayer de négocier. Il m'explique un état de fait.

Je relâche une respiration tremblante.

« Tu penses à en parler à quelqu'un ? » Son ton est menaçant, une tonalité que je n'avais encore jamais entendue sortir de sa bouche. Ce type est baraqué et j'ai vu ce dont il est capable au cours de sa rapide empoignade avec le vampire. À cet instant, il devient infiniment clair qu'il est mortellement dangereux.

Mon cœur cogne contre mes côtes.

« Alors ? » Sa voix est plus tranchante qu'un couteau.

« *Non* ! » Je suis à la fois vexée et en colère. Et toujours complètement flippée.

Jared se détend sur le siège, qu'il a écarté au maximum du volant pour pouvoir monter dans le véhicule, mais un pli barre toujours son front. « Je n'aime pas sentir la peur sur toi, bébé. » Ses mains se serrent sur le volant comme s'il l'agrippait pour ne pas me toucher. « Je suis désolé de t'avoir effrayée. »

Un millier de pensées inachevées virevoltent dans mon esprit. La seule à être cohérente qui flotte à la surface, c'est : *il peut sentir ma peur* ?

« Bien sûr », répond-il. Apparemment, j'ai posé la question à voix haute. « Et ton excitation. »

Je pique un fard et lui lance un regard en biais. Lorsque je vois ses lèvres frémir, j'ai envie de le frapper. L'effet que me fait cet homme ! Je ne tape pas les gens, d'habitude. Jamais.

« En général, je me gare en haut de la cinquième rue et j'y vais à pied. On ne peut pas se garer sur le campus » dis-je, surtout pour changer de sujet.

Mais il entre directement sur le campus et s'arrête devant le bâtiment de danse. « Tu es en retard. Vas-y. Je vais me garer, je te retrouverai après ton cours. »

Je sors de la voiture et me penche vers la portière. « J'ai cours toute la journée. Sérieusement, reviens juste à seize heures.

— Je serai là après ton cours de danse classique », répond-il en secouant la tête.

Je lève les yeux au ciel. « D'accord », dis-je avant de me rappeler son avertissement de la veille.

Son sourire a quelque chose de diabolique. « Maintenant, tu vas y avoir droit. »

Je claque la portière et grimpe l'escalier à la hâte, sentant mon visage devenir écarlate et mes fesses commencer à picoter à l'idée de la fessée promise.

~.~

*J*ARED

IL EXISTE une forme particulière de torture pour les mâles qui osent s'imaginer dignes d'une ballerine : les vêtements ultra moulants qu'elles portent en guise de tenue. Je suis devant la porte où se déroule la leçon de danse classique d'Angelina, et je suis en train de crever à force de la mater par la vitre.

Littéralement. De crever. Ma bite est dure comme la pierre, surtout maintenant que je pense à lui donner une fessée, et je ne sais pas si je vais survivre jusqu'à la fin de la journée sans relâcher un peu la pression.

Un groupe de filles en bodys et collants se rassemble devant le studio. Elles s'installent au sol et s'étirent avant leur prochain cours. Certaines ont l'air convenablement scandalisées de me voir, ce à quoi je m'attendrais de la plupart de ces danseuses coincées. Mais certaines me reluquent avec les regard enhardis que j'ai l'habitude de recevoir au club, leurs yeux s'attardent sur mes muscles et mes tatouages. C'est cette fascination pour les bad boys qui pousse même des filles bien sous tous rapports à prendre de mauvaises décisions.

L'une d'entre elles se lance. « Tu attends quelqu'un ?

— Ouais.

— Qui ?

— Angelina. La rousse. » Je fais un signe de tête vers la vitre, derrière laquelle les danseuses prennent des poses similaires à celles de Roméo et Juliette sur le poster du spectacle affiché près de la porte.

« Ah oui, elle est super. J'adore Angelina, s'enthousiasme une autre avec une attitude encore plus aguicheuse bien que je vienne de mentionner ma femelle.

— Oui, elle l'est », dis-je en un murmure. Mes yeux ne quittent pas Angelina. Elle fait quatre tours consécutifs sur elle-même sur la pointe de ses ballerines. Ses jambes font un kilomètre de long, tout en muscles. Son corps est une œuvre d'art. C'est une Angelina différente de celle que j'ai vue au club. Elle est sérieuse et précise, chacun de ses mouvements est parfait. Et elle a l'air un peu morose. Putain, j'espère que ce n'est pas parce que je suis là.

La porte du studio s'ouvre et les danseuses s'éparpillent dehors tandis que quelques notes de musique snob résonnent. Du classique, un truc comme ça.

« Angelina ! crie l'une des filles près de moi d'une voix perçante. Par ici. »

Angelina pose les yeux sur moi et pince les lèvres.

Merde. C'est bien moi qui la déprime.

Elle s'approche vivement. Je m'attends presque à ce qu'elle passe à côté de moi sans s'arrêter, mais elle se colle contre mon corps, son visage levé comme pour réclamer un baiser. Un baiser agacé. Non... possessif. Elle marque son territoire devant ses amies.

Sexy petite femelle alpha.

Qu'il ne soit jamais dit que j'ai manqué une opportunité. Mes lèvres sont contre les siennes avant qu'elle puisse cligner des yeux, et ce n'est pas un petit bécot. Je dévore sa bouche comme un homme affamé, ignorant les éclats de rire des danseuses autour de nous.

Lorsque je lâche Angelina, ses lèvres sont enflées, ses yeux brillent. Je pose la main dans sa nuque et me penche pour lui murmurer à l'oreille : « Tu marques ton territoire, bébé ? »

Elle lève le menton et prend la pose têtue que j'en suis venu à adorer. « Peut-être. » Sur ce, elle s'éloigne en balançant les hanches, ne me laissant d'autre choix que la suivre.

Je reste derrière elle sans me presser, me rince l'œil sur ses fesses qui remuent et sur les flexions de ses cuisses musclées. Elle s'arrête devant une fontaine et se penche pour boire, bien qu'une bouteille d'eau à moitié pleine se trouve dans son sac. Elle me donne un spectacle. J'arrive dans son dos et émets un bruit de gorge appréciateur.

Parce que je suis presque certain que c'est ce qu'elle veut.

Il s'avère que je sais qu'elle n'a pas cours avant quarante minutes, ce qui nous laisse le temps de prendre un moment tous les deux. Si j'arrive à trouver un endroit où on sera tranquilles. Malheureusement, je continue d'attirer l'attention de tous les humains dans les parages.

J'enlace la taille d'Angelina pour la coller contre mon corps et lui faire sentir mon érection gonflée. « Bébé, emmène-moi dans un endroit tranquille et je te récompenserai comme il faut pour ce baiser. »

Je m'attends à moitié à ce qu'elle me rabroue, mais elle jette des regards de côté avant de me prendre la main et de m'entraîner dans un couloir vide. Elle essaie d'ouvrir une première porte, verrouillée, puis une autre. Celle-là s'ouvre.

Je la suis à l'intérieur et la plaque contre le mur près de l'entrée. Comme ça, personne ne peut nous voir par la fenêtre et je peux bloquer la porte si quelqu'un essaie d'entrer. J'ai baissé son justaucorps et poussé les coques de son soutien-gorge en quelques secondes, et ma bouche est collée sur l'un de ses mamelons roses. Une de mes mains est serrée autour de son sein pendant que l'autre frotte entre ses jambes. Je passe sur son short, trace le contour de son sexe à travers les couches de tissu.

« Bébé, j'ai envie de déchirer ces collants avec mes dents. » Mon aveu la fait haleter.

« Non, s'il te plaît. » Quand elle pousse mon torse, je me force à reculer. Je suis peut-être rentre-dedans, mais putain, je ne force jamais les femmes.

Ma petite ballerine tombe soudain à genoux, tête levée pour regarder mon visage.

Alors que ses narines s'évasent, je pose instinctivement la main sur ma bite dans mon jean.

Elle défait le bouton de ma braguette et baisse la ferme-ture éclair en une lente danse sexy pendant que je me mords le poing pour ne pas grogner.

Elle ne dit pas un mot. Aucun de nous ne parle. Elle sort ma queue et referme ses doigts fins autour de sa base.

Dès que ses lèvres s'entrouvrent, une goutte apparaît sur mon gland. Je suis à deux doigts d'exploser, ce qui ne me ressemble pas. Je suis assez fier de mon endurance. Mais apparemment, je n'en ai aucune dès qu'il s'agit de cette fille. Surtout si l'on prend en compte que je bande pour elle depuis maintenant des jours.

« Merde, mon ange, dis-je entre mes dents serrées lors-qu'elle lèche mon gland. Tu vas bien t'en tirer, parce que je vais jouir dans deux minutes. »

J'adore le sourire satisfait qui se dessine sur ses lèvres avant qu'elle me prenne profondément dans sa bouche.

Oh, par le ciel. Mes testicules se contractent, mes cuisses sont tendues à l'extrême. J'agrippe sa nuque et donne des coups de reins dans sa bouche comme le dernier des connards. Je ne peux pas m'en empêcher. J'ai tellement besoin de jouir que j'en deviens aveugle.

« Angelina », dis-je d'une voix étranglée en essayant de m'enfoncer entièrement dans sa gorge.

Elle serre mon sexe plus fort dans son poing et commence un mouvement de va-et-vient. Sa langue tournoie et lèche de dessous de mon membre tandis que ses lèvres m'aspirent avec vigueur.

« Bébé... »

Je lui rends le contrôle et elle fait bouger sa bouche de concert avec sa main, donnant l'impression d'engloutir toute ma longueur.

« Putain. Putain, oui. Je vais jouir », dis-je pour qu'elle s'écarte. Mais elle ne bouge pas, elle continue à me sucer avec assez de force pour décoller un autocollant sur une voiture. J'éjacule dans sa bouche bouleversante, mes yeux se révulsent.

Elle lèche mon sexe jusqu'à ce qu'il soit propre et se relève pendant que je referme mon jean.

« Putain de merde, dis-je en approchant son visage du mien. Rappelle-moi de menacer de déchirer tes collants plus souvent. »

Quand elle laisse échapper un rire surpris, son visage s'illumine et je me gorge de cette image, encore un peu euphorique après mon orgasme. « Ben, tu bandais tellement, ça avait l'air douloureux. »

Je lui souris. « Je ne peux pas m'en empêcher. Tu es plus habillée au club, et tu sais déjà ce que je pense de ce que tu portes là-bas. »

Elle éclate de rire, un son rauque qui réveille ma queue bien trop vite. On dirait que je vais avoir une gaule permanente avec cette fille. « Tu es sûr que ce n'était pas de voir toutes ces danseuses ? » La question comporte une pointe d'insistance, et je n'oublie pas sa petite réaction de jalousie dans le couloir. C'est important pour moi de mettre les choses au clair.

« Non, bébé. Juste toi. » Sa poitrine est toujours dénudée, et je pince doucement chaque téton. « Mais n'hésite pas à me revendiquer publiquement quand tu veux. J'ai pris mon pied comme pas possible. »

Elle rougit, mais elle sourit toujours. Je lui vole un rapide baiser.

« Ne pense pas pour autant que tu échapperas à ta fessée plus tard. »

Ses joues prennent une teinte rouge foncé et elle se colle contre moi. Je pose les mains sur ses fesses et rapproche ses hanches des miennes. « Est-ce que les loups ont des petites amies ? »

La question est innocente, mais elle est lourde d'implications.

Pour nous deux.

Je lâche ses fesses et m'appuie lourdement contre le mur. « Non. » Putain, ça me tue de le lui dire, surtout quand je vois son visage s'éteindre. « Pas avec des humaines.

— Oh. » Elle baisse les yeux pour remettre son justaucorps en place, et j'ai envie de me mettre des baffes.

« Écoute...

— Non, tu n'as rien à dire. » Sa voix semble forcée. « Je savais depuis le début que tu n'étais pas du genre à te mettre en couple. C'est pour ça que je ne voulais rien commencer avec toi. »

Je serre les poings pour ne pas tendre les bras vers elle. « Ouais, je sais. Je suis désolé. J'essaie de respecter tes limites. C'est juste foutrement difficile. Les autres humaines ne me rendent pas fou comme tu le fais. »

Elle me récompense pour cette remarque en relevant les

yeux vers moi, ce qui me provoque un soulagement viscéral. « Je te rends fou ?

— Putain, complètement. » Je mordille ma lèvre inférieure et déplace ma bite, qui regonfle déjà dans mon jean. « Mais je suis calmé pour un petit moment. Merci de m'avoir aidé à relâcher la pression. »

Elle pince mon téton à travers mon T-shirt. C'est un geste insolent si l'on prend en compte que j'aime avoir le dessus, mais je la laisse faire. « Bon, je ferais mieux d'aller en cours.

— Ouais. » Je lui ouvre la porte et la laisse sortir sans la suivre. Elle a besoin d'un peu d'espace, autant que je peux lui en laisser. J'attends qu'elle ait presque tourné au bout du couloir avant de sortir de la pièce.

Bordel.

J'ai l'impression d'avoir avalé un kilo de plomb.

~.~

AGENT DUNE

LE LOGICIEL de reconnaissance faciale n'identifie pas un seul visage sur les images de la nuit de l'explosion. Pas même celui de Nash. C'est presque comme si leurs dossiers avaient été volontairement effacés de la base de données. Mais par qui ? Ses supérieurs ou quelqu'un de leur côté ? Arriver à hacker leurs systèmes demanderait des compétences en piratage extrêmement sophistiquées, mais il a appris à ne sous-estimer personne. Ne jamais sous-estimer, ne jamais faire de suppositions. Il faut savoir rester ouvert aux possibilités tordues pour obtenir les vraies réponses.

S'il n'avait pas écarté certaines hypothèses sous prétexte qu'elles étaient impossibles dès qu'il a remarqué des détails étranges à propos de Nash, il aurait peut-être appris quelque chose sur son passé. Ce qu'était son père. Ce qui lui est arrivé.

Cette fois, il ne laisserait pas passer sa chance. Il trouverait les responsables des explosions, ouais. Mais il découvrirait aussi le secret si bien gardé qui entourait ces labos partis en fumée. Ce que manigançait DataX. Il suspectait de l'ingénierie génétique.

Et plus d'une personne semblait avoir intérêt à étouffer l'affaire.

Une alerte entrante sur les écrans le tire de ses pensées.

Une correspondance.

Il a lu le dossier. Un certain Parker Jones.

Arrêté pour être interrogé sur des prises de paris illégales à San Diego.

Le prévenu n'a pas été coopératif. Il est soupçonné d'organiser des combats clandestins et de prendre des paris sur ces combats.

On dirait bien qu'il a un suspect à débusquer. Il rassemble son équipement et son sac déjà préparé, vérifie ses armes et quitte la petite planque sécurisée fournie par le gouvernement.

Parker Jones, prépare-toi à me donner des foutues réponses.

CHAPITRE 6

$\mathcal{A}$ngelina

« Tourne à gauche ici. » Jared a de nouveau insisté pour conduire, mais ça ne me dérange pas parce que :

1. On vient me chercher directement devant la porte.
2. Il n'est pas resté dans mes pattes et, en plus, il a ramené à déjeuner pour Remy, Talya et moi.
3. Toutes les danseuses peaux de vaches sont jalouses.

Bien sûr, maintenant tout le monde pense qu'on est en couple. Dommage que les loups métamorphes n'aient pas de petites copines.

« Alors, c'est quoi le truc ? Vous pouvez coucher avec des humaines, mais on n'est pas assez bien pour être des petites amies ? »

Merde.

J'essayais de ne pas poser cette question. Maintenant, on dirait une mégère blessée.

Le regard que me lance Jared est plein de souffrance, ce qui ne fait qu'empirer les choses. « Non, bébé. Ce n'est pas ça. »

J'attends alors qu'il semble lutter pour trouver ses mots. « Les loups sont violents. Tu pourrais nous qualifier de primitifs. C'est particulièrement mon cas. Quand un loup prend une compagne, en général, c'est pour la vie. Il mord sa femelle pour la marquer et pour imprégner son odeur dans sa peau de manière permanente. Pour éloigner les autres mâles. Une fois que les loups sont unis, la possessivité ne se calme pas. C'est pour ça que je dis qu'en général, c'est pour la vie. Même si un couple ne s'entend pas, un loup ne laisserait jamais partir sa compagne. Il la suivrait à l'autre bout du monde. L'attirance ne s'amoindrit jamais. »

Je regarde fixement Jared, stupéfaite, essayant de déterminer s'il essaie volontairement de me faire peur. Il hausse les épaules. « Donc, voilà. Je ne peux pas t'embarquer dans un truc pareil. Tu risquerais de ne même pas survivre à la morsure de revendication. »

J'essaie d'ignorer le plaisir qui fait picoter mon corps en l'entendant parler comme s'il envisageait réellement de me prendre pour compagne.

Je veux dire, en termes humains, c'est l'équivalent d'un mariage, pas d'un couple. Mais j'apprécie qu'il ne veuille pas me laisser espérer alors qu'il n'y a aucun espoir pour nous sur le long terme. J'essaie aussi d'ignorer le fait que sa description de la possessivité d'un loup m'excite. Elle ne devrait pas. Elle devrait sans doute me faire peur. Et si le type s'avérait violent ? Ce serait un véritable cauchemar. Mais... et s'il était charmant et attentionné ? Protecteur, presque à l'excès ? Et s'il vous regardait comme si vous étiez la créature la plus fascinante qu'il ait jamais vue ? Et ne pouvait s'empêcher de vous toucher ?

Dans ce cas, je ne suis pas sûre que je serais malheureuse d'être liée pour le restant de mes jours.

Merde, si ce n'était la question de la morsure de revendication, je serais peut-être prête à signer tout de suite.

Bien sûr, il y a un petit souci, pas si petit que ça : mes parents n'accepteront jamais un homme comme Jared.

J'indique à ce dernier de se garer sur le parking de la maison de retraite de ma grand-mère. Je lui rends visite chaque lundi et jeudi. C'est la mère de mon père, et Dieu sait qu'il ne prend pas le temps de venir la voir. Comme il n'a jamais pris de temps pour moi quand j'étais petite. Cet homme ne fait que travailler.

Je ne viens pas ici par culpabilité ni par obligation. Elle est géniale lorsqu'elle est lucide. Mais elle est parfois désorientée, voire agressive. Souvent, elle est aussi grognon qu'un bambin. Je n'ai aucune envie que Jared assiste à ça.

« Où est-ce qu'on est ? »

J'ignore sa question et montre l'entrée circulaire. « Tu peux me déposer là. »

Il fronce les sourcils.

« Reviens dans une heure. »

Il m'ignore et se gare sur le parking. Quand il commence à ouvrir sa portière, je lâche : « Tu ne viens pas. »

Il hausse un sourcil. Le petit sourire qui flotte sur ses lèvres m'indique qu'il adorerait que je le mette au défi.

Je choisis d'être sincère. « Je ne veux pas que tu viennes. Tu peux attendre ici, si tu veux, mais... » J'abandonne toute fierté et lui lance un regard implorant. « D'accord ? »

Il se rassied sur son siège et hoche la tête.

« Je ne serai pas longue », dis-je avant de me maudire

intérieurement. Pourquoi devrais-je me dépêcher ? Je n'ai pas demandé à avoir un garde du corps.

« Prends ton temps, bébé. Je serai là.

— D'accord, merci. » Je passe mon sac sur mon épaule et sors de la voiture en me demandant comment ira ma grand-mère aujourd'hui.

~.~

Jared

JE COMPOSE le numéro de Parker. Ses amis et lui sont repartis à San Diego pour parler aux combattants et aux spectateurs des rencontres prochainement organisées à Tucson. « L'entrepôt est à nous.

— Ah ouais ?

— Ouais, et j'ai loué tout le pâté de maisons autour pour ne pas avoir d'ennuis avec les voisins. On va installer la cage dans la semaine.

— Parfait. On peut venir y jeter un œil ce weekend.

— Vous avez besoin d'autre chose ?

— De parieurs. Des tonnes de joueurs. Commence à faire passer le mot. Seulement des métamorphes, peu importe l'animal. Appelle tous tes contacts, mon ami. Plus il y aura du monde, plus il y aura d'argent à se faire. Pour nous et pour les combattants.

— Je comprends. Je vais m'en charger. » Je sais que l'activité peut être très lucrative et c'est excitant, mais pour moi, l'intérêt n'est pas de faire fortune. Mon animal a besoin de violence. « Quand est-ce qu'on peut programmer le premier combat ?

— Disons dimanche prochain. Ça me laissera le temps de prévenir tous les combattants. Tu es partant pour entrer dans la cage ?

— Est-ce que l'ours chie dans les bois ? » Si je parlais à Trey, je lui demanderais si le pape chie dans les bois ou si l'ours porte un chapeau pointu, parce qu'on aime bien mélanger les expressions pour se faire marrer.

« Super. Et tes frères de meute ?

— Je suis presque sûr qu'ils sont intéressés, mais je leur demanderai. Il te faut combien de combattants ?

— Au moins quatre. On peut faire la Californie contre l'Arizona pour la première rencontre. Mes combattants contre les tiens.

— Parfait. Je m'en occupe. Merci, Parker.

— On sera là samedi pour voir les lieux, me dit-il.

— Ça marche. On sera prêts. » Je raccroche. Je dois admettre que je me sens un peu coupable d'organiser des combats illégaux dans la voiture d'Angelina. C'est comme si je la salissais juste en pensant à de la violence. Et c'est précisément la raison pour laquelle je ne suis pas un mec pour elle. Je sors du véhicule et m'approche du bâtiment.

Je sais qu'Angelina ne veut pas que j'entre et j'ai envie de respecter sa demande, mais je dois aussi la garder à l'œil. Pas parce que je pense qu'elle va parler de notre secret. Putain, de qui est-ce que je me moque ? J'ai besoin d'être près d'elle. Je veux tout savoir à propos de cette fille, y compris à qui elle rend visite dans cette maison de retraite.

Un grand-parent, sans doute. Mais pourquoi ne veut-elle pas que je l'accompagne ?

Ah oui. Parce que je ne suis pas le genre de type qu'on présente à sa mère. Je l'ai toujours su, pourtant m'en souvenir à cet instant me fait l'effet d'un coup de poing dans la mâchoire.

Lorsqu'une réceptionniste d'un certain âge m'arrête à l'accueil, je lui fais mon plus charmant sourire. « Je suis avec Angelina Baker. Vous savez où elle est ?

— Oh, bien sûr. Elle rend visite à sa grand-mère dans la chambre 115. » Elle me montre la direction en souriant.

Je lui rends son sourire et la salue de la main en m'éloignant. Je ne vais pas déranger Angelina. J'attendrai simplement dans le couloir.

Quand j'arrive devant la chambre portant l'écriteau *Pearl Baker*, la porte est ouverte et une vieille dame, probablement sa grand-mère, est en train de crier sur Angelina. « Je ne prendrai pas ces cachets. Ils essaient de me tuer ! Ces cachets me font perdre la tête. Tu n'as pas remarqué à quel point je suis diminuée depuis que je suis ici ? »

Angelina dit quelque chose d'une voix douce mais ferme et essaie de donner une cuillérée de ce qui semble être de la compote à sa grand-mère.

« J'ai dit non ! » La vieille dame repousse la cuillère, qui tombe par terre en éclaboussant Angelina.

Bien qu'elle ne soit pas en danger, je fais un geste pour entrer dans la pièce sans m'en rendre compte.

Dois la protéger. Putain, mon loup est tellement intense dès que ça la concerne.

« *Mamie*. » Angelina se lève brusquement et va chercher une serviette en papier. Elle me voit devant la porte avant que je puisse reculer. J'entre donc.

Autant essayer d'aider, si je peux.

Je prends mon air le plus charmant et me concentre sur la vieille dame. « Qui est cette belle jeune femme ? » dis-je en entrant lentement dans la chambre, mes mains dans mes poches pour avoir l'air moins intimidant.

La vieille dame me fixe d'un sale œil pendant quelques instants, mais son visage s'éclaire à mesure qu'elle m'observe. Puis, je le jure sur le ciel, elle me fait un sourire radieux. « Bien le bonjour, jeune homme. »

Peu importe l'âge, je sais reconnaître du flirt quand j'en vois.

« Bonjour, madame Baker.

— Jared, marmonne Angelina.

— Tu connais ce jeune homme, Angelina ?

— Oui, mamie. C'est... euh... un ami.

— Vous êtes prête à prendre vos cachets ? » Je ramasse le petit gobelet en plastique rempli de plusieurs pilules colorées. « Je vais chercher une autre cuillère.

— Eh bien... » Le regard de la vieille femme fait des allers-retours entre Angelina et moi. « Je n'aime pas beaucoup les prendre.

— J'ai une cuillère », dit joyeusement Angelina. Elle ramasse celle sur le sol et la nettoie avec la serviette.

Je prends la cuillère et la plonge dans la compote avant d'y déposer les cachets. « Et voilà, madame Baker. » Je l'approche de sa bouche et lui fais un clin d'œil, comme si je lui proposais quelque chose de secret et d'amusant.

« Oh. » Elle glousse, oui, *glousse*. C'est adorable. « Appelle-moi Pearl. » Elle avale la cuillérée sans une seule protestation. « Assieds-toi près de moi, jeune homme. Tu connais mon Angelina ? Tu n'as pas l'air d'un de ces guignols en collants.

— Mamie ! »

Je m'assieds à côté de la vieille dame et rapproche son fauteuil de moi. « Non, je ne suis pas un danseur. Je suis videur. Vous savez ce que c'est ? »

Elle tend carrément le bras et touche mon biceps. « Oh, oui. Je parie que c'est comme ça que tu as rencontré ma petite-fille, je me trompe ? Est-ce que tu l'as protégée contre des malotrus ? »

Angelina étouffe un rire.

« Oui, m'dame. C'est mon travail, mais je l'aurais fait de toute manière. Votre petite-fille est spéciale à mes yeux. »

Angelina se fige tandis que le visage de sa grand-mère s'illumine d'un sourire ridé. Elle me tapote le bras. « Tu as raison, elle l'est. Je suis contente que tu l'aies remarqué. Tu es le premier garçon qu'elle me présente depuis longtemps, et le seul à valoir quelque chose.

— Mamie », proteste Angelina.

Je fais un clin d'œil à sa grand-mère. « Dites-moi une chose, Pearl. Vous avez encore des cachets à prendre ?

— Non, je...

— Si, mamie, il t'en reste encore un. » Angelina prend une autre cuillérée de compote et essaie de la donner à sa grand-mère. Quand la vieille dame détourne la tête, je prends la cuillère.

« Allons, Pearl », dis-je d'une voix douce mais autoritaire.

Elle ouvre docilement la bouche.

Derrière elle, Angelina lève les yeux au ciel.

« Bon, mamie, on va devoir y aller.

— Pas déjà ! Vous venez d'arriver. On n'a pas le temps de faire une promenade ? » demande la vieille dame en me regardant avec des yeux pleins d'espoir.

Je déplie mon corps massif de la chaise. « Si, bien sûr. Mais seulement si c'est moi qui vous pousse. »

Pearl rayonne. « Un grand homme aussi fort que toi, tu as intérêt à être celui qui me pousse ! » s'exclame-t-elle en repoussant la table devant son fauteuil roulant.

Je la soulève pour l'enlever du passage et manœuvre le

fauteuil. « Indique-moi le chemin, ma belle », dis-je à voix basse à Angelina.

Sa grand-mère m'entend et sourit jusqu'aux oreilles. « Quel jeune homme charmant, dit-elle tranquillement en posant ses mains sur ses genoux. Angelina est enfin dans la bonne direction. »

~.~

Angelina

« JE SUIS DÉSOLÉ, je sais que tu ne voulais pas que je sois là. » Jared me regarde en biais alors que nous quittons la maison de retraite.

Mince, est-ce qu'il a vraiment l'air hésitant ? Le gros dur sûr de lui qui répond à tout avec assurance, un sourire aux lèvres ? Je déteste le voir mal à l'aise, sauf que c'est en rapport avec moi, et ça me donne l'impression que les graviers sous mes pieds sont soudain devenus glissants.

« Tu plaisantes ? Elle t'a totalement adoré. Je parie que si tu lui avais demandé de faire le poirier et de compter jusqu'à trente, elle aurait accepté juste pour te faire plaisir. Je n'aurais jamais pensé que mamie avait un faible pour les muscles. » Je touche son biceps, comme l'a fait ma grand-mère un peu plus tôt.

C'était une erreur. Dès que mes doigts touchent sa peau, l'énergie frémit entre nous. Il passe son bras autour de mes épaules, pose une main sur l'arrière de ma cuisse et remonte pour tapoter mes fesses.

« Tu pensais qu'elle me détesterait. » Il le dit sans animosité, mais ce n'est pas non plus une question.

Je cesse de marcher. « Quoi ? Non. » Merde, pourquoi penserait-il une chose pareille ? « Ce n'est pas pour ça que je ne voulais pas que tu m'accompagnes. C'est juste... » Je m'interromps, éprouvant des difficultés à formuler mes pensées emmêlées en mots. « J'imagine que je considère mamie comme quelqu'un d'intime. Non... » Je rattrape son bras quand il se décolle de ma hanche. « Je veux dire, parce que c'est gênant. Elle n'est pas toujours lucide, et tu l'as entendue : elle est homophobe, raciste, et souvent grincheuse et impolie. Ce serait comme te montrer ma culotte sale. »

Je lui donne un coup de coude en voyant un sourire coquin flotter sur ses lèvres. « D'accord, mauvaise analogie. Tu aimes probablement voir les culottes des filles.

— C'est clair que ça me dérangerait pas de voir ta culotte, bébé. Ni aujourd'hui, ni jamais. »

Je lève les yeux au ciel et m'éloigne vers la voiture. « Tu es incorrigible.

— Et c'est comme ça que tu m'aimes. » Il m'ouvre la portière passager avant de faire le tour du véhicule. « Reconnais-le. Tu as un faible pour les bad boys.

— Tu penses être un bad boy ? »

Il hausse un sourcil. « Ouais. Pas toi ? »

Non. Pas du tout. D'accord, il a des tatouages, mais on n'est plus dans les années quatre-vingt. Les tatouages sont la norme de nos jours. Non, je n'en ai pas encore, en partie parce que mes parents péteraient un câble, mais je compte m'en faire un. Dès que je trouverai le modèle parfait et déciderai d'un emplacement que personne ne verra. Au-dessus de mes fesses, par exemple.

« Tu viens de m'ouvrir la portière. Tu me protèges des

types lourds. Tu as nourri ma grand-mère à la cuillère. Non, je dirais plutôt que tu es un héros. »

Jared me regarde fixement. Ses yeux noisette brillent sous la lumière, et j'en perds un instant mon souffle, parce que je jure que je peux discerner le loup en lui. Il n'a pas muté, pas du tout, mais... j'ai vu quelque chose.

Quelque chose d'animal.

« Arrête. Je ne suis pas le genre de mec qu'on présente à sa mère. »

Bon, c'est vrai. Je ne sais pas pourquoi, mais mon ventre se noue lorsque j'imagine la scène. Mais c'est parce que mes parents sont des snobs de la haute, carriéristes et bourrés de jugements, qui ont besoin que je sois parfaite pour contribuer à leur bonne réputation. Ça n'a rien à voir avec Jared.

Je choisis de ne pas répondre à cette remarque. « Pour moi, tu es plus un héros qu'un bad boy. »

Une expression vulnérable passe sur les traits de Jared avant qu'il ne détourne la tête pour démarrer le moteur.

Je n'ajoute rien ; je vois bien que j'ai touché un point sensible, même si j'ignore lequel.

« C'est marrant, dit-il sans me regarder. J'ai toujours été le bon à rien bagarreur, celui qui ne ferait jamais rien de sa vie. »

Un frisson me traverse, suivi d'une colère noire. « Selon qui ? » Je suis prête à me battre contre quiconque capable de croire une idiotie pareille.

Il hausse les épaules. « Mes parents. Mon alpha.

— Garrett ?

— Non. Son père. Garrett aussi était plutôt un rebelle... mon chef. On s'est séparés de la meute de son père quand on était encore des ados à problèmes turbulents et on est partis semer le chaos à Tucson. »

Ses mots laissent un goût amer dans ma bouche. « Tu te bases sur une opinion erronée de toi-même, Jared. »

L'incertitude teinte à nouveau son visage. Je me penche vers lui. « Tu es tout le contraire d'un bon à rien. »

Un mur se met en place dans ses yeux au mot *bon à rien*. « Je t'en prie. Garrett a peut-être réussi à faire quelque chose de sa vie, mais je ne suis qu'un tas de muscles. Un *videur* dans une boîte de nuit. On peut difficilement dire que je me suis fait une place dans le monde. Je n'ai jamais été doué pour quoi que ce soit à part la violence. »

Pour une raison que j'ignore, sa déclaration me fait monter les larmes aux yeux. Je ne veux pas le croire, je ne le crois pas, mais ce qu'il dit sur la violence m'effraie. Il a déjà été très clair sur le fait que ses semblables sont beaucoup plus violents que des humains lambda. Je me rends compte qu'il essaie encore une fois de m'avertir à propos de lui.

Je serais stupide d'ignorer sa mise en garde.

Mais même s'il est violent, même s'il est quelque chose que je ne comprends pas, je connais la vérité.

Cet homme a une grande valeur.

Bien plus qu'il ne le pense.

« Eh bien… » Je m'éclaircis la gorge, essayant d'utiliser la logique pour me frayer un chemin à travers ses préjugés. « Les guerriers ont une place. Si on était au Moyen-Âge, tu ferais partie des hommes les plus respectés. Le justicier, protecteur de l'honneur. »

Jared se gare devant chez moi et coupe le moteur. Il fixe le volant, des émotions tourmentées marquent son visage.

« Il te suffit de comprendre comment trouver ta place de guerrier dans le monde moderne. Si c'est en protégeant ta meute et en travaillant comme videur dans un club, ce n'est pas moins important qu'un autre rôle dans la société. Tu restes un chevalier. Enfin, tu l'es pour moi. »

Jared ouvre brusquement sa portière et sort de la voiture sans rien dire.

L'ai-je vexé ? Je me repasse ce que j'ai dit.

Ma portière s'ouvre en grand, Jared se penche et détache ma ceinture. Une détermination que je n'arrive pas à déchiffrer assombrit son visage. Il me soulève du siège comme si j'étais un enfant et passe son avant-bras sous mes fesses, puis me lève jusqu'à ce que je serre mes jambes autour de sa taille. À l'instant où ses lèvres se collent sur les miennes, je comprends.

Ce n'est pas de la détermination : c'est de la passion.

Il me porte jusqu'à la porte d'entrée sans interrompre notre baiser.

Telle une princesse avec son chevalier, je me soumets, j'enlace son cou, mes lèvres bougent contre les siennes.

Toutes les objections que j'aurais pu nourrir à l'égard de Jared plient devant mon désir physique, qui connaît des sommets depuis notre interlude de ce matin, mais aussi devant un raz-de-marée émotionnel. Je préférerais mourir plutôt qu'interrompre l'intensité qui émane de Jared par vagues. Parce qu'elle est entièrement dirigée sur moi.

Et je ne compte certainement pas m'y opposer, cette fois. Jared a quelque chose à me donner et j'ai envie d'accepter.

Quand il me porte vers la chambre, je détache mes lèvres des siennes, soudain légèrement mal à l'aise. « Jared, je devrais prendre une douche... J'ai dansé toute la journée.”

Il prend la direction de la salle de bains en se penchant pour posséder à nouveau ma bouche, puis me pose délicatement sur mes pieds avant de retirer mon T-shirt en le faisant passer par-dessus ma tête. Mon ventre frissonne alors qu'il dévore des yeux ma poitrine sous mon soutien-gorge comme un homme affamé.

Sa bouche s'écrase à nouveau sur la mienne, son poing se

ferme dans mes cheveux. Il me fait reculer jusqu'à ce que mes fesses rencontrent le comptoir de la salle de bains et presse son érection gonflée entre mes cuisses.

Je gémis contre ses lèvres.

Jared s'écarte de moi et serre les poings. Ses mâchoires contractées trahissent sa retenue. Il m'emprisonne entre ses bras et le comptoir, mais ne me touche pas.

« Enlève ton soutien-gorge, Angelina. » Sa voix est profonde et rocailleuse.

Je passe les bras dans mon dos pour détacher les agrafes, laisse les bonnets retomber tandis que les bretelles glissent de mes épaules.

Jared ne me touche toujours pas, mais son regard sur mes seins est aussi puissant qu'un rayon laser et son expression est légèrement émerveillée. « J'essaie d'y aller lentement, bébé, dit-il avec une pointe d'agonie dans la voix. Le ciel sait que j'ai envie de t'écarter les cuisses et de te pilonner toute la nuit. »

Ma chatte se contracte à cette idée.

« Mais tu mérites tellement mieux.

— Laisse-moi entrer sous la douche », dis-je en un murmure, toujours résolue à me rincer. J'ai enlevé mon justaucorps et mes collants à l'école, mais je me sens encore poisseuse après les cours.

En guise de réponse, il plaque à nouveau ses lèvres contre les miennes et glisse sa langue dans ma bouche. Il recule cependant, me soulève du comptoir et pivote pour allumer l'eau. Il est contre moi une seconde plus tard, ses mains courent sur mes flancs, se posent sur mes fesses.

Je déboutonne mon short et me tortille pour enlever ma culotte pendant qu'il possède à nouveau ma bouche. M'écarter de lui me demande toute ma volonté, mais j'y parviens. « Je reviens tout de suite », dis-je à voix basse en sautant sous la douche.

L'eau est à la température parfaite, mais je ne pense qu'à me savonner le plus vite possible pour retrouver Jared. Il n'attend pas.

Quand le rideau de douche se tire, il apparaît dans toute sa splendeur virile. Et laissez-moi vous dire que sans vêtements, Jared est époustouflant. Tout en muscles, et pas qu'un peu. Des tatouages se déploient sur ses épaules et ses avant-bras. Des poils dorés bouclent sur ses énormes pectoraux. Ses abdos sont assez définis pour en suivre les contours, ses cuisses épaisses et puissantes. Si on m'avait donné un modèle comme lui à colorier pendant nos cours d'anatomie, je me souviendrais de chaque muscle jusqu'au plus petit. Clairement, il les utilise tous.

Et ensuite, il y a son sexe. Je l'ai vu ce matin, mais il se dresse à présent fièrement, pointé droit vers moi. Un emballage métallique brillant est serré dans l'une de ses grandes mains.

Il vient contre moi avant que je sois rassasiée de sa vue. Il me prend le savon des mains et frotte mon dos en recommençant à m'embrasser.

Son baiser me fait gémir. Je frotte mes tétons dressés contre son torse.

« Angelina. » Son souffle rauque chatouille mon cou. Il lâche le savon mais ne fait pas un geste pour le ramasser. La main sur mes fesses glisse entre mes jambes et caresse ma chatte brûlante.

Je ne me suis jamais sentie si belle, si désirable. Mon corps s'enflamme pour Jared et je veux lui donner autant de plaisir que j'en reçois. Je lève un genou et passe une jambe autour de sa taille avant de frotter mon clitoris contre la base de son membre.

Ses doigts plongent entre mes fesses, et je pousse un petit cri lorsqu'il appuie doucement un doigt contre mon anus. Comme la première fois qu'il m'a touchée à cet endroit, je serre les fesses par reflexe. Ça ne l'arrête pas. Son doigt mouillé glisse sur mon orifice le plus tabou comme s'il était certain que ça allait me donner du plaisir.

Et – merde – c'est le cas. Je n'en ai pas envie, c'est tellement gênant, mais je me déhanche de plus belle contre sa queue. Je ne me suis jamais sentie aussi excitée de ma vie. Je suis déjà sur le point de jouir, juste à cause de son doigt entre mes fesses.

Mais non, c'est bien plus que ça. Il ne s'agit même pas des caresses. C'est l'énergie que Jared leur insuffle. Entièrement concentré sur mon plaisir, il ne s'occupe pas du sien. Il me rend hommage. Vénère mon corps de tout son être.

Je prends le préservatif dans sa main et ouvre l'emballage avec mes dents pendant que Jared saisit la base de son sexe et le tient pour que je déroule la capote. Quand je le touche, il siffle entre ses dents, et je me rends compte que ses cuisses tremblent autant que les miennes.

Il me pousse contre le mur de la douche dès que le préservatif est en place et remonte mon genou sur sa hanche. Je pousse un gémissement lorsque son gland effleure l'entrée de mon sexe. Le besoin de le sentir en moi est incroyablement intense.

Il remue les hanches et se presse un peu plus contre moi. « *Oui, Jared !*

— C'est agréable, bébé ? » Il écarte les cheveux mouillés devant mes yeux et rencontre mon regard avec une intensité qui me chavire.

Je suis stupéfaite alors qu'il entre en moi, m'écartèle doucement, puis je parviens à répondre : « Oui.

— C'est bien », murmure-t-il avant de saisir mes hanches

à deux mains pour m'incliner juste au bon angle. Il s'enfonce profondément, si profondément que je dois reprendre mon souffle pendant qu'il m'emplit, puis il m'embrasse à nouveau. Sa langue baise ma bouche au même rythme que sa bite.

Ce n'est pas suffisant. Je lui mords la lèvre et lui rends son baiser avec tout ce que j'ai. J'en ai besoin, autant que j'ai besoin d'oxygène pour respirer. D'eau. De danse dans ma vie.

Mes yeux se révulsent à chacun de ses coups de bassin. Je suis à moitié délirante ; si on me demandait mon prénom à cet instant, je serais incapable de m'en souvenir.

Jared a les paupières mi-closes, ses doigts se serrent autour de mes hanches au point d'y laisser des bleus. L'eau qui coule sur nos corps ajoute à l'intensité des sensations.

Avant que je jouisse, il éteint l'eau et ouvre le rideau de douche. Il monte mon autre jambe autour de sa taille et sort de la douche en me portant. Il prend une serviette et prend la direction de la chambre après l'avoir posée sur mes épaules.

Il m'allonge sur le lit, nos corps toujours intimement connectés. Dès que je suis étendue, il me donne des coups de reins en maintenant mes hanches pour s'enfoncer toujours plus profondément.

J'ai des remerciements et des supplications au bord des lèvres, j'ai envie de lui dire un million d'âneries, mais je me contente de gémir. Ma tête roule d'un côté à l'autre tandis qu'il plonge entièrement en moi et se retire, encore et encore.

Il pose son pouce sur mon clito et pince mon mamelon de son autre main.

Je me cambre, mes seins se soulèvent vers le plafond, un cri rauque s'échappe de ma bouche. « J-Jared...

— Prends tout, bébé. Laisse-toi aller. »

Je lâche prise, tombe en arrière en me faisant entraîner

dans une spirale de jouissance. Ma chatte se contracte autour de sa queue, pulse autour de sa longueur gonflée.

Je vois des galaxies, des étoiles filantes, l'incroyable néant de tout et rien à la fois. Mon corps ne connaît que le plaisir et j'y succombe totalement. Quand je retrouve la vue… ou peut-être simplement quand j'ouvre les yeux, je n'en suis pas sûre, Jared me regarde, les yeux mi-clos, en faisant de lents va-et-vient en moi.

Lorsque je me rends compte qu'il n'a pas encore joui, je me redresse sur les coudes. Il se retire de moi et me met à quatre pattes avant d'aller se placer derrière moi sur le matelas.

« Tiens-toi à la tête de lit, bébé », m'ordonne-t-il doucement. Il y a de l'autorité dans sa voix, mais aussi énormément de tendresse. Je n'ai jamais connu un homme comme lui, et il est exactement ce dont j'ai besoin, ce dont j'ai toujours eu envie. C'est l'homme des fantasmes que j'ignorais avoir.

Je m'avance pour m'accrocher au cadre en bois.

« C'est ça. Dis-moi si c'est trop. » Il me pénètre à nouveau et je comprends instantanément sa préoccupation. Dans cette position, il entre encore plus profondément. Ses coups de reins m'envoient brutalement en avant et, bien qu'il tienne ma taille, je dois pousser contre la tête de lit pour ne pas être projetée dans le mur.

C'est délicieux. Trop et pas assez en même temps. Je me sens à la fois comme une princesse choyée et comme une coquine déchaînée. Je plane dans l'espace, enivrée par Jared, par tout le besoin et le désir qu'il a éveillés en moi.

« Putain, oui. Cambre ce cul pour moi, bébé. » Il fait descendre sa main le long de ma colonne vertébrale et assène une tape légère sur l'extérieur de ma fesse.

Je me cambre pour lui. Tout de suite, je ferais tout ce qu'il me demanderait. Surtout quand il emploie ce ton plein de révérence, comme si j'étais une déesse du sexe incarnée.

Sa respiration est bruyante, ses mouvements saccadés. Ça devient difficile, pas pour mon sexe mais pour mon dos et mes épaules. Mais avant que j'aie besoin de dire quelque chose, il nous fait changer de position, colle son torse contre le mien et pose une main à côté des miennes sur la tête de lit. Son autre main se referme sur mon sein et il pince mon téton, le fait rouler entre ses doigts, tire dessus.

Je gémis. Il caresse mon ventre, descend et trouve à nouveau mon clitoris.

Je commence à trembler, mais il me mord l'oreille. « Pas avant que je te le dise, bébé. »

Je m'immobilise, tout ouïe.

« Tu comprends ? Ne jouis pas avant que ton maître t'y autorise. »

Je ne sais pas du tout pourquoi il vient de s'appeler *maître*, mais ça déclenche quelque chose en moi. C'est cochon et sexy. Ma chatte se contracte, je grimpe aux rideaux, tout mon corps suit.

Il rit doucement, ses lèvres contre mon oreille. Je savoure le grondement grave, j'intériorise les notes comme si c'était la musique sur laquelle je dansais. Il s'assied sur ses talons et attire mes hanches vers lui de façon que nous soyons tous deux assis. Je me trémousse au-dessus de sa bite, ses coups de reins me manquent. Il agrippe fermement ma taille pour me soulever et me faire redescendre plus vite que le lapin Energizer.

« *Oh mon Dieu, oh mon Dieu.* » Je ne tiendrai pas long-temps. Merde, pourquoi m'a-t-il demandé d'attendre ? Je ne sais sérieusement pas si je peux, et pourtant lui désobéir est une impossibilité.

Ma tête est légère, tout mon corps vibre, vibre. Il me baise et je rebondis, mes petits seins sont secoués, mes cheveux mouillés se balancent.

« Merde, je n'arrive pas à décider comment je veux jouir en toi, bébé. Chaque vue est meilleure que la précédente. »

Je le regarde par-dessus son épaule et il pousse un grondement. « Oui, *putain de merde*. Je veux voir ce joli visage. Tourne-toi. »

Je m'exécute et chevauche sa taille, mais il m'allonge sur le dos et se rassied, mes fesses sur ses cuisses musclées, mes jambes autour de sa taille. Il serre mes cuisses, puis descend pour prendre mes fesses en main et me faire aller et venir sur sa queue.

« C'est ça. Regarde-moi, bébé. Juste comme ça. »

Je suis déjà partie trop loin pour ressentir de la gêne à l'idée qu'il me contemple pendant que je perds le contrôle, mais de toute manière, son regard est totalement apprécia-teur. Je me délecte d'être le centre de l'attention de ses yeux verts. Il frotte son pouce contre mon clito pendant qu'il me baise tout en grommelant... Non, en grondant. Mais ça ressemble davantage à un ronronnement qu'à un bruit agressif.

Il déplace ses mains, les glisse sous mon cul et écarte mes fesses. Lorsqu'il tapote mon anus d'un doigt, je perds pied.

« Maintenant, bébé. Jouis pour moi. » Son ton guttural est aussi urgent que mon désir. Pour la seconde fois, je vole en éclats, mes hanches se soulèvent et redescendent alors que l'orgasme s'abat sur moi plus vite qu'un fouet. Il est encore plus puissant que le précédent. Je hurle, prends mes seins en main et pince mes tétons comme l'a fait Jared tout en me frot-tant frénétiquement contre lui.

Il se redresse en poussant un rugissement, toujours à genoux. Mes chevilles se retrouvent sur ses épaules et il me baise fort, ses hanches viennent frapper mon cul pendant qu'il tient fermement le haut de mes cuisses. Ses traits se tordent, ses yeux brillent, désormais plus jaunes que verts.

« Par le ciel, Angelina, oui ! » Ses puissantes cuisses se bandent, les muscles de son torse et de son cou ressortent et une grimace déforme son beau visage. Alors qu'il a mis une capote, je jure que je sens la chaleur de sa semence m'envahir.

Un frisson de plaisir me traverse, la réplique après l'onde de choc de mon orgasme. Ma chatte enserre sa bite.

Jared grogne. « Tu me captures, bébé ?

— Mmm hmm. »

Il ne bouge pas, se contente de me regarder sous ses paupières baissées, son membre toujours enfoui en moi. Après un long moment, il passe un bras autour de ma taille et se penche pour embrasser mon ventre.

« Quelle fille magnifique. Je n'ai pas envie que ça se termine. » C'est pourtant le cas. Il se retire et va enlever le préservatif dans la salle de bains. Je regarde ses fesses musclées onduler tandis qu'il s'éloigne, et je pousse un soupir.

Moi non plus, je n'ai pas envie que ça se termine.

Mais c'est obligé, non ?

~.~

JARED

JE REVIENS PRÈS d'Angelina avec une autre serviette. Elle n'a pas bougé, sa mince silhouette de danseuse est étendue sur le matelas comme une œuvre d'art. J'imagine que dans son cas, son corps est son art.

Quel médium spectaculaire.

Je devrais être sur les rotules. Je viens de la baiser comme un dingue. Non... c'est faux. J'ai *fait l'amour* à Angelina.

C'est quelque chose que je n'avais jamais fait. Je suis un amant brutal. Exigeant. Dominant. Je ressens ces pulsions avec elle, j'ai envie de faire rosir ses fesses et de l'attacher. Mais ce qu'on vient de faire ? Putain, c'était totalement différent.

Même si je savais qu'elle ne voulait pas qu'on couche ensemble, je n'ai pas pu garder mes distances. J'avais besoin de faire l'amour au chef-d'œuvre qu'est son corps. J'avais besoin de lui montrer sans paroles combien ce qu'elle a dit m'a touché. Et l'effet qu'elle me fait.

Maintenant, je ne peux m'empêcher de remonter le long de son corps et de lui écarter les genoux. Je baisse la tête et lèche ses grandes lèvres.

Elle gémit en essayant de repousser ma tête. « Non, pas plus. Je n'en peux plus. »

Je lui donne un autre coup de langue. « Tu es irritée, mon ange ?

— Non. Oui. Mais ce n'est pas ça. C'est juste... Je ne peux pas plus. C'est trop.

— Oh, bébé. Ce n'est pas toi qui décides quand c'est trop. C'est moi qui décide combien de plaisir tu reçois. Quand tu jouis. Avec quelle puissance. Ne crois pas que je n'ai pas remarqué à quel point tu as aimé que je te fasse attendre ton orgasme. »

Ses minces doigts pâles s'enfoncent dans mes cheveux. Malgré ses mots, elle attire ma bouche contre elle.

« Je sais ce dont tu as besoin, ma belle. » J'aspire sa lèvre, la mordille. J'aplatis ma langue et passe sur son clito.

Elle commence à donner des coups de pied contre le lit. « Pourquoi ? pleurniche-t-elle.

— Pourquoi quoi ? Pourquoi est-ce que je vais encore te faire jouir ?

— Ouais. » Elle halète.

« Parce que j'en ai besoin. » C'est la foutue vérité. J'ai l'impression d'être né pour vénérer son corps incroyable.

« Jared », gémit-elle en me tirant les cheveux.

La faire jouir ne prendra pas longtemps. Si je me sentais un peu plus dominant, je la ferais souffrir plus longtemps, mais je semble être d'humeur généreuse. Je lui écarte largement les jambes et donne un coup de langue entre ses fesses, ce qui la fait crier et trembler. Je lèche une longue ligne plusieurs fois entre son anus et son clito jusqu'à ce que le besoin la fasse sangloter. L'intérieur de ses cuisses tremble alors qu'elles se serrent autour de mes oreilles.

Je colle mes lèvres contre son clitoris et l'aspire dans ma bouche.

Elle hurle.

Je glisse deux doigts en elle et trouve son point G. « Tu peux jouir », dis-je doucement avant de replaquer ma bouche sur son clito.

Je n'ai jamais dit qu'elle ne pouvait pas le faire, mais c'est comme si elle attendait mon ordre. À l'instant où le mot sort de ma bouche, elle se contracte autour de mes doigts. Je suce son clito et caresse son point G jusqu'à ce que son orgasme se termine.

Elle tremble de tous ses membres, alors je l'enveloppe dans le dessus de lit et me colle contre son dos tandis qu'elle redescend de là où elle était partie en orbite. Après un long moment, elle dit : « Je meurs de faim. »

J'éclate de rire. « Moi aussi, bébé. Je vais nous acheter

quelque chose ? Ou est-ce que je peux t'inviter à manger ? Ce que tu veux. À toi de choisir.

— Des tacos du stand dans la rue du Congrès ? »

Je me lève, déjà prêt à faire l'aller-retour, mais elle en fait autant et se rhabille. Je ne peux nier que je ressens une certaine satisfaction à l'idée de la garder près de moi. De sortir ensemble et de lui acheter à manger. De subvenir à ses besoins.

Tu restes un chevalier. Enfin, tu l'es pour moi.

Peu importe ce qui se passe entre Angelina et moi, je n'oublierai jamais ces mots. Pas tant que je vivrai. Entendre qu'elle me voit comme un héros et non comme un raté ? Ça a réarrangé quelque chose en moi.

Je ne peux pas le faire tout de suite, parce que je suis encore saturé d'Angelina, mais j'ai hâte de repenser à cette conversation. De la disséquer. Elle contient quelque chose d'important, un indice sur ce qui a manqué à ma vie. Angelina pourrait bien l'avoir révélé.

 ngelina

LA LISTE de la distribution des rôles pour le gala de l'université est affichée devant l'auditorium. Tous les étudiants de danse sont rassemblés lorsque j'arrive, mon ombre d'un mètre quatre-vingt-quinze derrière moi.

Il m'a invitée à dîner et il a même dormi dans mon lit hier soir. Il se comporte comme mon petit ami, et je trouve ça trop agréable pour lui demander d'arrêter.

Même si je sais comment ça va se finir.

Il le sait, lui aussi. Il est devenu silencieux. Pas exactement comme s'il broyait du noir, plutôt plongé dans ses réflexions. La ride entre ses sourcils n'a pas disparu depuis le dîner hier soir. Je suis lâche, parce que je n'ai pas trouvé le courage de lui parler de *nous*.

Étrangement, je sais qu'il sera de retour sur le canapé ce soir. Et cette pensée comprime un point vers mon plexus solaire. Celle qu'il partira à la fin des deux semaines est encore pire.

Même maintenant, il reste en arrière, me laisse de l'espace. Ses sourires taquins de la veille ont disparu.

J'essaie de repousser le dilemme au fond de ma tête et vais consulter la liste des rôles. Un spectacle de danse classique, un de danse moderne. Les répétitions commencent demain.

Je devrais être reconnaissante. Certaines danseuses autour de moi se retiennent de pleurer. Je remarque que Talya a été acceptée dans le spectacle moderne avec moi. Remy n'a été prise nulle part. Lorsqu'elle s'approche pour vérifier, je lui prends la main.

« J'ai encore été zappée ?

— Je suis désolée. »

Remy hausse les épaules, mais je sais que ça la dérange. C'est l'une des raisons pour lesquelles je lui ai proposé de danser avec moi à l'Éclipse. Non, ce n'est pas vrai. Je le lui ai proposé parce que je l'apprécie et que je savais qu'elle serait géniale. Mais j'ai également l'impression qu'elle pourrait s'épanouir bien plus qu'elle ne le fait à l'école. Si seulement les professeurs voyaient au-delà des cinq kilos qu'ils lui ont demandé de perdre. Ouais, elle a reçu la « lettre de surcharge pondérale » tant redoutée. Celle que je flippe constamment de recevoir. Elle s'accompagne d'un rendez-vous recommandé avec un nutritionniste du campus et du résultat qu'ils attendent à une date précise. Sinon, on vous vire du programme.

Je ne plaisante pas.

Donc, ouais. Je n'en ai pas encore reçu, mais je l'ai toujours à l'esprit. Cette menace qui plane au-dessus de ma tête. C'est en partie pour ça que je ne pense pas être à ma place ici. Non que je n'aie pas accompli tout ce que je suis censée vouloir accomplir. Mais c'est comme si je ne voulais plus de cette vie. Celle que mon père trouve sensée.

Elle n'a jamais été mon rêve.

Lorsque je me retourne, Jared se tient toujours en retrait, mais il me regarde intensément comme si j'étais une énigme qu'il tentait de déchiffrer. Je passe mon sac de danse sur mon épaule et m'approche de lui. Des échos de Roméo et Juliette par Prokofiev s'échappent d'une salle non loin et j'ai la soudaine envie frivole de le rejoindre en dansant. Mais non. Je suis déjà ravie l'avoir à mes côtés vingt-quatre heures sur vingt-quatre, et je devrais vraiment me calmer. Parce que... sérieusement. Si je m'y habitue, ça me tuera lorsqu'il s'en ira. Je supplierai sans doute qu'on efface mes souvenirs.

Je pose une main sur son torse et j'adore le sentir frémir à ce contact. « J'ai encore cours toute la journée, mon grand. Tu n'es vraiment pas obligé de rester. »

Sa glotte remue lorsqu'il déglutit, son regard sur mes lèvres. « Si, dit-il d'une voix rauque.

— Jared. »

Ses yeux remontent vers les miens.

« Tu peux me faire confiance, je ne trahirai pas ton secret.

— Je sais. » Il répond immédiatement, comme s'il n'avait pas réfléchi avant de parler. « Je sais », répète-t-il. Son expression se referme. « J'ai des ordres...

— Je termine à quinze heures, tu peux venir me chercher. Il ne va rien arriver entretemps. C'est promis », dis-je en levant mon petit doigt.

Lorsque les coins de sa bouche se soulèvent et que je vois ce sourire familier, mon cœur bat un peu plus vite. Il passe son auriculaire autour du mien puis l'approche de ses lèvres pour embrasser mes doigts. « Je t'attendrai devant l'entrée. »

Je hoche la tête, satisfaite. Ce n'est pas que sa présence ici me dérange, mais je sais que je dois prendre mes distances. C'est trop intense pour nous deux.

~.~

Jared

JE PORTE une longue section de chaîne métallique pour la mettre en place et j'attends pendant que Trey l'attache aux poteaux que nous avons déjà vissés dans le sol en ciment. Après avoir déposé Angelina à l'école, je n'ai pas perdu de temps et je suis allé préparer l'espace pour le premier combat. Le ciel sait que j'ai eu suffisamment de temps quand j'étais avec Angelina pour élaborer mes plans en détail.

« Garrett sait que t'es pas avec elle ? demande Trey, bien qu'il connaisse la putain de réponse.

— Je t'emmerde.

— Je croyais qu'il t'avait dit de pas la lâcher.

— Ouais, c'est ce qu'il a dit. Et c'est ce que j'ai fait. Mais je lui fais confiance. Elle dira rien. Et puis, j'ai des trucs à faire, sinon on sera jamais prêts pour le combat. Qui doit avoir lieu *pendant* les deux semaines au cours desquelles je suis censé la coller. Tu crois que Garrett veut que je l'emmène ? » Ma voix est dédaigneuse. Trey me fait un sourire en coin.

« Ce serait une erreur.

— On sait tous les deux que l'intérêt, c'est pas que je joue le baby-sitter.

— C'est vrai, convient Trey. L'intérêt, c'est de savoir si c'est ta compagne ou pas. »

L'entendre le dire à voix haute fait toutes sortes de choses désagréables à mon œsophage. Trey se fige et me regarde, essayant de déchiffrer mon expression.

« Et ? m'encourage-t-il quand je ne crache pas le morceau.

— J'en sais rien, putain ! »

Trey secoue la chaîne métallique pour s'assurer qu'elle tient bien, puis il saisit les anneaux et tire dessus. « Je pense que si. »

Je lui jette la pince coupante à la tête, sachant qu'il l'évitera à temps. C'est mon meilleur ami depuis l'enfance. On se connaît par cœur, tous les deux. Je lui lance un regard noir, mon cœur cognant contre mes côtes.

« Je vais pas l'effacer, merde. »

Les sourcils de Trey se haussent brusquement, ce qui me déstabilise. Ça veut dire qu'*il* pense qu'Angelina est ma compagne ? Ou est-ce qu'il pense que je le pense ?

Je secoue sèchement la tête, comme si ça pouvait déloger les pensées qui tournent en boucle dans mon crâne.

Trey s'approche et s'appuie contre la chaîne à côté de moi. J'adopte la même pose en fixant un point sur le sol en béton.

« Je ne ressens pas la pulsion de la marquer », finis-je par avouer après un long moment.

C'est ce que j'ai essayé de remiser au fond de ma tête depuis hier soir. Ce tourment. Ça devrait simplifier les choses, mais non. Ça ne fait qu'empirer la situation.

« Je... on a couché ensemble hier. Pas de sérum sur mes canines. Aucun désir de la mordre.

— Hum. » Trey semble surpris.

Je me tourne pour regarder de l'autre côté de la chaîne, vers l'extérieur.

« C'est peut-être différent avec les humaines. » Il n'a pas l'air convaincu.

« Non. Tu te souviens de Garrett avec Amber ?

— Ouais, dit Trey en se tournant aussi. Mais bon, c'était la pleine lune. C'est peut-être pour ça qu'il t'a donné deux semaines. La lune sera pleine à ce moment-là.

— Peut-être. » La suggestion de Trey me rassérène un peu.

Mais ça doit vouloir dire que je *veux* qu'Angelina soit ma compagne. Ce qui est stupide, parce que je ne peux toujours pas l'avoir. Enfin, je ne veux pas. Je ne veux pas gâcher sa vie. Néanmoins, si c'est ma compagne, ça expliquerait pourquoi j'ai tant de mal à m'éloigner d'elle. À faire effacer ses souvenirs et à lâcher l'affaire.

« Tu pensais que j'allais dire qu'elle est ma compagne ? » Je me dois de poser la question. J'ai besoin de savoir quels autres signes il a remarqués, à part que je suis protecteur avec elle.

Trey hausse les épaules, ce qui fait onduler ses muscles. « Ouais.

— Pourquoi ?

— Tu sais pourquoi. Tu te comportes bizarrement. Tu as démoli ta moto. Défié notre alpha. » Il reste silencieux un instant et je fais de même. De nous deux, c'est lui qui est doué pour résoudre les problèmes. Je suis la force brute, il la dirige. « Est-ce qu'il y avait quelque chose de différent quand tu l'as bai... quand tu as couché avec elle ? »

J'apprécie son choix de mot, parce que sinon, j'aurais dû lui casser la gueule pour avoir manqué de respect à Angelina.

J'hésite. Trey est le seul mâle au monde à qui je l'admettrais. « Ouais. C'était différent. Le contraire de ce à quoi je m'attendais, en fait. Je n'ai pas du tout perdu le contrôle. J'étais même... » J'éclate d'un rire gêné et donne un coup de talon dans la chaîne métallique. « J'étais même tendre, putain. C'était la première fois de ma vie que je faisais l'amour au lieu de baiser. Je n'aurais jamais pensé dire ça un jour non plus. »

Trey reste silencieux. Cette fois, ne pas interrompre ses pensées me coûte. Je viens de lui ouvrir mon cœur et je me sens totalement à poil. « Peut-être que ton loup se calme quand elle est là, dit-il lentement. Tu es plus agressif que la plupart. Si tu devenais encore plus excité avec elle, une humaine fragile, tu pourrais la tuer.

— Je *sais*. » Je commence à faire des tractions à l'envers contre la chaîne pour évacuer la violence nourrie de frustration qui monte en moi. « C'est pour ça que je ne veux pas en faire ma compagne. Je ne pourrais jamais la revendiquer.

— Tu ne m'écoutes pas. Et si ton loup savait mieux que toi ? Il calme ton agressivité quand tu es avec elle. Il te surveille, et il retient aussi ton envie de lui déchirer l'épaule pour imprégner ton odeur.

— Dans ce cas, pourquoi j'ai essayé de briser le cou de Fox quand il a voulu effacer sa mémoire ? Je savais que j'avais tort de réagir comme ça, mais j'ai pas pu m'en empêcher.

— À ton avis, gros débile ? Un loup protège toujours sa compagne. »

Je suis soulagé que Trey se moque de moi et me traite de débile. Je me jette immédiatement sur lui et lui assène un bon coup de poing avant qu'il esquive et se venge. Je le plaque par terre et on se chamaille jusqu'à ce que mon bras soit serré autour de son cou.

Quand Trey tape contre le sol, je le libère et on se relève

en souriant tous les deux jusqu'aux oreilles. « Trouduc, marmonne-t-il sans la moindre rancœur.

— Alors, comment je peux être sûr ? »

Trey fixe la dernière section de chaîne pour fermer la cage. « Attends la pleine lune.

— Et si je veux toujours pas la marquer ?

— Mon pote. Sois pas idiot.

— Quoi ?

— Tu veux déjà la marquer. Mais tu as décidé que tu pouvais pas le faire. Et si tu arrêtais de penser à cette décision ? Au moins jusqu'à la date butoir. Peut-être que la situation se résoudra d'elle-même.

— Je te déteste. »

Au lieu de le prendre mal, le visage de Trey s'éclaire d'un sourire surpris, ce qui est une preuve de notre amitié. « Pourquoi ?

— Foutu connard intelligent. »

Il a l'air beaucoup trop content de lui alors qu'il accroche la chaîne au poteau. « Tu comptes me filer un coup de main, ou est-ce que je dois te traîner dans le ring pour t'apprendre quelques trucs sur les combats à mains nues ? »

J'éclate de rire. On sait tous les deux que je remporterai tous les combats que je commencerai dans cette cage. « Je t'aide, je t'aide. »

Pour la première fois depuis que j'ai couché avec Angelina, le poids qui écrase ma poitrine s'allège.

J'ai deux semaines. Pas besoin de prendre une décision tout de suite.

~.~

Angelina

JARED M'ATTEND à l'entrée du bâtiment de danse. Je ne peux nier le plaisir qui éclot dans ma poitrine en le voyant. Je me rappelle des filles plus populaires et plus sociables que moi au lycée, des filles qui n'avaient pas de cours de danse cinq soirs par semaine et que leurs petits amis plus âgés venaient chercher après les cours. Ça semblait si excitant et romantique. Une chose qui ne m'arriverait jamais.

À la fac, j'ai eu des petits copains et même quelques plans cul, mais jamais rien de sérieux. Aucun homme ne m'avait encore invitée au restaurant. Je ne savais même pas que j'en avais envie.

En fait, je trouve ça franchement sexy.

Ou peut-être que c'est parce que c'est Jared.

J'ai mis mon short quand je me suis changée, et il me lance un regard appuyé lorsque je monte dans la voiture. Un regard qui me dit qu'il aimerait bien me dévorer vivante.

Tout mon corps prend feu instantanément, comme si toutes mes cellules se mettaient à vibrer et à chauffer juste parce que je suis près de lui. Le souvenir du sexe d'hier soir, le meilleur sexe de ma vie, me fait presque rougir.

« Comment ça s'est passé, bébé ? »

Je hausse les épaules. Je n'ai vraiment pas envie de parler de l'école, tout de suite. Ni de rien qui concerne mon quotidien. Je préfèrerais apprendre tout ce qu'il y a à savoir sur les loups métamorphes. Dommage qu'il ne veuille rien me dire.

Il fait glisser sa grande main sur le volant. « J'adore te regarder danser, mon ange. Depuis la première fois que tu es montée sur ces podiums dans le club, je suis accro. »

Cette fois, je rougis. Parce que c'est *Jared*. En train d'admettre qu'il craque sur *moi*.

« Et j'ai adoré te regarder danser pendant ton cours hier. »

Sentant un *mais* qui arrive, je me raidis comme quand ma mère est sur le point de me faire une critique constructive.

Comme d'habitude, il a beaucoup trop conscience de ce que je ressens. Il me regarde en coin, un pli surpris entre ses sourcils.

« Est-ce qu'il y a un *mais* ? » Autant lui faciliter les choses.

La façon dont il se concentre sur la route et serre le volant me dit que j'ai raison.

Qu'est-ce que ça pourrait être ? Que je ne suis pas aussi mince que mes camarades ? Pas assez gracieuse ?

« Il n'y avait aucun plaisir. Quand je te vois danser au club, tu es vivante. Lumineuse. Ce que j'ai vu hier ? Ça m'a donné envie de frapper le prof qui te déprime autant. »

Le bruit qui sort de ma gorge est autant un rire qu'un sanglot. Comment est-il possible que Jared ait vu en cinq minutes ce que ma mère n'a pas compris en dix-huit ans ? Ce que je n'ai pas réussi à admettre à voix haute pendant la dernière heure ? Ce que mon père ne comprendrait jamais ?

Il se gare devant chez moi et me prend la main. « Je suis désolé, je ne voulais pas...

— Non. » Je commence à retirer les épingles de mon chignon. « Je suis contrariée parce que tu as raison. Et c'est le centre névralgique de ma vie. Ce truc qui ne me procure aucun plaisir. »

Je le regarde fixement, sentant le désespoir m'envahir et m'étrangler.

Il plisse les yeux. « Donc, je peux frapper tes profs ?

— Si seulement ça pouvait résoudre le problème », dis-je avec un rire larmoyant. J'ouvre la portière, tout à coup en train d'étouffer dans la voiture.

Il me suit dehors et ouvre ma porte d'entrée. « Résoudre

quel problème ? » Son ton est insistant, comme s'il était déterminé à améliorer ma vie de n'importe quelle manière.

Je détache mes cheveux et les secoue en m'éloignant.

« Hé. » Il me prend par la taille et m'attire contre lui. « Je t'interdis de me tourner le dos quand tu es triste. Pas une seule seconde, putain. » Sa voix est un grondement dans mon oreille, son début de barbe griffe ma joue.

Toutes les angoisses concernant ma remise de diplôme qui approche remontent dans ma gorge et m'empêchent de respirer. J'avoue en un cri :

« Je déteste ça ! Je ne rentre pas dans le moule et je n'arrive plus à me forcer à *vouloir* m'y conformer. »

Jared me lâche et me fait tourner entre ses bras. Il plonge ses yeux verts dans les miens. « Alors, ne le fais plus. »

Le rire-sanglot est de retour.

« Pour qui est-ce que tu le fais ? Tes professeurs ? L'enfant que tu étais ? Ce n'est pas grave de changer d'avis, de prendre une direction différente de celle que tu avais choisie. »

Une larme coule sur ma joue. « Tu vois, c'est le truc. Je ne pense même pas avoir choisi cette voie. Je pense que ma mère a choisi pour moi. »

La lèvre supérieure de Jared se retrousse, mais il ne dit rien.

« Je crois qu'elle voulait être danseuse étoile mais que ses parents n'avaient pas les moyens de payer les cours, alors elle réalise son rêve à travers moi. Je ne sais même pas si j'aimais vraiment la danse ou si elle m'a juste dit que c'était le cas. »

Jared secoue lentement la tête. « Tu adores ça le samedi soir au club.

— Ce n'est pas vraiment de la danse, dis-je en grommelant.

— Putain, bien sûr que si. » Il se penche vers moi d'un air menaçant, mais ça ne m'effraie pas.

Au contraire, mon agacement monte en flèche. « Qu'est-ce que tu connais à la danse ? »

Il cligne des yeux et déglutit. Recule. Fourre ses mains dans ses poches.

Est-ce que je l'ai vexé ? Merde.

« Tu as raison. Je ne connais rien à la danse. Mais je te connais. Quoi que tu fasses le samedi soir, tu adores ça. »

Je fais un pas et me recolle contre lui. Apparemment, mon besoin de le réconforter est aussi fort que le sien. Quand mes mains se posent sur son torse, une décharge électrique me traverse. « C'est en rapport avec... la joie de la création. C'est mon bébé. Je l'ai imaginé, chorégraphié. J'ai convaincu Garrett d'accepter. »

Il pose ses mains sur les miennes. « Ouais ? » C'est un encouragement. Il veut que je continue.

Je reprends mon souffle avant de suivre le fil de mes pensées. « C'est le seul endroit où j'ai le contrôle. Je réalise *ma* vision. Tu vois ce que je veux dire ? »

Il acquiesce en prenant l'une de mes mains sur son torse. « Viens, on va se promener.

— Pourquoi ? » Je pose la question, mais je l'ai déjà suivi dehors.

« Quand j'ai besoin de réfléchir, courir me fait toujours du bien. » Il m'entraîne en marchant d'un bon pas. Il fait très beau dehors. J'adore le printemps à Tucson, quand l'air est chaud et que toute la nature commence à fleurir. L'odeur sucrée des fleurs d'agrumes parfume l'air. Les galanes prennent leur apparence de cloches roses, juste à temps pour Pâques.

Je dois admettre que marcher me fait du bien. Comme si

je pouvais laisser ma situation merdique derrière moi. « Alors, qu'est-ce que tu aimerais faire d'autre ? »

Je lui suis incroyablement reconnaissante de sa question. Ce serait si facile de me plaindre du contrôle que mes parents exercent sur ma vie. Ou du fait que je me sens de plus en plus coincée chaque jour qui me rapproche de la remise de diplôme.

« Honnêtement ? J'adorerais diriger ma propre compagnie de danse. »

Voilà, je l'ai dit. Les anges de la danse ne m'ont même pas foudroyée.

« Mmm hmm. À quoi est-ce qu'elle ressemblerait ? »

Je dois faire de grands pas pour rester à la hauteur de Jared, ce qui est libérateur. « Ce ne serait pas une troupe de ballet. Plutôt de la danse contemporaine, mais je vois quelque chose d'hybride. Un quart performance artistique, trois quarts danse. Mais toutes les sortes de danses : classique, moderne, hip-hop...

— D'accord. C'est ce que tu fais au club ?

— Oui, mais ce n'est que la partie visible de l'iceberg. J'ai des idées pour monter un spectacle totalement interactif. Quelque chose qui divertirait vraiment le public au lieu de faire plaisir aux vieux snobs qui veulent se la péter en disant qu'ils sont allés voir le Casse-Noisettes. Un spectacle qui plairait à tout le monde. Pour tous les âges et tous les publics.

— Ouah. »

Je regarde Jared en coin pour voir sa réaction. Je n'arrive pas à croire que j'ai vraiment exprimé cette idée tout haut. Mais maintenant que c'est fait, mon enthousiasme la suit comme un bulldozer géant. Impossible de le retenir. Je travaille sur ces idées depuis le lycée, tout de même.

Jared sourit. « Ça a l'air formidable, bébé. De quoi est-ce que tu aurais besoin pour concrétiser tes idées ? »

Mon excitation retombe comme un soufflé. La sensation familière d'étouffement est de retour.

« Je ne sais pas à quoi tu viens de penser, mais tu ferais mieux de le sortir de ta tête, gronde Jared, me tirant un rire surpris.

— Je pensais à ce que je suis *censée* faire quand j'aurai mon diplôme.

— C'est-à-dire ?

— Mon père est prêt à investir dans ma carrière, mais seulement pour m'aider à ouvrir un studio de danse. Pour les enfants. Ce qui est sympa. J'aime bien enseigner, mais...

— Mais ce n'est pas ton rêve. »

Le simple fait d'entendre ces mots me permet de respirer un peu plus facilement. « C'est ça.

— Alors, le projet, c'est d'ouvrir un studio de danse, d'enseigner ce que tu as appris avec tes profs coincés et d'être une gentille petite ballerine ? »

Ce rire larmoyant est en passe de devenir ma nouvelle réaction de base. « Plus ou moins. Le truc, c'est que je ne me considère même pas comme une ballerine. Si j'étais une ballerine sérieuse, je pèserais minimum six kilos de moins et j'aurais débuté un apprentissage auprès d'une compagnie professionnelle à quatorze ans. C'est ce que souhaitait ma mère, mais pas au point de m'envoyer à New York ou à San Francisco. Ce ne serait sans doute pas trop tard pour faire carrière dans la danse moderne, mais je devrais quand même déménager à New York. Ça ne plaît pas à ma famille.

— Et toi, c'est ce que tu veux ? »

Pour je ne sais quelle raison, j'ai l'impression que Jared retient sa respiration.

Je réfléchis. L'idée m'emballe, mais c'est peut-être juste parce que j'ai envie de n'importe quoi de différent de ma situation actuelle. Pourrais-je monter ma propre compagnie là-bas ? J'en doute. Je me ferais probablement avaler par la masse de danseuses désespérées et prêtes à tout pour réussir. Je devrais travailler comme serveuse tout en passant des auditions. Galérer pour satisfaire un nouveau maître. Étouffer ma voix intérieure, une fois de plus.

« Non. Pas vraiment. Je ne ferais toujours pas ce que je veux faire : chorégraphier. Créer.

— D'accord, donc on en revient à ma question. De quoi est-ce que tu as besoin pour concrétiser ta vision ? » Je vois de la détermination dans ses yeux, comme s'il comptait rendre mon rêve réel. Je ne devrais pas me sentir excitée, mais je ne peux pas m'en empêcher. C'est le premier encouragement que je reçois. Je compte bien en profiter.

« J'imagine ça dans un entrepôt. Un endroit qui pourrait être transformé en fonction des différents spectacles. Je vois des rubans de soie, des trapèzes ou des cerceaux suspendus au plafond, des chorégraphies dans de grands aquariums, des trucs dingues ! Le public serait guidé à travers l'espace, un peu comme dans une maison hantée. Il y aurait une performance différente dans chaque coin de la salle. Les spectateurs s'arrêteraient pour regarder et leur guide les emmènerait à l'endroit suivant. Peut-être six minutes par numéro, le tout parfaitement minuté et coordonné.

— Je peux t'avoir un entrepôt. »

Je m'interromps et le dévisage. « Quoi ? »

Il passe sa langue sous sa lèvre inférieure, la faisant saillir. « J'ai un entrepôt dont tu peux te servir.

— Tu es sérieux ?

— Ouais. À part ça, de quoi est-ce que tu as besoin ? »

Je déglutis. « Hum, je n'en suis pas sûre. Il faudrait que j'y réfléchisse. Je n'ai quasiment pas d'argent et mon père n'accepterait jamais de financer autre chose qu'un investissement sûr. Comme un studio de danse classique.

— Pourquoi ce serait pas un investissement sûr... peu importe. Oublie ton père. Il n'est pas ta seule ressource. Dis-moi ce qu'il te faut et on trouvera une solution. » On est de retour devant chez moi après avoir fait le tour du quartier. « Tu veux marcher encore un peu ? » propose-t-il.

Je grimace en regardant mes claquettes. Ce n'était pas le meilleur choix pour une promenade. « Non, ça va. Mais je te remercie. Tu avais raison, marcher a aidé. » On monte les marches de mon entrée. « Alors, tu aimes courir ? »

Il déverrouille ma porte et m'invite à entrer. « Euh, non. Enfin, si, mais à quatre pattes », répond-il avec ce sourire sexy qui fait faiblir mes genoux.

Je m'arrête, me tourne vers lui et lève la tête pour lui faire des yeux de chien battu. « J'aimerais le voir. Tu veux bien me montrer ton loup ? S'il te plaît ? »

Il glisse ses bras autour de ma taille et pose la main sur mon cul, puis attire mon bas-ventre contre son jean, là où son érection impressionnante étire sa braguette. Je vois l'indécision danser sur ses traits. « Je ne peux pas, bébé », finit-il par soupirer.

J'essaie de masquer ma déception. De me souvenir pourquoi on ne peut pas. On n'est pas un couple et on ne pourra jamais le devenir. Une relation entre nous est interdite.

Putain, comme Roméo et Juliette.

Je pense que j'en ferai un spectacle quand j'aurai ma compagnie. Je me jetterai d'un balcon en un plongeon qui fera pousser des cris au public avant que le câble autour de ma cheville se tende et me rattrape.

Oh mon Dieu, je n'arrive pas à croire que je réfléchis comme si j'allais vraiment créer ce spectacle.

« Bon, je veux une liste de tout ce dont tu as besoin dans l'entrepôt. Le décor, tout.

— Jared... » Je fais un pas en arrière, m'écarte de son

étreinte. On ne sort même pas ensemble. On n'est pas en couple. Je ne peux vraiment pas accepter d'utiliser son entrepôt pour mon spectacle alors que le souvenir de son existence sera peut-être effacé de ma mémoire dans moins de deux semaines. « J'apprécie ton offre, mais je ne peux pas accepter. J'ai besoin de faire ça toute seule. »

 ared

QUAND J'OUVRE la bouche pour protester, son menton se redresse dans cet angle têtu que je trouve tellement adorable.

Merde.

Je serre les poings, frustré, mais frapper dans un mur n'avancera pas à grand-chose. Angelina s'est refermée, elle s'éloigne de moi. Elle a raison de le faire.

Je ne fais pas partie de son avenir et j'aurais tort d'essayer de m'y insinuer. Mais je refuse de la laisser abandonner son rêve. De la voir s'étioler et mourir sous les attentes de son entourage, exigeant qu'elle soit parfaite.

Elle se débarrasse de ses tongs et part dans la cuisine.

Je la suis, incapable de la laisser tranquille. Elle rassemble de la laitue et des tomates dans un saladier.

C'est peut-être exactement ce qu'elle aime manger, mais cette vue fait grogner mon loup. Elle pense qu'elle est trop grosse pour être une ballerine. Elle s'affame pour rentrer dans un moule que ça me démange de détruire, tout de suite.

« C'est ça que tu as envie de manger ? » Ma voix est involontairement sèche.

Elle se retourne et met ses mains sur ses hanches, une jambe tendue devant elle. « Je ne peux pas manger des tacos et boire de la bière avec toi tous les soirs, mon loup, dit-elle en tapotant ses hanches. Il ne faudrait pas que je reçoive une lettre de surcharge pondérale de l'école. »

Un vrai grondement sort de ma gorge. Je m'approche lentement d'elle. « Est-ce que tu penses que tu as besoin de perdre du poids ? » Mon ton est dangereux, mais elle ne s'en rend pas compte. Ou, si c'est le cas, elle l'ignore parce qu'elle essaie de rester impassible.

« Trois ou quatre kilos de moins, ce serait idéal. »

Je l'emprisonne contre le comptoir. « Non, bébé, tu es parfaite. » Trop parfaite pour moi. Beaucoup trop bien pour moi. Je grince des dents. Que ses professeurs de danse aillent se faire foutre. Il vaut mieux que je ne les rencontre jamais, parce que je sais pas de quoi mon loup serait capable avec des gens qui ont fait pleurer ma copine.

J'aimerais qu'elle le soit, pour pouvoir la protéger du monde entier. Peut-être que je continuerai de garder un œil sur elle quand elle m'aura oublié. Mon loup voudra s'assurer qu'elle va bien. Non, ça ne fait pas pitié du tout, putain.

Mais cette fille n'a pas besoin de protection. Elle a juste besoin de se libérer des attentes des autres. De commencer à vivre pour elle-même.

« On s'en fout de l'idéal. Est-ce que *toi*, tu penses que tu as besoin de perdre du poids ? »

Elle ne dit rien. Aucun de nous ne bouge. Mon corps est tout près du sien, mais je la touche à peine.

« Non. » Elle paraît soulagée en répondant. « Sinon, je

l'aurais déjà perdu. Je n'ai pas envie de ressembler à un squelette.

— Bonne fille. » Je baisse la tête et presse mes lèvres sur la peau douce de son front.

« Je vais préparer la salade. Ou si tu veux, je vais nous acheter des putains de steaks. »

Lorsqu'elle éclate de rire, son souffle retombe sur ma gorge.

« Je veux que tu fasses la liste de tout ce qu'il te faut pour le spectacle. Pas pour moi. Pour toi. Ça t'aidera à voir claire-ment ce dont tu as besoin.

— Ouais, ouais... »

Je m'écarte. « Je veux dire tout de suite, Angelina. Note tout. C'est important de faire le nécessaire pour réaliser tes rêves. Fais ce petit pas dès maintenant.

— D'accord », dit-elle de ce ton impertinent qui me rend plus dur que la pierre.

Est-ce qu'elle se rappelle ce que je lui ai promis de faire la prochaine fois qu'elle recommencerait ? Mais merde, je ne devrais pas, pas alors que...

Elle me lance un regard coupable, comme pour vérifier si j'ai remarqué.

Le désir me tombe dessus. Ma bite se dresse de plus belle, étire l'avant de mon jean.

Angelina éclate de rire et essaie de passer à côté de moi.

Petite inconsciente.

A-t-elle la moindre idée de ce qui se passe quand on provoque un loup jusqu'à ce qu'il se mette en chasse ? En moins de deux secondes, je l'ai rattrapée, soulevée et posée sur mon épaule.

Son gloussement me dit qu'elle en a envie et, putain, ça fait céder le barrage qui retenait mon self-control. Je donne une tape à ses fesses cambrées et trotte jusqu'à la chambre, où je la repose sur ses pieds et la tourne face au lit. Mais je ne suis pas encore prêt à lui donner la fessée. Je passe un bras autour de sa taille et pose ma paume contre son pubis, frotte la couture de son short contre sa fente.

Elle se trémousse en poussant mon torse, sa respiration irrégulière.

Je ralentis le rythme. « Tu sais ce qui va se passer, maintenant ?

— Tu vas me donner la fessée ? » Elle paraît essoufflée.

« C'est ça, bébé. » Je déboutonne son short minuscule et le laisse tomber par terre. Elle ne m'oppose aucune résistance quand je fais passer son débardeur par-dessus sa tête. « Enlève ton soutien-gorge et ta culotte. » J'aime la déshabiller, mais j'apprécie aussi de la voir se dénuder pour moi. Comme ça, je sais que je ne lui force pas la main.

Elle me regarde par-dessus son épaule, véritable aguicheuse rousse, et je dois me retenir de la pousser sur le lit, d'écarter ses cuisses et de limer cette douce chatte jusqu'à ce qu'elle soit tout irritée.

Mais non. D'abord, j'ai l'honneur de la fesser. Un plaisir dont je me délecterai jusqu'au jour de ma mort.

« *Enlève ta culotte.* » Mon ton est ferme. Ou peut-être que c'est le besoin qui transparaît dans ma voix. Quoi qu'il en soit, elle se dépêche d'obéir, passe ses pouces sous l'élastique et baisse le dessous sur ses jambes.

Je lutte pour calmer ma respiration tandis que l'odeur de son désir emplit la chambre. Mes mains ont déjà trouvé sa peau, agrippent ses hanches avec autorité. « Penche-toi, bébé. »

Elle pose les mains sur le lit.

« Entièrement. Et, bébé ? Quand je te discipline, réponds-moi avec respect. »

Je sais qu'elle n'a pas la moindre idée de ce dont je parle.

Je ne suis même pas vraiment porté sur le BDSM, même si les loups font partie des métamorphes les plus dominants. Mais je meurs d'envie d'entendre ces mots dans sa bouche. « Dis, *oui, monsieur.* »

Elle appuie son buste contre le lit. « Oui, monsieur. » Sa voix tremblote, mais à en juger par son odeur, je suis sûr à quatre-vingt-dix-neuf pour cent que c'est de l'excitation.

Je lui donne la plus légère des tapes. Je n'ai pas envie de l'effrayer, ni maintenant, ni jamais.

Elle gémit et secoue ses fesses.

Je lui administre une autre tape. « C'est pour te punir de me faire bander à chaque instant de la journée. À chaque fois que je suis en ta présence, putain. » Une autre tape, un peu plus fort.

Elle cesse de respirer.

Je change, mes doigts se promènent là où ils mouraient d'envie d'être : entre ses cuisses musclées. Ils montent vers sa fente. Elle est trempée. La preuve de son excitation manque de me faire jouir.

Je lui assène plusieurs tapes, rapides et précises. Ma main laisse des marques roses sur sa peau de porcelaine.

À cet instant, je suis perdu. Je place une main dans le creux de son dos pour la maintenir et me défoule, savoure le contact punitif, la piqûre des coups, la façon dont elle sursaute et pousse un cri à chaque tape.

« Écarte les jambes, ma belle. » Ma voix donne l'impression que j'ai du gravier dans la gorge.

Elle obéit, écarte les pieds comme seule une danseuse peut le faire.

« La putain de perfection. » Je laisse ma main s'abattre promptement entre ses cuisses, sur sa chatte.

Elle pousse un cri aigu mais ne bouge pas.

Je baisse la tête au niveau de son visage et serre sa chevelure dans mon poing pour lui faire tourner la tête vers moi. J'ai besoin de voir son regard, de m'assurer que ce niveau d'intensité lui convient.

Elle s'est mordu la lèvre, mais un désir débridé fait scintiller ses yeux.

Je l'embrasse, lèche le sang sur sa chair charnue. Elle me rend mon baiser, sa langue glisse dans ma bouche.

Je ravale un juron. « Je n'ai pas encore terminé ta fessée, mon ange. »

Je me remets en position derrière elle et lui donne encore quelques tapes jusqu'à ce que son cul ait pris une teinte rosée. « Si tu étais à moi, je fesserai ce cul toutes les nuits, bébé. Dans toutes les positions, putain. Sur mes genoux. Pendant que tu es à quatre pattes. Penchée sur le canapé. Attachée au lit. » Je donne des tapes entre ses jambes en visant son clito. « Ouais, attachée au lit, les jambes bien écartées. Je vais garder cette position pour quand tu auras été vraiment vilaine. Et je me servirai peut-être même un peu de ma ceinture pour te faire crier. »

Je frappe à nouveau sa chatte mouillée plusieurs fois.

« P-pourquoi ? » halète-t-elle.

Mon rire est inquiétant. « Parce que ce cul me supplie de le faire, bébé. Et pour te faire payer de me tenir autant par les couilles. »

Elle rit, un son rauque qui fait douloureusement gonfler mon érection. Je déboutonne mon jean et ouvre la braguette pour libérer mon membre, le serre fermement dans ma main.

« Ne t'inquiète pas, bébé. Je m'assurerai que tu aimes ça. Et si jamais je suis trop brutal, je te le revaudrai plus tard. »

Je fais atterrir quelques tapes là où ses fesses rencontrent ses cuisses. « J'ai comme l'impression que ça pourrait arriver souvent. »

Elle secoue les fesses et essaie de passer une main entre

ses jambes.

« Pas question, dis-je en attrapant son poignet. Interdit de jouir, bébé. Pas encore. Pas avant que tu aies été punie comme il faut. »

Je sors une capote de ma poche arrière, déchire l'emballage et déroule le préservatif sur ma bite qui palpite. Je fais quelques allers-retours avec ma main, parce que je suis sur le point de crever. Cependant, je sais que ma jolie partenaire aussi, et je vais m'assurer de lui faire prendre son pied. J'approche mon sexe et fais glisser mon gland dans ses fluides. Un frisson brûlant traverse mon corps jusqu'à la base de ma colonne vertébrale. Mon ventre frémit.

Angelina m'encourage en gémissant tandis que je m'enfonce en elle. Mes yeux se révulsent dès que je sens son fourreau soyeux autour de mon membre gonflé.

« Tu veux ma queue, mon ange ?

— Oui, s'il te plaît. Je veux dire, oui, monsieur. »

Merde. À ce mot, je plonge en elle sans retenue, entièrement.

Elle pousse un cri, sa chatte se contracte autour de mon érection.

« Tu aimes ça, hein ? » J'entre et sors lentement d'elle, ferme les yeux pour maîtriser le plaisir qui monte.

« Ouiiiii. »

Je me retire. « Désolé, bébé. Ce n'est pas là que tu vas la prendre ce soir. »

Son souffle s'affole, mais elle ne proteste pas. Elle est nerveuse, je le vois bien, mais elle est partante.

Je passe la main sur son cul rougissant en appréciant d'y voir l'empreinte de mes doigts. « Je ferai en sorte que ça te plaise, mon ange. » Je baisse le bras et pose mon auriculaire contre le sien, sur le matelas. « C'est promis, dis-je en caressant encore un peu ses fesses. Maintenant, ne bouge pas. Je vais aller chercher de l'huile. Si tu bouges, je te redonnerai la fessée en revenant avant de baiser ton petit cul serré. C'est compris ?

— Oui, monsieur. »

Je grogne. Pour la récompenser... Non, de qui est-ce que je me moque ? C'est pour moi aussi. Je m'enfonce entièrement dans sa chatte et fais onduler mes hanches en elle. Après quelques coups de reins, je me retire en maintenant la capote en place et j'enlève mon jean avant de partir dans la cuisine. Je trouve un pot d'huile de coco dans un des placards et en dépose un peu dans un bol.

À mon retour, je trouve Angelina exactement dans la position où je l'ai laissée. Elle n'a pas bougé un muscle.

« Bonne fille », dis-je d'un ton ronronnant. Je prends un peu d'huile sur mes doigts pour l'étaler généreusement autour de son anus.

Elle frissonne et se trémousse, mais elle ne semble pas se crisper et elle ne change pas de position.

« Je parie que tu as le cul le plus serré de la création, dis-je à voix basse en y faisant entrer un doigt bien lubrifié. Avec toutes ces sauts en l'air et ces génuflexions. »

Son rire rauque m'enveloppe. « Des pirouettes et des pliés. Ouais, mon périnée doit être aussi dur que l'acier. Est-ce que ça veut dire que ça fera plus ma...

— Aucun risque que tu aies mal, mon ange. Je ne te ferais jamais souffrir. Enfin, sauf si c'est d'une manière que tu adores. » Je donne une autre tape sur ses fesses.

Par le ciel, j'adore le bruit que fait ma main contre son petit cul fantastiquement baisable.

Elle gémit dans le drap.

Je fais entrer un second doigt dans son anus, masse doucement le cercle de muscles serrés pour le détendre et le préparer à accueillir ma queue.

Je lubrifie mon membre et appuie le gland contre son petit trou en écartant ses fesses. « Respire profondément, bébé. »

Au lieu de s'exécuter, elle retient son souffle.

J'éclate de rire. « Plus profondément. »

Elle s'esclaffe à son tour. « Profondément, ouais. D'accord. » Elle inspire.

« Maintenant, souffle lentement et détends-toi. » J'applique une légère pression alors qu'elle expire, mais je compte prendre mon temps. « Pousse contre moi, mon ange. Comme si tu essayais de me faire sortir au lieu de me laisser entrer. Comme ça. » Quand son sphincter s'ouvre, je fais progressivement entrer mon gland. Je me penche et caresse son clitoris tout en m'enfonçant, lui donne le plaisir dont elle a besoin pour se laisser aller.

Et je suis en elle. Je ne bouge pas, sauf pour caresser son sexe, le temps qu'elle s'habitue à l'intrusion.

« Bonne fille. Tu as pris toute ma queue, bébé. Entièrement dans ton petit cul serré de danseuse. Comment tu te sens ? »

Elle halète. « Va doucement. »

Je me penche et dépose des baisers entre ses omoplates. « C'est promis, bébé. C'est agréable ?

— Je crois. Oui. Oui, monsieur. »

Oh, par le ciel. Je dois me retenir de toutes mes forces pour ne pas plonger brutalement en elle. De la sueur perle sur mon front, l'effort fait trembler mes cuisses.

Besoin d'elle, besoin d'elle, besoin d'elle.

Je recule légèrement, puis rentre à nouveau en elle en surveillant sa réaction.

Un gémissement de gorge éploré.

Je recommence.

« *Jared.* » La légère alarme qui teinte sa voix me dit que son orgasme est proche.

Je fais des va-et-vient dans son cul, lents et réguliers, des coups de reins doux et prévisibles.

Sa respiration s'accélère, un petit gémissement vient ponctuer chaque expiration. « Besoin. Jared. J'ai besoin...

— Je sais ce dont tu as besoin, bébé. » J'agrippe ses hanches et la baise plus fort avec des coups de bassin plus rapides.

Lorsqu'elle laisse échapper les plus mignons petits cris, le monde commence à tourner autour de moi. Ma vue se modifie, ma bouche s'emplit de salive. Sans réfléchir, je laisse mes doigts s'enfoncer dans ses hanches pour la maintenir pendant mon assaut.

« C'est ça qu'il te fallait ?

— Oui ! dit-elle faiblement. Oui, *s'il te plaît*.

— Prends-la, Angelina. Prends ma grosse queue dans ton petit cul serré. Prends tout ce que j'ai à te donner. » Je doigte sa chatte, trois doigts glissent en elle, le plat de ma main frotte contre son clito.

Elle pousse un hurlement et se contracte autour de mon sexe, déclenchant ma jouissance. Je perds tout contrôle et la pilonne pendant que l'orgasme le plus intense de ma vie me tombe dessus, m'emporte comme un putain d'ouragan.

Quand j'ouvre les yeux, je suis allongé sur Angelina, mes doigts toujours plongés dans sa chatte, ma bite dans son cul. Nos respirations sont parfaitement synchronisées.

Je bouge contre elle, fais onduler mes doigts jusqu'à ce que son orgasme se termine et je laisse un millier de baisers sur sa gorge, son oreille, sa joue, son dos. Je me sens ému. Reconnaissant.

Amoureux.

Merde.

Je suis totalement, désespérément amoureux de cette fille.

Alors que je ne peux pas l'avoir.

 ared

LA CLIQUE de San Diego est encore plus à cran que d'habitude. Parker ne tient pas en place, son regard se pose dans
tous les coins de l'entrepôt. Le bégaiement de Laurie est pire
qu'en temps normal. Une étrange agressivité émane de
Declan.

« Bon, par souci de transparence..., commence Parker en
aspirant sa lèvre inférieure dans sa bouche. Notre activité est
totalement arrêtée à San Diego jusqu'à nouvel ordre. Je me
suis fait gauler pour paris illégaux, mais les charges n'ont pas
tenu.

— C'était juste pour nous faire flipper, dit Declan avec un
sourire téméraire. Et pour essayer de nous tirer les vers du
nez. »

J'échange un regard avec Trey. « Alors, les flics ont interrompu un combat ? demande-t-il.

— Pas exactement, explique Parker. Deux humains se sont pointés comme s'ils pensaient entrer sans se faire remarquer. Bien sûr, ils n'ont pas pu passer les portes. Quand les ours ont décidé de leur donner une leçon, ils ont sorti leurs badges. La Fosse s'est vidée en quelques minutes et il ne restait que moi pour leur parler. Ils m'ont embarqué au poste, mais je savais qu'ils n'avaient rien pour me garder.

— Ouais, mais maintenant, ils ont ton identité dans leur base de données », remarque Trey en fronçant les sourcils.

Parker secoue la tête. « On a des fausses identités. D'après Sam, elles sont en béton. C'étaient probablement juste des flics du coin. Si les agents fédéraux de mèche avec DataX avaient retrouvé notre trace, je serais déjà mort.

— P-p-p-peut-être, dit Laurie en secouant ses doigts fins. Peut-être pas. On ne sait pas. Mais il vaut mieux qu'on se planque à Tucson pendant un temps. »

Je hoche lentement la tête. « Bien sûr. Vous pouvez rester ici, pas de problème. Vous avez aidé Sam. Je suis sûr que notre alpha vous placera sous la protection de la meute.

— M-m-merci. » Laurie hoche la tête.

« Je me demande si Kylie pourrait faire disparaître ce casier judiciaire, me dit Trey.

— Tu peux lui poser la question ? »

Il sort son portable et compose un message.

« Vous devez rencontrer notre alpha, Garrett, dis-je en me tournant vers les autres. Je vais le contacter pour arranger ça. »

Un léger malaise m'envahit. Est-ce que je mets la meute en danger en organisant ces combats de métamorphes ? Putain, j'espère que non.

Pourtant, c'est la solution idéale : ma violence me rend toujours dangereux pour mes proches.

Il te suffit de comprendre comment trouver ta place de guerrier dans le monde moderne. Tu restes un chevalier.

Angelina me prend pour un putain de chevalier. Mais est-ce ainsi que je trouverai ma place dans le monde moderne ? Étonnamment, je ne pense pas qu'un club de combat et des paris illégaux soient le genre de trucs dont Angelina pourrait parler à ses parents.

Pourtant, j'ai une lueur d'espoir de pouvoir faire en sorte que ça marche entre nous. Mais je n'y arriverai jamais si je ne trouve pas comment devenir son chevalier.

~.~

AGENT DUNE

IL BAISSE sa casquette de baseball plus bas sur son front et marche à pas traînants devant l'entrepôt. Son vieux T-shirt ringard empeste l'alcool bon marché. Un grand gobelet en polystyrène rempli de liqueur diluée dans sa main vient compléter son image négligée. Il surveille le lieu depuis plusieurs heures. L'entrepôt situé dans une zone industrielle non loin de la voie ferrée au sud du centre-ville de Tucson ressemble à n'importe quel autre.

C'est ici qu'il a suivi Parker et les deux autres qu'il a repérés sur les captures d'écran.

Il n'a pas pu se rapprocher suffisamment pour entendre leur conversation à l'intérieur, mais deviner ce qui se passe n'est pas difficile. Ils organisent des combats clandestins dans une nouvelle ville. Donc, il n'a qu'à les garder à l'œil et se débrouiller pour assister au prochain combat.

Il a l'intuition qu'une fois qu'il saura ce qui se passe dans cette foutue cage, les choses deviendront sacrément plus claires.

CHAPITRE 10

*A*ngelina

JE PASSE une paire de créoles à mes oreilles et étale du gloss sur mes lèvres en me regardant dans le miroir. Jared est déjà parti travailler au club. Il s'est un peu calmé : il ne passe plus chaque seconde de la journée collé à moi, mais on est samedi soir et je vais danser à l'Éclipse dans une heure.

Mes membres sont déliés, mes fesses picotent toujours et je suis irritée à différents endroits clés après le sexe et la fessée que Jared m'a donnée avant de partir.

Il m'a dit que sinon, il n'arriverait pas à supporter de me regarder danser sur le podium ce soir. Qu'il arracherait la tête de tous les types qui me reluquent et que je recevrais une fessée bien pire ensuite.

C'est tellement inapproprié j'ai envie de tenter le sort. Parce que chaque minute que je passe avec Jared, je ressens une intense douleur à l'idée que l'on ne puisse pas être ensemble bien qu'on soit parfaits l'un pour l'autre. Avec lui, tout est simple. Il me comprend. Ses taquineries me font rire, mais il sait aussi quand il faut être sérieux. Il sait ce qui me plaît... plus que je ne le sais moi-même, ai-je parfois l'impression.

Et le sexe avec lui ?

Meilleur que la danse.

J'ai perdu ma virginité l'été après la fin du lycée. À l'époque, j'avais dit à mon petit ami que c'était presque aussi bon que danser. Inutile de préciser qu'il était totalement vexé.

Mais le sexe avec Jared va bien au-delà de tout ce que j'ai fait avec mon corps. C'est plus artistique qu'une quadruple pirouette. Plus gratifiant que la plus belle chorégraphie. Il me met à nu. Pas juste mon corps, mon être tout entier, la personne que je suis profondément, et il me rend hommage. Me donne du plaisir. Il me donne tellement et prend tout à la fois.

J'ai noté mes idées pour le spectacle comme il me l'a demandé. Et j'ai même dressé la liste des danseuses à qui j'aimerais proposer de participer. Cependant, je n'ai pas eu le courage de leur poser la question. Parce que... Où est-ce qu'on répéterait ? Quand ? On est toutes super occupées à cause du gala débile de la fac.

Nous avons aussi soigneusement évité d'aborder le sujet de notre relation. C'est comme si on avait tous les deux passé l'accord silencieux de profiter de ces moments ensemble tant qu'on le peut.

Mais je sais que lorsqu'il s'en ira, lorsque les deux semaines seront écoulées et qu'il me quittera, j'implorerai à genoux pour qu'on efface mes souvenirs.

Parce que je ne pourrai pas vivre avec la souffrance de savoir ce que j'ai perdu. Ce que je ne peux garder.

Je prends mon sac et passe la lanière sur mon épaule

avant de sortir de chez moi. À l'idée de revoir son maître, mon corps fourmille déjà d'excitation.

Alors que je prends la direction de chez Talya et Remy pour passer les chercher, j'ai du mal à croire qu'il ne s'est écoulé qu'une semaine depuis l'accident. Tout mon monde a changé. *J'ai* changé.

Je m'arrête d'abord devant chez Remy. Quand elle sort de chez elle, elle rayonne. Et elle n'a même pas couché avec un loup métamorphe dominant et sexy qui s'insinue dans chaque cellule de son être.

Mais elle est comme moi, je suppose. Plus excitée par ces soirées que par les danses de l'école.

« Comment ça va, ma belle ? chantonne-t-elle en s'installant sur le siège passager. Prête à mettre le feu ?

— Tu le sais bien. » Je démarre avant qu'elle ait fini d'attacher sa ceinture. « Remy, tu t'amuses plus en dansant au club qu'à l'école ?

— Putain, oui ! » Elle n'a pas hésité une seconde.

« Pourquoi, d'après toi ?

— Oh mon Dieu, pour tellement de raisons, dit-elle avant de les énumérer sur ses doigts. Ça me permet de faire des propositions créatives, on a un public enthousiaste dont la moyenne d'âge ne dépasse pas les quatre-vingts balais, je danse avec mes meilleures amies, personne n'est sur mon dos pour me dire ce que je ne fais pas bien, personne n'attend de pouvoir prendre ma place en coulisses... Je continue ? » Elle me regarde en coin. « Pourquoi ? À quoi est-ce que tu penses ? »

Je hausse les épaules, hésitant à prononcer les mots que j'ai déjà sur les lèvres. « Que penserais-tu de faire un spectacle entier ? Du genre, quelque chose de très original et de vraiment divertissant ? Un tiers Cirque du Soleil, un tiers

Blue Man Group, un tiers... Je ne sais pas, ce qu'on fait à l'Éclipse ?

— Putain, grave ! » Encore une fois, il n'y a aucune hésitation. Je m'arrête devant chez Talya et quand elle monte dans la voiture, Remy dit : « Angelina va chorégraphier un spectacle entier pour nous. Carrément une putain de performance artistique qui va tout déchirer.

— Oh là, attends. J'y pense, c'est tout », dis-je en bafouillant.

Talya, assise sur la banquette arrière, se penche vers nous. « Fais-le ! Je suis totalement partante. À cent pour cent. »

Les papillons d'excitation avec lesquels je flirte depuis que j'ai confié mon rêve à Jared se réveillent et battent si vite leurs ailes que j'en ai le souffle coupé. « C'est vrai ? Toutes les deux ?

— Tu plaisantes ? s'exclame Remy en éclatant de rire. J'abandonnerais mes études et je te suivrais n'importe où pour faire ça. En un clin d'œil. Si tu nous disais qu'on part en tournée à travers le pays à bord d'un combi Volkswagen, j'organiserais une vente de gâteaux pour financer le voyage. » Elle sourit. « Je mourais d'envie que tu fasses plus de choses comme ça.

— Moi aussi, renchérit Talya avant de me donner une tape sur l'épaule. J'ai trop hâte ! On commence quand ?

— Hum, je dois d'abord trouver un endroit pour répéter. Et un lieu pour les représentations. J'aimerais que ce soit un spectacle en résidence, pas juste un weekend ou deux. Tous les weekends. Un évènement qui rentrera dans la liste des choses incontournables à faire à Tucson. Quelque chose qui pourrait nous permettre de gagner notre vie. Des performances rémunérées.

— Bon, alors je devrais peut-être quand même redouter que des filles veuillent prendre ma place, plaisante Remy. Ce serait carrément génial. Et mes parents seraient fous... ils ont toujours dit que je ne pourrai jamais gagner ma vie avec la danse.

— Pareil », dit Talya.

Je confirme : « Pareil. Montrons-leur qu'ils ont tort. »

~.~

JARED

JE SENS Angelina à l'instant où elle entre dans le club. Vous me direz peut-être que c'est impossible dans une boîte de nuit contenant plus d'une centaine de corps transpirants en mouvement, mais c'est vrai.

L'instinct de mon loup tourne à plein régime alors que je me retourne, et le prédateur s'éveille quand je la vois.

Oh, par le ciel, elle porte son minishort. Et une putain de brassière. Le genre qui s'attache entre les seins et ne laisse rien à l'imagination.

Ce qui ne peut signifier qu'une chose : elle veut que je lui donne une autre fessée.

La chaleur se rassemble dans le creux de mon ventre, remonte le long de ma colonne vertébrale. Je commence à traverser lentement le club.

Même si ce n'est pas une louve, elle a de bons instincts. Elle se tourne dans ma direction et nos regards se rencontrent. Ses cheveux sont remontées en foutues couettes ce soir, de belles fontaines roux auburn au lieu des petits chignons habituels.

Je passe mes mains sous ses aisselles dès que j'arrive à sa hauteur. Elle semble comprendre intuitivement ce que je m'apprête à faire et saute, son petit corps souple de danseuse s'accroche au mien, ses jambes musclées s'enroulent autour de ma taille.

« Salut mesdemoiselles, dis-je à ses amies avec un clin d'œil. Je vous emprunte votre copine quelques minutes. »

L'une d'entre elles fait danser ses sourcils tandis que l'autre secoue la main. « Amusez-vous bien ! »

Je la remmène dans la réserve, là où tout a commencé. Je prie pour que ça ne lui rappelle pas comment le moment s'est terminé après son orgasme, parce que tout de suite, je veux seulement l'exciter.

La porte ne peut pas être verrouillée, mais je l'entraîne derrière les piles de cartons au fond de la pièce, là où on ne nous verra pas, même si quelqu'un entre. Je demande en un grondement rauque : « Bébé, qu'est-ce que tu portes ? »

Elle me regarde en souriant, une expression de pur plaisir espiègle sur son beau visage.

Ma main se pose sur ses fesses et caresse ses courbes, passe entre ses jambes, sous le short. « Tout le monde pourra voir les marques de mes mains sur ton cul. C'est ça que tu veux, bébé ? » Je mordille son épaule, donne un coup de langue à son lobe d'oreille.

Elle pique un de ces fards qui me font craquer. « Je n'avais pas pensé à ça.

— Oh, tu n'y avais pas pensé ? » Je frotte fermement ma main entre ses cuisses jusqu'à ce que sa culotte en satin soit trempée. « Mais tu savais que tu allais recevoir une fessée, n'est-ce pas ? »

Lorsqu'elle lève la tête, je sens son souffle tiède sur mon visage. « Oh, je le savais. » Merde, cette voix rauque me donne envie de la poser sur une pile de cartons et de la baiser jusqu'à ce qu'elle hurle.

Un peu plus de finesse, mon gars.

« Tu me compliques les choses, bébé. J'ai vraiment envie de te marquer pour que tous les connards ici sachent que tu m'appartiens. » Mes deux mains sont posées sur son cul, malaxent sa chair ferme d'une poigne dure et possessive.

Quand une légère inquiétude passe dans ses yeux, je maudis notre foutue situation. Si c'était une louve, elle serait déjà marquée. De manière permanente.

« Mais je ne veux pas non plus te mettre mal à l'aise. » Je la soulève, la colle contre la bosse dans mon jean et la laisse redescendre lentement sur ses pieds. « Alors je me contenterai d'une bonne baise brutale. Et de quelques tapes là où on ne les verra pas.

— Mmm.

— Merde, Angelina, est-ce que tu as la moindre idée de l'effet que tu me fais ?

— Hum...

— Hein ? » Je la retourne avec un grondement, ouvre son short et le baisse sur ses jambes en emportant sa culotte.

« O-oui ?

— Tu le sais ? » Je ramène ses poignets dans son dos et les rassemble dans une de mes mains. Je pose mon pied sur une caisse de vin, pousse son buste contre mon genou et donne une tape sur son cul. « Voyons... » J'assène trois tapes fortes juste entre ses deux fesses. « Ici, ça ne se verra pas. » Trois de plus.

Elle pousse un petit cri mignon et gémit.

Je glisse ma main entre ses jambes. Elle est trempée. Un paradis. Le besoin s'empare de moi avec encore plus de puissance, mais je le repousse.

« Ça ne se verra pas là. » Je frappe sa chatte.

« Oh mon Dieu, Jared. S'il te plaît. »

Oh mon Dieu, Angelina. Et pourtant, les métamorphes ne croient pas en dieu avec un D majuscule. Mais l'entendre me supplier de ce ton désespéré provoque un effet dingue à mes entrailles. J'ai plongé un doigt en elle avant même d'avoir décidé de le faire. Alors qu'elle se tortille pour essayer de libérer ses poignets, elle ramène ses hanches vers moi pour prendre mon doigt plus profondément.

Je le retire et donne quelques tapes supplémentaires sur sa chatte. « Non, j'ai dit que j'allais te baiser brutalement. C'est ce que mérite cette vilaine chatte. Elle me tente encore et encore alors que je l'ai baisée jusqu'à ce qu'elle soit irritée il y a quelques heures. »

Je distribue encore quelques claques sur son cul, puis je la soulève et l'assieds sur une pile de cartons à hauteur de ma taille. Les yeux dans le vague, elle écarte les jambes pour moi.

« C'est bien, dis-je en libérant mon érection de mon jean. Écarte encore plus ces belles cuisses blanches. Montre-moi où je vais te limer. »

Lorsqu'elle baisse les bras et écarte les lèvres de son sexe, je manque d'éjaculer dans ma main.

« Putain, Angelina. Comment je vais faire pour pas devenir fou ce soir ? Alors que je sais que cette douce petite chatte se cache juste là, sous ce short ? » J'enfile un préservatif à la hâte.

Elle se caresse en geignant.

Je saisis son poignet. « Hep hep. *À moi.* » Je me place entre ses cuisses et entre lentement en elle. « À moi, à moi, à moi, à moi. » Mon bassin vient frapper son bas-ventre tandis que je m'enfonce profondément.

Mes coups de reins font remuer les cartons et elle doit s'accrocher à mes avant-bras pour ne pas tomber en arrière.

En grondant, je tire une autre pile de cartons derrière celle sur laquelle elle est assise et l'allonge sur le dos. « C'est mieux, bébé ?

— P-parfait. » Ses dents s'entrechoquent sous la force de mes déhanchements. Je ne peux pas m'empêcher de la baiser de toutes mes forces, de la marquer de la seule manière qui ne soit pas dangereuse.

« Pince tes tétons. Pince-les fort. C'est une punition, bébé. Ça fera mal, mais je te ferai oublier la douleur ensuite. »

Elle éclate de rire, un son éraillé et doux. « Trop tard. C'est déjà bon... tellement bon. »

Je ne peux retenir un sourire. Elle est vraiment adorable. La sueur perle sur mon front et mes muscles brûlent, mais j'ai envie que ça ne se finisse jamais. « Je crois que je vais devoir t'enculer quand on rentrera à la maison », dis-je d'un ton menaçant.

Elle jouit, sa chatte se contracte et palpite autour de mon membre.

Je m'enfouis plus profondément en elle. Plus fort. Plus vite. « Ouais, c'est sûr, tu vas la prendre dans le cul tout à l'heure. J'ai jamais dit que tu pouvais jouir. »

Ses yeux se révulsent, sa bouche est ouverte en un cri silencieux. Je serre les mâchoires alors que mes testicules se resserrent. J'étouffe un rugissement en fermant la bouche et plonge en elle jusqu'à la garde. Je me penche, attaque son sein, le fais sortir de la brassière et le suce, le lèche, l'embrasse.

Le mords.

Elle se cambre contre ma bouche avec un gémissement.

« Putain, j'ai envie de baiser ton cul tout de suite. » Je laisse ma main descendre entre ses fesses et trouve son petit trou avec mon majeur.

Sa chatte se serre à nouveau, aspire les dernières gouttes de sperme de ma bite.

Quand la porte de la réserve s'ouvre, je la fais rapidement descendre de son perchoir pour nous cacher derrière la pile de cartons.

Elle rit en silence pendant qu'on remet nos vêtements en place. J'écrase ma bouche contre la sienne et l'embrasse jusqu'à ce qu'elle n'ait plus de gloss tout en caressant son cul. Je ne suis jamais rassasié de cette fille, même juste après un orgasme.

« Par le ciel, je crois que tu vas avoir droit à la ceinture ce soir. Je vais être dur comme la pierre toute la nuit en te regardant. »

Elle lève la tête vers moi, hésitante. « Tes yeux changent de couleur ? demande-t-elle en un souffle. Il me semble que c'est déjà arrivé une fois. C'est ton loup ? »

Je deviens parfaitement immobile, mon regard plongé dans le sien. « Ils sont jaunes ? »

Elle acquiesce.

Ma main se crispe sur ses fesses. Est-ce que ça veut dire... ? Pourrait-elle être ma compagne ? Mon loup vient-il à la surface pour la marquer ?

Elle se met sur la pointe des pieds en battant ses longs cils. « J'aimerais voir ton loup », dit-elle en un murmure ardent. Ce n'est pas une demande, mais elle n'est pas sûre que j'accepte. Elle attend ma réponse avec un regard rempli d'espoir.

Putain, comment je pourrais lui dire non ?

Je plaque mes lèvres sur les siennes.

« Ça veut dire oui ? demande-t-elle, hors d'haleine, quand je m'écarte.

— Demain. Je t'emmènerai sur le mont Lemmon.

— Oui ! » Elle saute en l'air et m'attire pour me donner un autre baiser. « Merci. J'ai hâte ! »

La situation a changé. Cet engagement est lourd de sens. J'ai accepté de lui montrer mon loup.

Parce qu'elle est ma compagne ?

Est-ce mal si je commence à l'espérer ?

Oui, sans aucun doute, parce que je ne peux toujours pas être avec elle. Mais putain, j'en meurs d'envie.

~.~

Angelina

JARED N'EST PAS dans le lit lorsque je me réveille. Il est resté plus tard à l'Éclipse pour parler avec sa meute et je dormais déjà quand il est arrivé chez moi. Cependant, je suis sûre qu'il est venu. Je me rappelle l'avoir senti se glisser à côté de moi dans le lit et blottir son corps massif contre le mien.

Le paradis.

Ce sont des moments que je n'ai pas connus avec mes précédents petits amis, même si je n'ai jamais eu de copain sérieux. J'ai eu quelques histoires, mais je ne suis jamais restée en couple plus de quelques mois. Et, bien que ces garçons aient parfois passé la nuit chez moi le weekend, ça n'a jamais été comme *ça*.

Je ne me suis jamais sentie autant en couple qu'avec Jared.

Le seul mec avec qui je ne peux pas être.

Quand j'entends le moteur d'une moto dans la rue, je saute du lit et vais regarder par la fenêtre.

Le voilà. Incroyablement sexy dans un T-shirt noir révélant les tatouages sur ses avant-bras, une moto neuve entre ses cuisses musclées. Du moins, on dirait une moto neuve.

Il se gare dans mon allée et décroche un casque sur le siège arrière.

Je cours pour aller ouvrir la porte.

« Coucou, bébé. Tu es réveillée. » Il a l'air sincèrement ravi de me voir.

Je ne sais pas pourquoi ça me surprend. Peut-être parce que j'ai toujours eu l'impression de déranger mon père en grandissant et qu'avant Jared, j'ai connu des hommes indifférents qui ne s'intéressaient pas réellement à moi.

Et maintenant que j'en ai rencontré un qui me donne plus d'attention que je pouvais en rêver, je ne peux pas l'avoir.

Les histoires diffèrent, mais la fin reste la même. Indisponible.

Il pose le casque sur la table près de la porte d'entrée et s'approche de moi. Ses mains se tendent vers ma taille, il tire sur le petit haut en soie rose dans lequel j'ai dormi.

Je lui prends les mains en éclatant de rire. « Tu as une nouvelle moto ? »

Il me dévore avec des yeux brillants. « Ouais. » Ignorant mes tentatives pour l'arrêter, il m'enlève mon débardeur.

Je me tourne et m'élance en courant, parce que j'adore quand il m'attrape. C'est ce qu'il fait.

« Bébé, si tu viens m'ouvrir en ne portant presque rien, tu dois t'attendre à ce que je te tripote. »

Je ris doucement. « Je sais. » Cette certitude fait partie de mon énorme attirance pour Jared. Je me sens désirée. À chaque instant.

Il m'embrasse dans le cou en me faisant reculer dans le couloir.

« Le casque est pour moi ?

— Mmm hmm, répond-il en me mordillant l'oreille.

— Pour aller sur le mont Lemmon ?

— Oui. À moins que tu aies peur.

— Je n'ai pas peur », dis-je immédiatement. Je fantasme de monter sur la moto de Jared depuis que j'ai commencé à danser à l'Éclipse. Et savoir qu'il va me présenter son loup à la fin de la balade est la cerise sur le gâteau.

« Tant mieux. » Il me pousse dans la salle de bains. « Tu comptais te doucher avant qu'on y aille ?

— Euh... » J'ai du mal à réfléchir, parce que ses mains se promènent sur mon corps, sa langue entre dans mon oreille.

« Je vais t'aider. » Il baisse ma culotte sur mes cuisses, puis plus bas, jusqu'à ce qu'elle tombe par terre.

J'enlace son cou. « Bonne idée. »

~.~

Le trajet jusqu'au mont Lemmon dure plus d'une heure, et il est spectaculaire. Je suis un peu secouée par le vent le temps que l'on arrive, mais j'adore chaque seconde. Jared conduit comme si la moto était le prolongement de son corps, il contrôle avec aisance la puissante machine qui vrombit en-dessous de nous.

Il s'arrête devant un chalet dans la forêt et coupe le moteur.

« Où est-ce qu'on est ? » Je descends prudemment de la moto, les jambes tremblantes.

« Le chalet appartient à un loup métamorphe. Pas exactement un frère, mais c'est un ami de la meute. Un type vraiment riche. Je lui ai demandé si je pouvais l'utiliser aujourd'hui et il a accepté. » Jared décroche l'une des sacoches de la moto et va jusqu'à la porte. Il compose un code sur un boîtier.

« Cool. » Je le suis à l'intérieur. Le chalet est rustique, mais très élégamment meublé.

Il pose la sacoche sur la table et en sort des sacs de provisions : des morceaux de fruits frais, du poulet frit, de la salade de pommes de terre et un sachet de brownies. « Tu as faim ? »

Je me pourlèche devant les plats. « Hum. Je ne devrais probablement pas.

— Qu'est-ce que c'est censé vouloir dire ? » demande-t-il en haussant un sourcil.

Piquée par le ton de sa voix, je détourne la tête pour masquer mes joues rouges.

Je me retrouve dans ses bras en un instant, ma joue pressée contre son torse. « Bébé, je me suis mal exprimé. Est-ce que tu as faim mais que tu penses que tu ne dois pas manger ? Parce que je ne le laisserai pas passer. »

Je me blottis contre lui. Son côté protecteur me fait fondre. Je cède rapidement. « Je vais manger. Je n'ai aucune envie d'énerver un loup. »

Il rit et caresse ma nuque. « Je ne voulais pas te faire peur, mon ange. Je t'ai effrayée ?

— Ça m'a un peu froissée. Je n'aime pas me faire crier dessus. Mais tout va bien. J'apprécie ce que tu fais pour moi.

— Je ne crierai plus », dit-il en déposant un baiser sur mon crâne. Il s'installe sur une chaise à la table, m'attire sur ses genoux et me nourrit jusqu'à ce qu'il estime que j'ai assez mangé. Ce n'est qu'ensuite qu'il mange la nourriture qui reste.

« Bon, mon ange. Tu es prête à rencontrer mon loup ? »

Je bondis de ses genoux. « Oui ! »

Il se lève à son tour et ôte son T-shirt. « Il est plus gros qu'un loup normal. N'aie pas peur, d'accord ? Je ne te ferai pas de mal.

— Je n'ai pas peur. » L'excitation me fait pousser des ailes. Je suis secrètement persuadée que rencontrer son loup comblera le fossé entre nous. Effacera les différences qui nous empêchent d'être ensemble.

Il retire ses bottes, déboutonne son jean et l'enlève. Son boxer et ses chaussettes suivent. Il est nu, avec la plus grosse gaule du monde.

Encore.

On dirait qu'il ne se lasse jamais de moi.

« J'aurai probablement besoin de courir. Si je pars par la chatière, fais comme chez toi, d'accord ? Je reviendrai quand je contrôlerai mon animal. »

Je ne comprends pas de quoi il parle, mais j'acquiesce.

Jared fait un petit hochement de tête et ses yeux deviennent dorés. Quand il tombe à quatre pattes, il est devenu un énorme loup au pelage blanc et argenté. Il est tellement beau que j'ai envie de pleurer.

Je verse peut-être même une larme.

En tout cas, je tombe à genoux et enlace son gros cou poilu. Il gémit et lèche mon visage pendant que je caresse sa fourrure. Elle est superbe, très douce. C'est un animal massif.

Je suis émerveillée devant lui.

« Jared », dis-je en un murmure.

Il frémit, fait brusquement volte-face et court droit vers la chatière dans la cuisine. Il est parti.

J'ouvre la porte, pas pour le suivre, juste pour le regarder.

Il s'éloigne rapidement, ses grosses pattes avalent le sol de la forêt.

« Amuse-toi bien », dis-je à voix basse en appuyant ma hanche contre l'embrasure de la porte.

Quel loup incroyable, splendide.

Le voir déclenche une sensation que je ne parviens pas à décrire. Comme un nœud dans le ventre. Un besoin ou désir intense que je ne comprends même pas.

Est-ce que je voudrais être un loup, moi aussi ?

Non, ce n'est pas ça.

Je le veux, *lui*.

Je veux le garder.

Pour toujours.

Mes yeux s'emplissent de larmes.

Pourquoi n'est-ce pas possible ?

~.~

JARED

ANGELINA PARAÎT ÉTEINTE après avoir vu mon loup. Elle comprend peut-être enfin à quel point je ne suis pas humain. Pourquoi on ne peut pas être ensemble. Cette pensée ne devrait pas me faire ressentir du désespoir, et pourtant...

Elle se colle contre mon dos pendant le trajet du retour, comme si elle voulait être encore plus proche, mais une saveur mélancolique émane d'elle.

Se prépare-t-elle à me dire au revoir ?

Merde.

J'en ai bien peur.

Je la ramène chez elle et on entre lentement dans sa maison. « Alors, qu'est-ce que tu as de prévu ce soir ? »

J'ai vu qu'un engagement est noté dans son téléphone, sans précisions. En tout cas, il se répète tous les dimanches soir.

« Oh, hum, pas grand-chose. Et toi, tu as des trucs à faire ? »

Je m'arrête en entendant sa voix étrangement nouée.

Est-ce qu'elle vient de me *mentir* ?

Quand elle me regarde, c'est avec une expression coupable.

Je suis stupéfait de constater à quel point ça me blesse. Incroyablement. Comme si un poids lourd venait de me rouler sur la poitrine.

« En général, je dîne avec mes parents le dimanche. »

Voilà la vérité. Mais la souffrance ne part pas ; elle s'amplifie. Parce qu'Angelina me dit ce que j'ai toujours su, même si j'ai essayé de me persuader du contraire.

Je ne suis pas assez bien pour elle.

Pas aux yeux des parents d'Angelina, qui veulent ce qu'il y a de mieux pour leur fille. Coucher avec moi quelques semaines n'est pas un souci, mais je ne suis pas le genre de mec qu'elle présentera à ses parents.

Jamais.

J'enfonce mes mains dans mes poches. « Ouais, j'ai pigé. Pas de problème. » Ma voix est étranglée. J'ai terriblement envie de frapper dans quelque chose.

Ou de muter et d'aller courir.

« Ouais, j'ai des trucs à faire pour la meute. On se voit plus tard. » Je me tourne vers la porte, incapable de rester une seconde de plus, parce qu'un terrible sentiment de perte est sur le point de m'étouffer.

Ce qui est stupide. Pour la perdre, il faudrait déjà qu'elle ait été à moi.

Mais c'est une bonne chose. J'ai commencé à me demander si elle était vraiment ma compagne, à réfléchir si je pourrais trouver un moyen pour faire fonctionner une relation entre nous.

La réponse est non.

Je le savais depuis le début.

Alors, laisse tomber. Et, malgré ma promesse, je dois faire effacer sa mémoire. Même si ça me tue. Je pourrais peut-être réussir à la convaincre d'accepter ? Il faut que ça soit ma seule et unique stratégie.

Arrêter de coucher avec elle.

La convaincre de faire effacer ses souvenirs.

Nos souvenirs.

« Jared. »

Je m'arrête à la porte et me retourne, après avoir plaqué ce que j'espère être une expression affable sur mon visage.

« Ouais ?

— C'est juste que ce serait gênant avec mes parents... »

Je secoue la main. « Oh, je sais. C'est pour ça que je ne vais pas rester dans tes pattes. On se voit plus tard. »

Je sors de la maison, laissant mon cœur tuméfié en train de battre faiblement sur le sol de son salon.

Mais je ne peux rien y faire. Je me retrouve dans cette situation par ma faute.

Et elle aussi.

Je ne peux m'en prendre qu'à moi-même.

CHAPITRE 11

𝒜 ngelina

JARED N'EST PAS chez moi quand je rentre et il ne vient pas avant que j'aille me coucher. J'ai le ventre noué.

Je suis quasiment sûre de l'avoir blessé.

Je ne voulais pas lui faire rencontrer mes parents pour le protéger, lui. Parce qu'ils peuvent se comporter comme des trouducs arrogants, désagréables et bourrés de préjugés. Je n'ai pas envie qu'ils le jugent.

Et je sais qu'ils le feraient.

Il leur suffirait de poser les yeux sur ses bras musclés couverts de tatouages pour décider qu'il fait partie des Hells Angels, ou une idiotie du genre.

Ils ne prendraient jamais la peine de gratter sous la surface pour découvrir l'homme incroyable qu'il est. Le type attentionné, prévenant, attentif, *charmant* qui semble toujours prêt à me soutenir. Et à me faire grimper aux rideaux.

Je détesterais qu'ils soient impolis avec lui. Putain, j'en crèverais.

Donc, c'était pour le protéger que je ne voulais pas l'inviter chez eux.

Mais ce qu'il a dit après avoir rencontré ma grand-mère me revient sans cesse en tête.

Tu pensais qu'elle me détesterait.

C'est déjà ce à quoi il s'attend de la part de ma famille. Et, dans le cas de mes parents, ce serait vrai. Mais *merde*, je n'ai pas envie qu'il ait une mauvaise opinion de lui-même juste parce que mes parents sont des snobinards friqués. Ça ne veut rien dire.

Je vais me poster à la fenêtre, comme s'il allait arriver sur sa moto sexy d'un instant à l'autre.

Même si je sais que ça n'arrivera pas.

Comment puis-je lui expliquer sans faire empirer les choses ? *Oui, je pensais que mes parents allaient te détester. Mais ce n'est pas toi que je leur cache, c'est eux que je veux te cacher.*

Je ne suis pas sûre qu'il me croira.

Et, bordel, je n'aurais pas dû mentir quand il m'a demandé ce que j'avais de prévu. Ça n'a fait que lui donner encore plus la mauvaise impression. J'aurais dû essayer d'être franche dès le début. *Hé, mes parents sont des cons et j'aurais honte si tu les rencontrais, ça ne t'ennuie pas si on ne fait pas les présentations ?*

Merde. Je ne sais pas. Devrais-je lui envoyer un message pour essayer de m'expliquer, ou est-ce que ça ne fera que l'éloigner davantage de moi ?

Je me frotte les yeux, un peu nauséeuse.

Bien sûr, pour ne rien gâcher, le dîner était horrible. Ou peut-être que je remarque juste des choses depuis que Jared est dans ma vie. J'ai eu l'impression de n'entendre sortir de la bouche de mes parents que des commentaires sur ce qu'ils voulaient que je sois, et comment.

Ma mère m'a bassinée sur mon poids et a remarqué que je m'étais un peu empâtée. Mon père n'a pas arrêté de parler du cocktail qui aura lieu dimanche prochain et m'a répété qu'il avait besoin que je sois là pour rencontrer Jackson King, le gros bonnet.

Je n'ai jamais rien entendu de plus ridicule. Qui a besoin que sa fille joue les belles potiches pour conclure une affaire ? Dans quelle réalité a-t-il décidé que c'était mon rôle ?

Et pourtant, je ressens le poids des liens qui me rattachent à eux, comme si j'étais une princesse enfermée dans une tour sur le point d'être vendue par son père pour agrandir son domaine. Je l'ai peut-être été dans une autre vie. Peut-être que la situation continuera de se répéter jusqu'à ce que je me rebelle enfin et leur dise que je ne suis pas leur marionnette.

Mais cette idée me donne l'impression de m'enfoncer dans des sables mouvants. Ce sont mes parents. Je suis leur fille unique. Ils m'ont soutenue toute ma vie, au moins financièrement, s'ils ne l'ont pas fait émotionnellement. Ils paient toujours mes frais de scolarité, mon loyer et mes factures. Je donne des cours pour assumer mes dépenses quotidiennes. Ai-je vraiment raison, ou même le droit, de taper du poing sur la table ?

Au fond, qu'y a-t-il de si grave à assister à un cocktail de charité débile ?

Cependant, quand je m'imagine mettre une jolie robe et aller à cette soirée, j'ai presque l'impression de tromper Jared. Il me semble que revoir mes parents sans leur parler de lui serait une trahison.

Même si nous ne sommes pas censés être en couple, je

suis terriblement attachée à lui. Et je ne veux pas qu'il pense être quoi que ce soit d'autre qu'un héros à mes yeux.

Je carre les épaules et me détourne de la fenêtre.

Je vais le présenter à mes parents. Je me fous bien de ce qu'ils pensent. Je le préviendrai que ce sont des cons et que je redoute que leur impolitesse me fasse mourir de honte, mais je serai là pour lui. Jared est une personne trop géniale pour s'en formaliser. C'est mon attitude qui l'a contrarié, et je peux y remédier.

Je sors mon portable et lui envoie un message. *Tu me manques. J'aurais dû t'emmener chez mes parents. Tu viens cette nuit ?*

Il répond immédiatement. *C'est pour le mieux, bébé. Repose-toi. On se voit bientôt.*

Ben, merde alors. La distance que je sens dans son texto déclenche des sonnettes d'alarme sous mon crâne.

Mais je me fais peut-être des idées.

Les textos peuvent donner lieu à ce genre de malentendus.

Putain, j'espère que ce n'est rien de plus.

~.~

JARED

EST-CE que c'est complètement absurde qu'alors que j'envisage de sortir de la vie d'Angelina, j'essaie tout de même de me rendre digne d'elle ?

Je suis assis dans le bureau de l'avocate de notre meute, qui se trouve aussi être la compagne de Garrett, une jambe battant nerveusement. Je n'ai pas vu Angelina depuis plus de vingt-quatre heures et le trou béant dans ma poitrine s'agrandit.

Je dois agir pour faire prendre un tour respectable à ma vie.

« Dis, je pensais à ces jeunes, ces enfants en foyer dont tu t'occupes. Peut-être les ados ?

— Oui ? » Amber me regarde avec une attention polie, attend la suite. Cette femme a elle-même grandi dans des foyers, mais elle a la classe.

« Tu crois qu'ils aimeraient faire de la boxe dans un club ? Ce serait une manière de canaliser leur agressivité, s'ils en ont ? En fait, je me disais, hum... que je pourrais les coacher, un truc du genre. Leur apprendre à boxer. »

Le visage d'Amber s'illumine, ce qui me prend par surprise. « Jared, c'est une idée fantastique ! Tu serais parfait pour coacher des ados en difficulté. Tu accepterais vraiment de faire ça ? »

Les dés sont jetés. Je ne peux plus reculer, surtout quand Amber me regarde si intensément. Je m'éclaircis la gorge. « Ben, on pourrait faire un essai ? Voir comment ça se passe ? J'ai loué un entrepôt, pour, euh... » Je m'interromps pour éviter de la mêler à quelque chose d'illégal.

« Je suis au courant de votre Fight Club, dit-elle d'un ton désinvolte comme si ça ne la dérangeait pas le moins du monde. C'est vrai que ce serait un très bon moyen d'avoir une façade officielle autour de laquelle organiser les combats. C'est l'idée la plus brillante que j'aie jamais entendue.

— Je ne sais pas si j'irais jusque-là, dis-je en souriant.

— Si, vraiment. Tu en as parlé à Garrett ? »

Je secoue la tête. « Je voulais d'abord en discuter avec toi. Si tu donnes ton feu vert, il sera d'accord. » Je termine ma phrase avec un clin d'œil et elle éclate de rire.

« Gros malin. D'accord, je vais passer quelques coups de fil. Tu pourrais peut-être commencer par proposer un atelier découverte pour faire un essai, voir si ça plaît, à eux comme à toi. Et si tout le monde est content, on pourrait en faire quelque chose de plus permanent. Mais tu devras t'assurer que tout est légal et conforme : assurances, normes, formation aux premiers secours...

— Je m'en occuperai cette semaine. Autre chose ?

— Est-ce que ça ressemblera à une vraie salle d'entraînement, avec des tatamis et tout le reste ?

— Ouais. Totalement. » Un espace dédié à la gym, à la danse et aux arts corporels. Avec des combats illégaux dans l'arrière-salle. Avoir un immense entrepôt à notre disposition me donne l'impression que tout est possible.

Même être avec Angelina.

Je passe au magasin de bricolage et j'achète le contreplaqué et l'isolant nécessaires pour créer le parquet dans le studio de danse, la salle de boxe et la gym. Je vais décorer cet endroit de toutes les manières possibles, parce que mon avenir en dépend. Je ne sais pas à quoi il ressemblera, mais j'ai du chemin à parcourir pour y arriver.

~.~

Angelina

TROIS JOURS. C'est le temps qui s'est écoulé sans que je voie Jared. Il m'a envoyé des messages plutôt amicaux. Il m'a demandé comment s'est passée ma journée, a voulu savoir si j'ai eu d'autres idées pour mon spectacle. Il m'a conseillé de ne pas me laisser faire par mes profs tout en me promettant régulièrement que l'on se verrait bientôt.

Mais ça fait trois jours, et l'angoisse m'a peu à peu emplie à tel point que j'ai peur d'exploser. Je déteste que la situation soit restée en suspens entre nous et ne pas savoir où on en est. Je ne l'ai jamais su, mais au moins, il était auprès de moi, balayant tous mes doutes de son imposante présence.

Après avoir enlevé mon legging et mon débardeur, je passe une robe légère et sors du studio de danse. Mon cœur manque un battement.

Il est là. Sur sa moto, garée devant le trottoir.

Mon cœur se met à cogner à tout rompre et un large sourire étire mes lèvres. Je dois me retenir de courir lui sauter dans les bras.

Il descend de moto et m'attire contre lui, plaque sa bouche sur la mienne comme s'il ne s'était rien passé.

Je devrais le repousser et exiger d'avoir une discussion. Demander que l'on décortique notre relation, que l'on parle de ce qui va se passer entre nous. Mais ça paraît horrible. Or, ses lèvres sont tout le contraire. Elles sont divines.

J'ai l'impression de retrouver ma place.

Donc, ouais, cette conversation peut attendre. Pour l'instant, j'ai juste envie d'être avec Jared.

« Tu m'as manqué, dis-je en toute sincérité quand il se détache de moi.

— Bébé, tu m'as tellement manqué que je me suis fait des ampoules à force de me branler. » Un rire choqué s'échappe de ma bouche. Jared hausse les épaules. « Je préfère te le dire.

— Mais alors, pourquoi est-ce que tu n'es pas venu me voir ? » Merde. Je ne voulais vraiment pas poser cette question, parce que je suis terrifiée d'entendre la réponse.

Son visage s'assombrit et il pince les lèvres. « J'essaie de régler des trucs », dit-il d'une voix bourrue.

Je l'étreins et le serre fort, comme si je pouvais ainsi réussir à le garder dans ma vie pour toujours.

Il me fait lever le menton. « Tu vas bien ? »

— Ouais. » J'ai le souffle court. *Maintenant que tu es là.* Je me tourne vers la moto. « Tu vas m'emmener faire un tour ? »

Il décroche le casque en souriant. « Un tour rapide, parce que tu n'es pas équipée. » Son regard descend sur mes jambes nues et un sourire flotte sur ses lèvres, comme s'il adorait la vue. « Je vais t'accompagner jusqu'à ta voiture. »

J'ai terriblement envie de demander *et après*, de le supplier de venir chez moi, mais je ne veux pas avoir l'air trop collante. Je monte à l'arrière de la moto et enlace sa taille ferme. Quand on commence à rouler, j'appuie mon visage contre son dos, respire son odeur.

Le trajet est court jusqu'à la voiture, bien trop court. Après être descendue de moto, je tripote la lanière de mon sac de danse. « Et maintenant ? »

Jared se passe une main sur le crâne. « Maintenant...

— Le mieux, ce serait que tu viennes chez moi pour que je m'occupe de ton... problème, dis-je en baissant les yeux sur la bosse dans son jean.

— Merde, bébé. » Il lâche un rire étranglé et regarde autour de nous, comme si la réponse était gravée sur l'un des arbres.

J'humecte mes lèvres de la pointe de ma langue en m'assurant qu'il me regarde.

Il grogne et sa main se pose brièvement sur son entrejambe. « Je ne pourrais jamais te résister. Par le ciel, je jure que même si je faisais effacer tes souvenirs, je reviendrai pour en créer de nouveaux. »

Quelque chose papillonne dans ma poitrine. *De nouveaux souvenirs. Oui. S'il te plaît.*

Il capture ma nuque et sa bouche s'écrase à nouveau sur la mienne. Son baiser est possessif, dominant. « Rentre chez toi prendre une douche, petite fille. Je vais nous acheter à manger et je te retrouve là-bas. De quoi est-ce que tu as envie ?

— De toi. »

Ses yeux prennent un éclat jaune et, bien qu'on soit en pleine rue, il laisse échapper un grondement inhumain. Il me plaque sans douceur contre la voiture, pousse son genou entre mes cuisses et les écarte. « Continue à parler comme ça et tu vas te faire baiser contre le capot en plein jour. »

Le besoin m'ôte tous mes moyens. J'adore la galanterie virile de Jared, mais cette facette de lui ? Ce grondement sauvage, comme s'il allait perdre le contrôle ? C'est moi qui suis perdue. Je me déhanche contre sa jambe, frotte mes seins contre son torse.

L'une de ses mains remonte dans mes cheveux et les tire en arrière. Son autre main se pose sur ma cuisse, commence à descendre. « Sérieusement, bafouille-t-il, si je touche ta peau, c'est fini. »

Je ne sais comment, j'arrive à me souvenir que ce n'est pas convenable et lui prends la main avant qu'il n'atteigne ma cuisse nue. « Je t'attendrai », dis-je. Ma promesse fervente est prononcée d'une voix si rauque que je ne la reconnais pas.

Il tire mes cheveux, laisse descendre sa bouche sur ma gorge. « Tu as intérêt. »

Des feux d'artifice explosent dans mon bas-ventre et dans ma tête. Plus que jamais, je désire ce côté passionné de Jared. Il me mord le cou assez fort pour laisser une marque, mais je ne produis pas un son.

Les danseuses n'enregistrent pas la douleur de la même

manière que la plupart des gens, parce qu'elle est toujours entremêlée au plaisir. Danser avec des ballerines jusqu'à avoir les pieds en sang s'accompagne d'un sentiment d'accomplissement.

C'est peut-être pour ça que j'aime tant les fessées de Jared. Peut-être qu'en dépit de ses avertissements, son agressivité au lit ne sera pas un problème.

Je finis par réussir à m'écarter de lui et m'installe au volant de ma voiture. Il s'appuie contre le véhicule et me regarde comme s'il n'était pas sûr de me laisser partir. Et, si l'on considère qu'il a soulevé cette énorme moto comme si elle ne pesait rien après l'accident, il pourrait probablement empêcher la voiture d'avancer d'une seule main. Mais il se contente de tapoter le toit sans me quitter des yeux jusqu'à ce que je démarre.

Je me tortille sur le siège. Ma chatte mouillée brûle déjà de l'accueillir.

La petite voix de la raison dans ma tête hurle *qu'est-ce que tu fais ?* Chaque fois que je couche avec Jared rendra notre séparation imminente plus difficile.

Mais je n'arrive pas à y accorder d'importance. J'ai passé trois jours sans voir Jared. Mon corps attend désespérément de recevoir la satisfaction qu'il est le seul à pouvoir lui donner, tout autant que je suis désespérée de lui donner satisfaction.

Et je suppose que si j'étais totalement sincère, j'avouerais que l'éternelle optimiste en moi espère encore qu'on pourra trouver un moyen d'être ensemble, contre toute attente.

Je saute hors de la voiture dès qu'elle est garée dans mon allée et fonce vers la porte. Je prends la douche la plus rapide de tous les temps, mais ensuite, je ne sais pas quoi faire. Remettre mes vêtements ? Rester nue sous la serviette ?

Mais je n'ai pas le temps de me poser davantage de questions, parce que Jared débarque un instant plus tard. Ses bottes résonnent contre le carrelage de l'entrée au rythme de ses grands pas.

Je passe la tête hors de la chambre, mes cheveux mouillés laissant des gouttes par terre, la serviette coincée sous mes aisselles.

Jared gronde. Oui, un vrai grondement, comme en pousserait un loup. Un éclat jaune scintille dans ses yeux.

Ma chatte se contracte, mon bas-ventre se liquéfie.

Quand il entre dans la chambre, j'inspire profondément et, peut-être parce que l'idée qu'il me domine me rend un peu nerveuse, je prends les choses en main. « Montre-moi ta bite. »

La surprise lui tire un sourire. Ses yeux redeviennent verts un instant, mais ils reprennent leur éclat jaune dès qu'il sort son sexe et referme son poing autour.

Je lève les bras pour laisser glisser la serviette.

Il veut me toucher, mais je fais un pas de côté pour l'esquiver.

« Oh que non. Je vais m'occuper de toi d'abord. » Je tombe à genoux sur la serviette et baisse son jean et son boxer sur ses chevilles. Il enlève ses bottes et se dégage du tas de vêtements. Je pose ma main autour de la sienne, qui agrippe toujours fermement la base de son membre, et guide son gland dans ma bouche.

« Angelina, dit-il d'une voix étranglée. Je ne peux pas... Je ne... »

Je l'ignore et le prends entre mes lèvres, lèche une goutte laiteuse qui en sort.

Il saisit ma nuque et replonge son poing dans ma chevelure pour m'attirer vers sa queue. Je suis presque sûre qu'il allait me dire qu'il ne pouvait pas se retenir, parce qu'il me touche sans la moindre délicatesse. Il me maintient en place, s'enfonce profondément dans ma gorge avant de reculer et de recommencer. Les larmes me montent aux yeux, mais son besoin éperdu de moi me surexcite.

Je masse ses testicules tout en essayant de desserrer sa main autour de son sexe pour prendre sa place. Il paraît reprendre ses esprits. Il cesse de donner des coups de reins, retire sa main et reste immobile, haletant.

Je lève les yeux pour observer sa réaction lorsque je l'engloutis lentement.

Un autre grondement rauque.

« Qu'est-ce que tu me fais, bébé ? » Ses mâchoires sont contractées, son poing toujours crispé dans mes cheveux. « Je ne pourrai pas tenir beaucoup plus longtemps. »

Je le suce avec ardeur, fais aller et venir ma tête plus vite au-dessus de lui. « Je vais jouir dans ta bouche, bébé. » Il recommence à donner des coups de bassin, reprend le contrôle et emprisonne ma tête sans cesser ses allers-retours. « Tu n'as pas envie de ça, si ? »

Quand je marmonne en hochant la tête, il jouit en un rugissement. Sa semence chaude et salée jaillit au fond de ma gorge et j'avale, j'avale tout jusqu'à la dernière goutte.

Jared ne perd rien de son intensité pour autant. Il sort son sexe de ma bouche, me soulève puis me jette sur le dos sur le lit. Il plonge entre mes cuisses et me donne de profonds coups de langue. Il mord, suce et lèche, me dévore avec une faim dont je ne soupçonnais pas l'existence. « Je vais te baiser », gronde-t-il en enfonçant entièrement ses doigts en moi avant de faire des va-et-vient.

Je me cambre et me décolle du lit.

Dès qu'il trouve mon point G, je jouis. Il attend à peine que mon orgasme se termine.

« Je peux pas m'arrêter maintenant. Je vais te baiser toute la nuit, bébé. Tu pourras plus marcher droit demain. »

Je n'émets aucune protestation. Ouais, je suis un peu intimidée par cette promesse, mais mon désir et mon excitation l'emportent largement sur la peur que je pourrais ressentir.

« Baise-moi », dis-je, le mettant au défi.

Il lève la tête et me fixe de ces magnifiques yeux dorés. « Je ne serai pas doux. » C'est un avertissement inutile. Il est déjà à moitié animal, sa voix grave est bourrue, la ferveur de ses caresses paraît plus instinctive que réfléchie.

Je répète : « Baise-moi. »

Il me retourne sur le ventre et saisit à nouveau mes cheveux pour me tirer la tête en arrière, me force à me cambrer. « Je vais te baiser par derrière parce que j'adore ton cul. »

Malheureusement, il ne prend pas le temps de le fesser, mais j'oublie cette déception momentanée lorsqu'il enfile un préservatif et me pénètre d'un coup de reins. Je ne sais pas comment il peut déjà rebander, mais c'est le cas. Le tiraillement simultané sur mon crâne et le plaisir intense à me sentir emplie de lui décuplent mes sensations. Je gémis, j'en veux plus.

Jared me chevauche en se servant de ma chevelure pour me maintenir jusqu'à ce qu'il se lasse de cette position et lâche mes mèches mouillées. Il fait pivoter mes hanches sur le côté et lève un genou pour me baiser plus fort, me tenant par la nuque et les cuisses pour s'enfoncer toujours plus profondément.

C'est un flou de sensations, de plaisir. Je n'ai aucun contrôle sur la situation, alors je me soumets, l'autorise à se servir de mon corps de toutes les façons qu'il en a envie. Et aucun doute, il ne manque pas d'idées. Il me pousse sur le dos et se jette sur ma poitrine comme un homme affamé sans cesser de me limer. Je me retrouve ensuite à quatre pattes, ses doigts serrent mes hanches alors que je sens ses couilles frapper contre mon clito. Quand il tend le bras et vient caresser mon bouton de plaisir, je jouis encore une fois en donnant une ruade. Il relève mon buste vers son torse et pétrit mes seins sans ménagement tout en me mordant le cou.

Puis il me soulève du lit, pousse le haut de mon corps contre le matelas. « Écarte bien les jambes. »

Aucun problème pour une danseuse. Mes pieds se placent en seconde position en *relevé*, qui est une façon snob de dire *sur la pointe de pieds*, et je cambre les fesses vers lui.

Il pousse un grondement appréciateur et fait pleuvoir des tapes rapides sur mon cul. Elles s'abattent sur mes fesses, sur l'arrière de mes cuisses, sur ma chatte. Même l'intérieur de mes cuisses reçoit sa délicieuse forme de torture.

« Putain, si tu n'étais pas si mouillée, je pourrais me retenir, grogne-t-il. Mais comment est-ce que tu veux je me contienne alors que tu aimes autant recevoir que j'aime donner ?

— Plus. » C'est tout ce que j'arrive à prononcer.

« Je n'arrive pas assez à me calmer pour t'enculer douce-ment. Mais c'est ce que tu veux, non ? »

J'imagine que si. C'est intense, tellement intense. Mais le plaisir est extraordinaire.

Il donne une tape entre mes jambes. « Je vais devoir frapper cette chatte jusqu'à ce que tu jouisses. D'après toi, tu peux avoir un autre orgasme juste avec une fessée sur la chatte ? » Il enfonce un doigt en moi puis l'utilise pour décrire un cercle autour de mon anus.

« J-je sais pas, dis-je en bégayant.

— Je pense que tu peux, bébé. Tu vas le faire pour moi. » Il augmente le rythme de ses tapes, seulement entre les jambes, tout en continuant à masser mon anus. Il ne frappe pas aussi vigoureusement que sur mes fesses, mais il applique progressivement plus de force.

Je finis par gémir. « Aïe... »

Il n'arrête pas, continue ses claques fermes et régulières. « Tu vas jouir, et ensuite je vais baiser ta petite chatte irritée jusqu'à ce que je reprenne mon pied. Ça t'apprendra à tenter un loup quand la pleine lune est si proche. »

Ses mots me font perdre la tête. Le simple fait de l'entendre parler de son loup me ravit au-delà de tout ce qui est imaginable. Ma chatte se contracte et se resserre sur le vide. Je me fiche bien qu'elle soit irritée, je veux absolument le sentir en moi à nouveau.

Il me positionne à genoux et pousse le haut de mon corps contre le matelas. Il recommence à me fesser, mais je ne fais même plus attention à la douleur : il ne reste que le plaisir, qu'un contact torride et picotant. Il distribue des claques vives sur l'arrière de mes jambes et sur mes fesses, châtie à nouveau mon entrejambe. Puis il rassemble mes mains dans mon dos et s'enfonce en moi.

J'adore avoir l'impression d'être prisonnière. Il tire sur mes coudes pour plonger plus profondément, me punit avec son membre épais. Il me lime plus fort, plus vite, ses hanches claquent contre mes fesses qui brûlent.

Je commence à bafouiller, à l'implorer. J'ai besoin de jouir, mais surtout, j'ai besoin qu'il jouisse. Je veux qu'il atteigne l'orgasme avec moi.

« Putain, oui. J'adore quand tu me supplies, bébé, grogne-t-il. Qui fait rougir ton cul jusqu'à ce que tu meures d'envie de prendre sa queue ?

— Toi. Jared ! Jared, *s'il te plaît*.

— Je n'en aurai jamais assez. » Il me baise si fort que mes dents s'entrechoquent.

« S'il te plaît ! »

Un grondement inhumain éclate dans la chambre quand

RENEE ROSE & LEE SAVINO

Jared jouit. Je me contracte autour de lui, dans le déferlement de plaisir le plus puissant de ma vie.

Il continue de me pilonner avec de violents coups de boutoir sans cesser de rugir un seul instant.

On se retrouve je ne sais comment sur le ventre, son corps drapé autour du mien, son souffle chaud contre mon oreille. Il lèche et mordille mon cou. Sa queue bouge toujours en moi, mais plus doucement.

« Est-ce que ça va ? » murmure-t-il.

Je ne peux pas répondre tout de suite parce que je suis hors d'haleine, trop comblée. Il sort de moi en un éclair et me tourne sur le dos. Ses yeux sont redevenus verts, et son expression est inquiète.

Je parviens à dire : « Je vais bien. Super. »

Une ride barre son front alors qu'il recule. Il fait rouler mes hanches de gauche à droite. « Je t'ai fait des bleus.

— Ça m'est égal », dis-je en souriant.

Mais une ombre de tristesse passe sur son visage, et il ébouriffe ses cheveux. « Pas moi. »

Je saisis son T-shirt et l'attire vers moi pour l'embrasser. « Ne sois pas bête. J'ai adoré ton agressivité. »

Il hausse les sourcils en prenant une petite inspiration. « C'est vrai ?

— Ouais. »

Il me fait lever un genou et repositionne sa bite à l'entrée de mon sexe. Je plisse les yeux lorsqu'il me pénètre, parce que, ouais. J'ai déjà pris cher.

Dès qu'il surprend ma grimace, il se retire et commence à remettre son boxer. « Merde, bébé. Je dois me barrer d'ici. »

Je m'assieds sur le lit et remonte les couvertures sur mon corps, comme si elles allaient me protéger de son abandon.

« J'étais sérieux quand j'ai dit que j'allais te baiser toute la nuit. Je ne peux vraiment pas m'arrêter. Et j'ai peur que ça dégénère. Pire que des bleus. » Il remonte son jean et ferme la braguette. « Crois-moi, j'ai envie de rester. Mais je peux pas. Je tiens trop à toi pour mettre ta vie en danger. »

Il se penche pour m'embrasser. Je m'attends à un petit baiser, et je crois que c'est ce qu'il comptait faire aussi, mais il capture soudain ma bouche avec autant d'agressivité que lorsqu'il possédait mon corps, sa langue plonge entre mes lèvres, sa main tient fermement ma nuque.

Il grommelle un juron quand il s'écarte. « J'dois y aller. » Sa voix est urgente, comme s'il était une bombe sur le point d'exploser. « Vraiment.

— D'accord. » Je n'arrive pas à masquer ma déception. Mon chagrin.

Il le remarque et a l'air de se sentir coupable, mais il s'en va, me laisse sans un dernier regard. J'entends sa moto démarrer en vrombissant dans l'allée.

Je ne peux empêcher les larmes de couler sur mes joues.

Bien sûr qu'il est parti. J'ai toujours su que ça se terminerait ainsi.

~.~

JARED

« PUTAIN ! » Je sors la mèche de la planche en contreplaqué et coupe la partie cassée. C'est le quatrième panneau que je casse en appuyant trop fort avec la perceuse. J'ai travaillé dans l'entrepôt d'Angelina toute la nuit et enchaîné directement aujourd'hui. J'ai installé un studio entièrement équipé à l'arrière, avec des parquets flottants, des miroirs et des barres. Elle pourra y donner des cours si elle en a envie, ou s'en servir pour répéter. La partie principale de l'entrepôt est dédiée à son espace de performance. C'est là que je bricole avec Trey pour terminer la scène.

Je suis prêt à tout pour m'empêcher de repartir en courant chez Angelina et de la marquer. Trey avait raison : la pleine lune a éveillé mon instinct.

Aucun doute, elle est vraiment ma compagne.

Ce qui rend la transformation de cet entrepôt encore plus importante. Celle de l'entrepôt, mais aussi ma transformation personnelle.

J'essaie de me voir dans les yeux de ses parents. Auraient-ils une autre opinion de moi si je coachais des jeunes en difficulté, ou verraient-ils toujours un type couvert de tatouages qui gagne sa vie avec ses poings ?

Un type qui laisse leur fille monter à l'arrière de sa moto en robe légère ?

Par le ciel, je suis un connard. Je l'ai déjà mise en danger sur ma moto, et hier soir, elle n'était pas en sécurité avec moi. Mais je vais lui prouver ma valeur, ainsi qu'à ses parents.

Comme ça, je pourrai peut-être la garder sans la marquer. Je pourrais juste me barrer pendant la pleine lune. Garder mes distances pour sa sécurité.

La pleine lune est dans deux jours. Parker a organisé le premier combat pour demain soir, ce qui donne aux loups qui participent – ma meute – un avantage. Enfin, seulement si on affronte d'autres espèces métamorphes, bien sûr.

« Hé, Jared, comme ça ? demande Trey depuis le haut de l'échelle, où il installe la plateforme pour les numéros aériens imaginés par Angelina.

— Ouais, ça a l'air bien. Accroche-en trois comme ça. »

Ensuite, je construirai des panneaux en bois, des sortes de

diviseurs de pièce sur des roues verrouillables, pour qu'elle puisse créer différents espaces en fonction de ses envies. J'ai commandé une tonne de rideaux de scène noirs qui pourront aussi être installés sur des rails coulissants.

Je ne connais rien à l'art, mais alors que je donne vie à ce qu'a imaginé Angelina, je suis de plus en plus enthousiaste. Elle a vraiment un projet incroyable.

« Alors, tu comptes continuer à bosser jusqu'à ce que tu tombes par terre ? me demande Trey lorsqu'il redescend. Tu as mangé quelque chose depuis hier ?

— Nan. J'ai pas faim.

— Tu essaies de rester occupé pour ne pas la marquer. Je me trompe ? »

Je souffle sur mes mains pour en enlever la couche de sciure. « Non.

— Si tu as compris qu'elle est ta compagne, pourquoi tu réfléchis pas plutôt à un moyen de la revendiquer sans lui faire mal ? »

Je prends une autre planche, et Trey la maintient en place pendant que je la visse sur le cadre. « Je ne peux pas la revendiquer juste comme ça. Pas sans sa permission. Pas avoir d'avoir prouvé... » J'essuie la sueur qui coule dans mes yeux et baisse la tête, sentant la fatigue me gagner pour la première fois. « C'est pour ça que je suis ici. Pour avoir quelque chose à lui offrir.

— Ah. »

Je ne supporte pas la compassion que j'entends dans cette seule syllabe.

« Tu penses vraiment que c'est nécessaire ? Je crois qu'elle t'aime déjà tel que tu es. »

Je secoue la tête en plaçant une autre vis. « Tu ne captes pas. Ses parents ont des grands projets pour elle. Il lui faut quelqu'un de respectable. Quelqu'un qu'elle pourra leur présenter sans avoir honte.

— Tu sais, si tu as décidé de coacher ces gamins seulement pour elle... »

Je le coupe. « Non. J'ai envie de le faire. C'est bien la seule chose que je sais faire. Ce serait pas mieux de m'en servir pour aider les gens, au lieu de leur casser la gueule ? »

Trey me regarde un long moment sans rien dire. « Si. Mais seulement si c'est ce que tu veux, pas si tu le fais juste pour impressionner une fille.

— Pas du tout. » En fait, j'en suis certain. C'est vrai qu'Angelina a influencé ma décision et c'est vrai que j'essaie de prouver quelque chose à ses parents, mais c'est mon idée. Et j'ai hâte de la concrétiser.

« OK. Je vais faire une pause et aller manger quelque chose. » Il attend un instant pour voir si je vais proposer de l'accompagner, mais je garde le silence. « À tout à l'heure.

— Ouais, à plus tard. »

Même si j'apprécie son aide, je suis soulagé quand il s'en va. J'ai l'impression que cette démarche est personnelle, pour une raison qui m'échappe. Quelque chose que je dois accomplir seul.

Je sors mon portable pour écrire à Angelina. Je lui ai déjà envoyé un message hier soir, une fois que j'ai eu les idées un peu plus claires, pour m'excuser d'être parti en coup de vent. Sa seule réponse a été *merci*, ce qui m'a pratiquement brisé le cœur.

Ça veut dire que je lui ai fait de la peine quand je suis parti, et qu'elle ne m'a pas encore pardonné.

Je lui ai écrit ce matin pour lui dire que j'avais des choses à faire mais que je lui souhaitais une excellente journée.

Elle a juste répondu par un émoji de cœur. C'est tout.

J'espère que ce message lui prouvera que je pense vraiment à elle.

Je veux te montrer mon entrepôt. Ça te donnera peut-être des idées pour ton spectacle. Je travaille encore dedans aujourd'hui, mais tu peux venir voir demain aprèm ? 874, S. Ryndall.

Elle répond immédiatement. *Je dois répéter, mais je viendrai après.*

Je souris à mon téléphone comme un idiot. *Génial. J'ai hâte.*

Moi aussi.

Et juste comme ça, je passe de hanté à heureux.

C'est un bon plan. Ça va marcher.

~.~

Angelina

OH, bordel de merde.

Évidemment, il fallait que la première fois que Jared veuille me voir cette semaine soit aussi le soir où mes parents décident de m'inviter à dîner à l'improviste.

Je mange une salade sans sauce dans un restaurant du centre-ville et mon ventre est un sac de nœuds.

Putain, ça ne va pas du tout.

Je devrais être à l'entrepôt avec Jared. Je lui ai envoyé un message, mais je n'ai pas reçu de réponse. Et quand j'ai essayé de l'appeler, je suis tombée directement sur sa messagerie, comme si son portable était éteint ou n'avait plus de batterie.

Au milieu du repas, je mets enfin le doigt sur la cause de mon anxiété. Que voulez-vous ? Je suis vraiment aveugle en matière de dynamiques familiales. Une fois de plus, je trahis Jared. Je choisis mes parents au lieu de le choisir, lui. Je lui montre qu'il est moins important qu'eux.

Il a commencé à s'éloigner à partir du moment où je lui ai caché que je mangeais chez mes parents. La pleine lune est un facteur secondaire et un problème que je peux comprendre. Un problème qui est même plutôt flatteur, si l'on y pense.

Je pose ma fourchette et m'éclaircis la gorge. « Au fait, je sors avec quelqu'un. »

Bon, ça n'allège pas le poids dans ma poitrine, même plutôt tout le contraire, mais je ne vais pas m'arrêter là. J'en ai assez de cacher qui je suis à ceux qui m'ont élevée. Ceux qui devraient me connaître mieux que personne.

Le visage de mon père n'exprime aucune émotion. Ma mère hausse ses sourcils. Étrangement, je sens du jugement émaner d'eux avant même que je leur aie dit qui c'est. Mais peut-être que je me fais des idées, que je projette mes craintes sur la situation. Ça doit être ça.

« Il s'appelle Jared. Il travaille dans le club, celui dans lequel je danse. »

Voilà. Le mépris auquel je m'attendais est visible sur leurs visages.

« En tant que ? demande mon père.

— Il est videur. » Je me retiens d'en dire plus. Le métier de Jared ne nécessite pas de justification. C'est un travail tout à fait respectable. Non, il ne requiert pas de diplôme universitaire, mais quelle importance ?

Mon père lève les yeux au ciel.

« Bah, tout le monde a besoin d'une amourette de jeunesse », dit gaiement ma mère.

Je lève le menton. « Non, je l'aime vraiment beaucoup, et... » Ma bouche devient sèche. « J'aimerais vous le présenter. » Oh, mon Dieu, je viens vraiment de dire ça ? Oui. Et je ne peux plus revenir en arrière.

« Allons, je ne pense pas que ce soit nécessaire. » Ma mère a déjà décidé que ce n'était pas la peine de faire les présentations.

Qu'elle aille se faire foutre.

« Si, je veux vous le présenter. Après le dîner. On passera le voir à son entrepôt. »

Ça attire l'attention de mon père. L'immobilier est un sujet qui l'intéresse toujours. « Il est propriétaire d'un entrepôt ? »

Je hausse les épaules. « On dirait bien. Tu sais, le propriétaire de l'Éclipse possède aussi la moitié du centre-ville. Je ne serais pas surprise si Jared avait également investi. Il a toujours l'air d'avoir plein d'argent. »

Mon père échange un regard sceptique avec ma mère.

Je repousse ma salade à peine entamée et fais signe au serveur. « L'addition, s'il vous plaît. »

C'est marrant qu'un si petit acte d'indépendance me donne une impression de rébellion. Nous avons tous des rôles à tenir. Le mien est celui d'une fille dévouée. Je ne demande pas l'addition, parce que je ne paie jamais. C'est le rôle de mon père.

Mais j'ai l'argent de mes cachets du samedi soir. Je sors des billets et les pose sur la table. « Je vous invite. »

Mes parents me dévisagent, bouche bée.

Ouais. Les temps changent. Habituez-vous.

Je monte dans la voiture de mes parents et entre l'adresse que Jared m'a donnée dans le GPS. Mon père conduit avec un air renfrogné, mais il nous y emmène.

Le parking de l'immense entrepôt est plein de voitures et

de motos. Je revérifie l'adresse, mais c'est le bon endroit. Du moins, l'adresse correspond à l'une des entrées de l'entrepôt. C'est l'autre côté qui attire le monde. Une porte de garage s'ouvre, et les personnes présentes se pressent à travers l'entrée.

Je toque à la porte de l'adresse qu'il m'a communiquée mais n'obtiens pas de réponse. Les gens nous regardent comme si des néons au-dessus de nos têtes proclamaient *on est pas censés être là*. Et j'imagine que c'est vrai. Parce que ces types ont l'air coriaces. Vraiment coriaces.

Est-ce que ce sont tous des métamorphes ?

Je ne connais pas assez les motos pour savoir si l'une d'entre elles est celle de Jared, alors je décide de m'approcher de l'entrée pour jeter un coup d'œil à l'intérieur.

Deux types baraqués me bloquent le passage.

« J-je suis juste venue voir Jared. Vous savez s'il est là ? »

Un des malabars se penche en avant et me renifle lentement.

« Angelina », appelle mon père d'un ton sec.

L'homme qui vient de me renifler lève un bras entre mes parents et moi. « Tu peux entrer. Ils restent dehors. Ton mec est dedans, mais il est occupé. »

Des cris et des encouragements bruyants éclatent à l'intérieur de la salle, comme si une sorte de spectacle était en cours. Je pousse la foule pour m'approcher.

Une grande cage métallique est installée au milieu de l'entrepôt et des spectateurs surexcités sont agglutinés tout autour du grillage, en train d'encourager et de se moquer à pleins poumons des personnes dans la cage.

Je n'arrive pas à comprendre ce qui se passe, mais quelque chose me pousse à avancer. Je suis venue jusque-là, j'ai besoin de voir Jared. Ils ont dit qu'il était ici.

Quand j'entends des bruits de coups de poing, mes tripes

se nouent de plus belle. Que se passe-t-il dans cette cage ? Je pousse les spectateurs pour m'approcher.

« Hé, où tu crois aller comme ça, la rouquine ? » Un géant édenté me soulève du sol.

Je pousse un cri perçant et lui frappe le bras. Au même instant, j'entends un rugissement. Soulevée au-dessus des têtes, je peux à présent voir la cage.

Jared est à l'intérieur, torse nu, la transpiration scintille sur son torse musclé et tatoué. Il se bat contre quelqu'un à mains nues. Ses poings s'écrasent contre le visage de son adversaire avec un bruit de craquement ignoble.

Je hurle, la nausée me retourne le ventre.

Au même moment, Jared se retourne et pose les yeux sur moi, comme s'il avait senti ma présence. L'autre combattant profite de cette opportunité pour le frapper au visage et lui casse le nez. Le sang éclabousse le sol en béton.

Je tente de me libérer lorsque le type qui me tient à bout de bras commence à m'éloigner du combat.

Jared pousse un grondement assourdissant, complètement animal, et le chaos éclate partout autour de moi.

~.~

Jared

Du sang coule dans mes yeux pendant que j'essaie maladroitement d'atteindre la porte de la cage. Quand une main se pose sur mon épaule, je fais volte-face et envoie mon poing dans le visage de mon adversaire. Il s'écroule. La foule braille plus fort, des visages sont pressés contre le grillage. Derrière eux, un éclair de cheveux roux : Angelina. Un méta-morphe la tient dans ses bras ; ses petites mains essaient de repousser la brute tatouée, mais il ignore sa colère et continue de la porter sans effort.

Je sens un rugissement me traverser et l'entends retentir dans la salle.

Lorsque mon opposant se relève en chancelant et titube vers moi, je le frappe si fort dans le ventre qu'il est projeté à l'autre bout du ring. Je m'adosse à mon côté de la cage, des griffes acérées comme des rasoirs commencent à apparaître à l'extrémité de mes doigts. Je ne réfléchis pas. Je tire sur le grillage, déchire le métal. Je tire encore quelques fois et je suis libre. « Angelina ! »

Je dépasse des visages stupéfaits alors que je traverse la salle en fonçant à la poursuite du métamorphe. Il a presque le temps d'arriver à la porte avant que je les rattrape.

Je bondis sur la brute, fais couler son sang. Dès qu'il lâche Angelina, je me place devant elle et pousse un rugisse-ment menaçant.

« Putain, qu'est-ce qui te prend ? » crie le loup. Le sang commence à tremper son T-shirt déchiré. Je le connais... son surnom au club, c'est le Colosse. Il fait partie de la meute du père de Garrett. « Merde, mec, je la faisais sortir pour te rendre service ! Elle est pas en sécurité ici. »

Je n'en ai rien à foutre. Il a touché ma copine. Ça va saigner.

« À moi, gronde mon loup.

— Attends, Jared ! Arrête ! » Trey s'approche en pous-sant les corps pressés les uns contre les autres.

« Jared ? » J'entends un petit cri près de moi. Angelina a les yeux écarquillés, l'horreur se reflète dans ses iris bleus. Oh, merde. Elle me regarde comme si j'étais un monstre.

Des sirènes assourdissantes noient le vacarme.

« Une descente de flics ! braille quelqu'un, et les méta-morphes se précipitent vers les sorties.

— Merde ! s'exclame Trey avec colère.

— Angelina, je suis désolé... » Je la prends dans mes bras. La faire sortir. La mettre en sécurité. Je la pousse vers la porte. On sort à toute vitesse et l'air frais m'enveloppe bruta-lement. Je cligne stupidement des yeux, bête répugnante couverte de sang.

« Oh mon Dieu, tu es blessé. » Les mains d'Angelina se posent doucement sur ma peau. Ses ongles sont jolis et parfaits, ses yeux bleus agrandis par la peur. Elle est tellement belle, et je ne suis qu'un animal.

Je m'essuie les yeux et le front d'une main, même si ça n'arrange probablement rien du tout. Le visage blême d'An-gelina a l'air si fragile. Ses vêtements sont tachés de sang. De mon sang. Le sang d'une bête.

« Agent fédéral. Personne ne bouge ! » crie quelqu'un derrière nous.

Mon sang se glace.

Putain, comment est-ce qu'un flic a réussi à *entrer* dans l'entrepôt ? Aucun n'humain n'aurait dû pouvoir passer les portes.

« Jared ? » La voix d'Angelina se brise. Elle me regarde comme si j'étais un criminel. Putain, est-ce que la situation pourrait être pire ?

Combien est-ce qu'elle a vu ? Est-ce qu'elle a assisté au combat ? Est-ce qu'elle m'a vu perdre le contrôle ? Je ne veux pas qu'elle assiste à ça. À rien de tout ça.

« Vas-y, bébé. Tout ira bien. » Je lève le bras pour la toucher, mais me fige. Je ne ferais que la couvrir de plus de sang. Mon odeur nauséabonde commence déjà à lui coller à la peau. Elle ne devrait pas être ici. Qu'est-ce qu'elle fout ici ?

Putain, qu'est-ce qui m'a pris de croire qu'elle pourrait un jour être avec un mec comme moi ?

À moi, s'énerve mon loup. Il a démoli une cage en acier pour la rejoindre. C'est la preuve qu'il a décidé de la revendiquer, et c'est également la preuve que je suis un monstre qui ne la méritera jamais.

Le flic a les yeux posés sur moi et il pousse les gens pour venir dans ma direction, mais je ne m'attarde pas. Je suis Angelina qui s'éloigne. Je dois m'assurer qu'elle ne risque rien.

Des gyrophares baignent tout le parking de lumières clignotantes. Les sirènes hurlent, les flics crient dans des mégaphones.

« Tout le monde coopère, crie Trey. C'est un malentendu. » Sa voix possède assez d'autorité alpha pour que les personnes présentes obéissent. Heureusement, sinon la situation pourrait tourner au massacre.

J'assiste à mon pire cauchemar. Des agents armés tiennent des métamorphes en joue. Certains types tatoués se retrouvent à genoux, les mains sur la tête. Ils sont rapidement encerclés et interrogés par des flics. Quelques métamorphes chanceux parviennent jusqu'à leurs motos et s'enfuient en faisant gronder leurs moteurs.

« Angelina ! hurle une femme qui se précipite vers nous.

— Oh mon Dieu. » Un homme vêtu d'un polo de golf la suit avec une expression atterrée. « Qu'est-ce qui se passe ? Angelina, éloigne-toi de lui !

— Pars d'ici, mon ange, dis-je. Vas-y. »

Elle fait la moue. « Non. Tu es blessé. Une fois de plus. Je veux être sûre que tu vas bien.

— La police est là, Angelina. Ne sois pas bête... » Quand l'homme pose la main sur son épaule, je saisis l'avant de sa chemise.

« Ne la touche pas, putain ! » Mon loup est déchaîné. Mes yeux doivent briller comme de la kryptonite.

Le visage du type en tenue de golf devient blanc comme un linge.

« Jared, arrête ! crie Angelina. Lâche-le. Papa, ce n'est rien, c'est juste...

— Papa ? » Sous le choc, je regarde plus attentivement le couple âgé. Effectivement, la femme est aussi petite et mignonne qu'elle et je remarque des touches de roux dans les cheveux du mec au polo.

Merde. Merde. Merde. Elle a voulu me présenter ses parents, justement le jour où notre premier combat de métamorphes est interrompu par la police.

Je lâche l'homme si vite qu'il chancelle. Sa femme le rattrape. Elle est en larmes, son mascara a coulé sur ses joues.

« Angelina... » Je suis interrompu par un policier qui arrive vers nous en courant.

« C'est lui ! crie l'agent fédéral.

— Allonge-toi par terre ! Par terre ! » Le flic secoue son arme. Je vois à nouveau rouge ; s'il ne fait pas attention, il va blesser Angelina.

Je m'interpose entre l'homme affolé et elle, en mettant mes mains sur ma tête pour faire bonne mesure. « D'accord, dis-je d'une voix forte. Du calme. On coopère.

— Allonge-toi par terre ! » hurle-t-il à nouveau. Je tombe à genoux et le laisse me plaquer brutalement contre le bitume.

« Arrêtez ! crie Angelina. Il coopère, et il saigne. Vous ne voyez pas qu'il est blessé ?

— Angelina, éloigne-toi de lui », s'énerve son père.

Je reçois un coup de botte dans le flanc. Je pousse un grognement, mais reste à terre. Le flic s'agenouille sur mon cou pour me passer les menottes, écrase ma joue contre les graviers. Je lève les yeux vers ma belle danseuse.

« Angelina, dis-je malgré ma lèvre fendue. Tout va bien. Je vais bien. Pars, s'il te plaît.

— Mais tu es blessé. » Ses parents essaient de l'entraîner, mais elle les repousse. « Je ne partirai pas.

— Vas-y, bébé. Vraiment. »

L'air sous le choc, elle articule mon prénom pendant que ses parents la tirent en arrière. En regardant sur le côté des bottes du flic, je la vois monter dans une Mercedes brillante. Je sens un hurlement monter des abîmes de mon être alors que la voiture quitte le parking en faisant crisser ses pneus et emmène ma compagne loin de moi.

~.~

AGENT DUNE

« ALORS, c'est lui qui prenait les paris ? » demande le policier local d'un air dubitatif. Quand la police est arrivée à l'entrepôt, il n'a pas eu le choix. Il a dû sortir son badge et s'emparer de l'affaire. Putain, il ne voulait certainement pas qu'ils fassent tout foirer.

Il ne savait toujours pas qui était le connard qui les avait appelés, mais il était prêt à parier que c'était le père de la rousse.

Et la rousse semblait liée à ce type.

Celui qu'il voulait interroger.

Il avait volontairement laissé la plupart des protagonistes principaux s'échapper. Parker et les deux autres bookmakers s'étaient éclipsés par la porte arrière dès le début de la débâcle. Ils lui étaient plus utiles en liberté. Il en apprendrait plus sur leur espèce en les gardant sous surveillance.

Il a laissé les flics arrêter celui-là, celui qui s'est battu dans la cage. Celui qui faisait un esclandre devant l'entrée. Et maintenant, il a insisté pour l'interroger. En privé.

Parce qu'après avoir vu Jared Johnson se battre, il sait qu'il est comme Nash. Modifié. Inexplicablement amélioré.

À travers le miroir sans tain, il fixe l'homme musclé, tatoué et couvert de sang menotté à la table.

« Je ne suis pas sûr qu'on puisse retenir des charges contre lui, dit l'un des flics. On va certainement devoir le relâcher.

— Pas avant que je l'aie interrogé.

— Seul ? Vous êtes sûr, monsieur ?

— Tout à fait sûr. »

Dune enlève sa veste, la plie et la pose sur une chaise. Il est assez grand, pas autant que le boxeur qui attend d'être interrogé, mais il a une stature puissante et ses muscles trahissent son obsession pour les entraînements de force, au-delà de la condition physique requise pour ce métier.

« C'est vous le chef, murmure un autre policier.

— Rappelez-vous-en. » Après avoir vérifié que son arme est dans son étui, l'agent Dune entre dans la pièce d'un pas nonchalant.

Jared l'observe, vigilant. Sur ses gardes. Pas coupable comme un criminel. Non, il se comporte plutôt comme le ferait un agent. Il se tient prêt à ce qu'un problème surgisse de tout côté. Méfiant. Il est bien plus qu'un idiot avec des gros muscles. C'est un guerrier.

Comme Dune.

Il prend place sur la chaise en face de Jared et le regarde fixement dans les yeux.

Jared ne baisse pas les siens. Il ne devient pas nerveux

comme la plupart des gens pendant un interrogatoire – et Dune en a questionné énormément. Il connaît et se sert des méthodes de tortures enseignées au cours de sa formation, conçues pour faire parler n'importe qui.

Il ne s'attend pas à en utiliser énormément aujourd'hui. Pas dans un commissariat local avec des caméras de partout. Mais si les flics doivent vraiment foutre la merde dans son enquête, il compte bien au moins interroger ce type.

« Je t'ai vu te battre », finit-il par dire.

Jared ne répond pas. Ne détourne pas le regard.

« Je t'ai vu ouvrir une cage en acier à mains nues. »

Il ne répond toujours pas.

« Quel genre... d'homme... possède ce genre de force ? »

Jared serre les lèvres mais ne dit rien.

« Quelqu'un qui n'est pas seulement un homme. Quelqu'un qui a été amélioré. Voilà ce que je pense. »

Jared secoue la tête. « Je vois pas de quoi vous parlez.

— Tu sais quelque chose à propos des deux labos qui ont explosé dans le sud de la Californie ? »

Il a un tic fugitif avant de le masquer. Oui, il sait quelque chose. L'instinct de Dune ne se trompait pas.

« Qu'est-ce que tu sais ? »

Jared secoue la tête. « Rien du tout. »

Dune donne un coup de poing dans la table. « *Conneries*. »

Jared ne sursaute pas. Il ne se crispe même pas, ce qui indique à Dune qu'il ne se sent pas le moins du monde intimidé. Et pourquoi le serait-il, s'il a été modifié par DataX ?

« Qu'est-ce qu'ils t'ont fait dans ce labo ? Ils ont fait de toi un monstre ? »

Un petit pli apparaît sur le front de Jared avant de disparaître. Ce qui veut dire que Dune se trompe quelque part.

Donc, il ne vient pas d'un de ces labos. Il doit venir d'un autre centre d'expériences.

Il fond sur Jared et lui tire la tête en arrière. « Je sais que tu as une force surhumaine. » Il espère l'énerver suffisamment pour le voir changer, comme il a vu Nash le faire.

Il lui cogne la tête contre le bureau et la relève. Son nez s'est recassé et il pisse le sang, mais Jared a les yeux fermés. Il ne peut pas voir s'ils ont changé de couleur.

« Ouvre tes yeux, putain, gronde-t-il.

— Va te faire foutre. »

Dune enfonce son pouce dans son œil pour soulever sa paupière de force. L'iris semble jaune, mais il n'en est pas certain, parce que Jared rejette la tête en arrière et essaie de lui donner un coup de tête qu'il doit esquiver.

Il se lève en tirant sur la chaîne qui retient ses menottes à la table. « Tu sais pas ce que je suis, hein ? »

Son visage porte une étrange expression de triomphe qui déclenche des frissons d'avertissement dans sa nuque.

« Tu ne sais pas ce que *tu* es », ajoute-t-il à voix basse. Un sourire se dessine lentement sur ses lèvres.

La porte s'ouvre en claquant contre le mur et une petite blonde en costume et talons hauts déboule dans la pièce, entourée de deux flics. Ils ont l'air très protecteurs avec elle ; pourtant, si c'est une avocate – et il parie qu'il c'en est une – elle ne peut pas être de leur côté.

« Éloignez-vous de mon client, Agent Dune. » Sa voix est glacée. « Vous lui avez cassé le nez ?

— Il est arrivé avec le nez cassé. »

La jolie avocate secoue la tête. « Cette fracture a l'air très récente. »

Donc, la blonde doit savoir ce qu'il est, sinon elle ne saurait pas à quelle vitesse ce mec guérit. Bon à savoir.

« Vous n'avez pas le droit de détenir mon client. Aucune

plainte n'a été déposée et il n'a commis aucun crime. Je demande sa libération immédiate. »

Dune hausse les épaules, même s'il était sur le point d'obtenir des réponses de Jared Johnson. Faire des vagues avec les gens du coin ne ferait que lui causer davantage de problèmes. Il valait mieux le libérer et le faire surveiller.

Par la suite, dans un moment de sincérité totale, il s'avouerait avoir été perturbé par ce qu'avait dit l'homme. Comment l'avait-il su ?

~.~

Angelina

LA STUPÉFACTION me fait tanguer pendant que la voiture s'éloigne de l'entrepôt. Mes parents me crient tous les deux dessus en même temps, mais je n'ai pas la moindre idée de ce qu'ils disent.

Putain, qu'est-ce qui vient de se passer ?

Jared se battait dans une cage ?

Mon père rentre directement chez eux. Je crois qu'ils ont mentionné qu'ils m'emmenaient là-bas au lieu de me ramener chez moi, mais je n'arrive pas à m'en rappeler. J'étais trop occupée à rejouer les scènes surréalistes qui se sont déroulées dans l'entrepôt.

Pourquoi a-t-on passé les menottes à Jared avant de l'emmener au poste ? Est-ce qu'il a fait quelque chose de mal ? Ce n'est pas un criminel. Impossible.

N'est-ce pas ?

Je prends conscience que je ne connais pas beaucoup Jared, et que je ne sais pas comment il gagne sa vie. Comment a-t-il les moyens de louer cet immense entrepôt avec un salaire de videur ? A-t-il d'autres sources de revenus moins légales ?

Je repousse rapidement cette idée. Non. Pas Jared. Il est trop honorable.

« Va prendre une douche, m'ordonne ma mère dès que nous entrons dans la maison. Tu es *dégoûtante*. »

Je baisse les yeux sur mes vêtements, mais ils ne sont pas tachés. Oh, si : une goutte de sang. Je fais ce qu'elle me dit, mais uniquement parce que j'ai du mal à réfléchir dans l'immédiat et qu'une douche m'aidera peut-être à y voir plus clair.

Malheureusement, c'est la pire des décisions, parce que je n'arrive à penser qu'à cette douche incroyable avec Jared. Quand il a vénéré mon corps et m'a donné l'impression d'être une déesse. Quand il m'a donné quelque chose d'important. Une chose que je ne pense pas qu'il ait partagée avec qui que ce soit d'autre.

Ou est-ce juste mon fantasme qui s'exprime ?

Je ne sais plus vraiment ce qui est réel ou non. Des loups métamorphes ? Des vampires ? Des combats dans une cage ?

Tout ça semble impossible. Je sors de la douche et me sèche. Après avoir passé un vieux jogging et un débardeur, je me mets au lit dans ma chambre d'adolescente.

Me retrouver dans mon ancienne chambre me donne l'impression d'être minuscule. Était-ce seulement hier que tout me paraissait possible ?

Et voilà que je suffoque à nouveau sous le toit de mes parents comme quand j'étais enfant.

Je ne sais pas combien de temps je reste couchée. Une heure ou deux. Puis j'entends le moteur d'une moto.

Je cours jusqu'au balcon de ma chambre et ouvre la porte-fenêtre.

« Jared ! »

Il descend de moto et court se poster sous le balcon. « Angelina, est-ce que tu vas bien ? Tu n'as rien ? »

Mon cœur se serre. Il vient de se faire rouer de coups de pied avant d'être menotté et embarqué par la police, mais il me demande si *je* vais bien ?

Je me penche par-dessus la balustrade pour mieux le voir. Son T-shirt est couvert de sang mais il n'a pas l'air blessé. Enfin, bien sûr qu'il n'est pas blessé : j'ai eu l'occasion de voir à quelle vitesse il cicatrise. « Est-ce que ça va ? Qu'est-ce qui s'est passé avec la police, Jared ?

— C'était juste un malentendu, répond-il en secouant la tête. Tout va bien, aucune plainte n'a été déposée. »

Je déglutis. « C'était quoi, ce combat ? » Ma gorge est nouée, de la pression appuie derrière mes yeux.

Le regret passe dans le regard de Jared. « Laisse-moi monter, bébé. J'ai besoin de te voir de près. De parler face à face. »

Je hoche faiblement la tête et commence à me diriger vers la porte pour lui ouvrir, mais il est déjà en train d'escalader la gouttière. Il marche en crabe sur le cadre d'une fenêtre du rez-de-chaussée pour atteindre le balcon.

C'est là que tout part en couille.

Mon père entre dans la chambre au moment où Jared passe une jambe sur la rambarde du balcon. Il a un flingue à la main. Ouais, un flingue. Je ne savais même pas qu'il possédait une arme !

« Fais demi-tour et redescends immédiatement, grogne mon père. J'ai déjà appelé la police. Je suppose que tu n'as pas envie de retourner au trou cette nuit.

— Papa, arrête. C'est dingue. Jared veut juste discuter...

— *Va-t'en.* Tout de suite.

— Écoutez, monsieur Baker... »

Quand mon père fait un pas menaçant en avant, je cours m'interposer entre eux. « C'est complètement dingue. Papa, sors de cette chambre.

— Monsieur Baker, je suis...

— Tu vas voir si je vais sortir, rugit mon père. C'est *ma* maison. Il se trouve illégalement sur *ma* propriété. » Il essaie de me contourner pour braquer le revolver sur Jared. « Sors d'ici. Ne contacte plus jamais ma fille, sinon je ferai de ta vie un enfer. Compris ?

— Ça suffit ! » Je me tourne pour affronter mon père. « Je ne te permets pas de prendre ces décisions pour moi.

— C'est ce qu'on va voir. Ma fille ne sera *pas* vue en train de fricoter avec un motard qui organise des combats pour le plaisir. Tu es tellement en dessous d'elle que c'est risible. Retourne te terrer dans le trou d'où tu es sorti. »

Quelque chose change en Jared. Comme si un vent glacé s'était levé et l'avait congelé.

« Papa ! dis-je d'une voix perçante, avant de carrément poser mes mains sur son torse pour le repousser. Sors. Tout de suite. En fait, écarte-toi de mon chemin. C'est moi qui pars avec Jared.

— Non. » La voix de Jared est étouffée. « Non, reste, Angelina. Je vais m'en aller. » Il se suspend à la rambarde, lâche prise et retombe doucement sur la pelouse.

« Non. » Je pousse mon père et cours vers les escaliers. Je m'élance dehors, pieds nus, alors que Jared démarre sa moto. « Attends ! »

Il tourne la tête dans ma direction mais ne me regarde pas. Son regard est concentré à des milliers de kilomètres d'ici. Il n'est plus que l'ombre de lui-même, une coquille vide.

« Jared, attends. Je suis vraiment désolée pour mon père. Je ne sais pas ce qui lui prend. Cette nuit a juste été bizarre.

— Non, me coupe-t-il. Ton père a raison. Ça ne va pas marcher. » Il fait rugir l'accélérateur et passe la première.

« Attends. » Je lui attrape l'avant-bras. Si seulement j'arrivais à faire en sorte qu'il me regarde.

Qu'il me revienne.

Mais il est parti. Pas encore physiquement, mais émotionnellement, si. Le Jared que je connais n'est pas là.

« Jared, s'il te plaît. On peut parler ? Je ne comprends même pas ce qui se passe. »

Lorsqu'il se retourne, son expression est dure. « Si, tu comprends. Toi et moi, on est pas faits pour être ensemble, mon ange. » Entendre ce sobriquet sans la tendresse habituelle dans sa voix me brise le cœur. « On le savait depuis le début, et on se battait contre le destin. C'est mieux qu'on arrête maintenant avant que ça devienne encore plus difficile. »

Il me regarde encore un instant pendant que je me débats pour parler, puis la moto commence à s'éloigner.

« Jared ! » Je l'appelle en criant, mais il ne se retourne pas. Ne réagit pas. Il se contente de partir, son large dos rapetissant de plus en plus jusqu'à ce qu'il tourne et disparaisse au coin de la rue.

Je tombe à genoux. « Non.

— Angelina, Angelina, *rentre*. » J'entends la voix scandalisée de ma mère, mais je ne bouge pas. « Qu'est-ce qui te prend ? Lève-toi, chérie. C'est ridicule. » Elle me tire par le bras jusqu'à ce que je ravale suffisamment mes larmes pour me lever et rentrer dans la maison. De retour dans ma stupide chambre de gamine, je m'écroule sur le lit et m'endors en pleurant.

CHAPITRE 12

J ared

JE SUIS UN HOMME BRISÉ.

C'est quoi, ce poème débile de T. S. Eliot qu'on nous a fait lire au lycée ? Je n'arrive pas à croire que je m'en rappelle. Vraiment. Je n'ai presque aucun souvenir de mes années au lycée, pourtant ce poème refait tout à coup surface.

Parce que je suis un idiot transi d'amour, je fais une recherche sur mon téléphone pour le retrouver.

C'est ainsi que finit le monde. Pas sur un boum, sur un murmure.

Ouais, ça résume assez bien la situation. Pas étonnant que ce poème me soit revenu à la mémoire. C'est dans la même veine dépressive que ce que je ressens.

Cinq jours ont passé depuis que je suis allé voir Angelina chez ses parents. Cinq nuits sans fermer l'œil. Cent-vingt foutues heures passées dans l'entrepôt à tout rendre parfait pour Angelina.

Est-ce ironique que je ressente toujours le besoin de l'aider, même si elle ne se souviendra pas de moi ? Ne saura pas pourquoi je le fais ?

Ne saura pas que je l'ai aimée... non, que je l'*aime*, au présent ?

Parce que Garrett m'a donné l'ordre d'effacer sa mémoire. Il s'est montré patient et m'a même accordé quelques jours pour être vraiment sûr que je ne changerais pas d'avis. J'ai refusé de raconter à quiconque ce qui s'est passé, même à Trey. J'ai seulement dit que c'était pour le mieux.

C'est ainsi que doivent être les choses. Le père d'Angelina avait raison. Je n'ai rien à offrir à cette belle star en devenir. Je ne ferais que la tirer vers le bas.

Un videur de boîte de nuit qui se sert davantage de ses poings que de sa cervelle ? Je ne suis rien comparé à elle.

Donc hier, Garrett est passé à l'entrepôt. Il a pris un rouleau et un pot de peinture, et il m'a aidé à peindre toute la scène en noir. Puis il m'a dit que ça devait être fait et m'a demandé comment je voulais procéder.

Trey était là ; il a proposé de s'en occuper, ce qui était un soulagement. Parce qu'il est le seul en qui j'ai confiance et que, merde, je suis incapable de le faire moi-même. J'imagine que je suis un foutu lâche.

Je n'ai pas demandé quand ça aurait lieu. Je ne veux vraiment pas le savoir, tant que c'est fait la prochaine fois que je la revois. Parce que je ne veux voir que de la joie sur le visage de cette fille. Si j'y lis encore de la souffrance, je vais démolir tout ce putain d'entrepôt.

Je ne sais toujours pas comment je lui présenterai cet espace. Peut-être juste en la faisant parler au club. Puis en mentionnant que je suis tombé sur un lieu idéal pour organiser des spectacles et qu'elle devrait y jeter un œil.

Cette pensée est à peu près aussi agréable que se faire rouler dessus par un train. Ou une voiture. Non, je préférerais me faire renverser par la voiture d'Angelina sans hésiter. Je serais prêt à revivre cette journée encore et encore, parce que c'est cette nuit-là que j'ai enfin pu l'embrasser. La toucher. La faire crier de plaisir.

Elle reste ma compagne, même si je ne peux pas l'avoir. Je veillerai sur elle et la protégerai jusqu'au jour de ma mort. Même si ça signifie la voir épouser un trouduc humain. Putain, tant qu'elle est heureuse, je serai heureux pour elle.

Et je ferai tout mon possible pour m'assurer qu'elle réalise ses rêves.

Même si pour ça, je dois sacrifier ma propre occasion d'être heureux. Mon propre avenir, entouré d'une compagne et d'enfants.

Je m'en fiche.

Tant qu'il n'arrive rien de mal à Angelina.

~.~

Angelina

JE RENTRE chez moi après la répétition et me gare devant la maison.

Je ne sais pas comment j'ai réussi à me lever ce matin et à me traîner jusqu'à l'école. Je suis un vrai zombie. Je n'arrive pas manger. Je ne dors pas. Je regarde fixement mon portable, espérant recevoir un message de Jared, mais il n'arrive jamais.

J'ai essayé de le contacter quelques fois au début. Je me suis excusée pour le comportement de mon père. Je lui ai dit que je ne partageais pas son opinion et que j'avais vraiment besoin de le voir, mais il n'a pas répondu à mon message.

Alors, j'imagine que je sais où on en est. C'est terminé entre nous.

Et cette pensée me rend malade. Je sors de la voiture, prise de hauts-le-cœur, mais rien ne remonte.

Pouah. Entre le fait de ne pas être capable de manger et l'envie de vomir chaque fois que je pense que c'est terminé avec Jared, j'ai déjà perdu deux kilos.

Voilà qui devrait faire plaisir à ma mère.

Mais non. J'en ai fini avec ma mère. Et avec mon père. Je ne dirais pas que c'est leur faute, parce que je suis assez grande pour reconnaître que j'ai ma part de responsabilité. Si je n'avais pas laissé mes parents contrôler ma vie, Jared aurait su que leur désapprobation ne me ferait pas changer d'avis sur notre relation.

Mais je les ai laissés faire.

Je les ai laissés choisir ma carrière. Mon apparence. Mon université. Même mes amis, dans une certaine mesure, au moins au lycée. Mais c'est terminé. Ils ne choisiront pas mon petit ami.

Il n'ont pas leur mot à dire sur la personne avec qui je sors. Avec qui je couche. Celle que j'épouse. Si j'ai envie de me marier avec un gangster dealeur avec des dents en or, ils devront se faire une raison, sinon ils ne me reverront plus. Si je choisis d'épouser une femme, ils devront l'accepter aussi. Si je choisis quoi que ce soit qui leur déplaît, c'est leur foutu problème.

Je n'irai plus dîner chez eux le dimanche.

Il est temps que je vive ma vie comme je l'entends.

Dès que je mets un pied dans la maison, les souvenirs qui m'assaillent me font plisser les yeux. Jared qui me pourchasse dans le couloir. Me tient sur ses genoux sur le canapé. Ramène des plats à emporter. Jared qui éclate de rire. M'écoute. S'intéresse à moi.

Quand on toque à la porte, j'imagine pendant une demi-seconde que c'est peut-être lui. Mon cœur fait un bond et s'affole avant que je me souvienne que c'est impossible. Il m'a larguée.

J'approche mon œil du judas. C'est Trey, l'ami de Jared, également videur au club. Celui avec un regard gentil et un piercing à la lèvre.

J'ouvre la porte, aucunement surprise de le voir. Je me doutais qu'un membre de la meute viendrait tôt ou tard. « Salut. »

Trey paraît mal à l'aise. « Salut.

— Tu es ici pour effacer ma mémoire ? » Je vois une lueur de soulagement dans ses yeux, mais elle est rapidement remplacée par de la sincérité.

« Pas tout. Juste quelques souvenirs.

— Non, prends-les tous. Je ne veux même pas me rappeler que Jared existe. » Je ne parviens pas à empêcher l'amertume de transparaître dans ma voix.

Jared a cessé de croire en nous. Il m'a abandonnée. Je ne sais pas si je le pardonnerai un jour. Heureusement, je n'aurai pas à le faire.

Trey a l'air surpris, et un soupçon d'autre chose. En colère ? « Ouais ? »

Je hausse les épaules en serrant les dents pour retenir la marée d'émotions qui menace de m'engloutir. Je ne veux pas pleurer devant Trey. J'ai juste besoin d'en finir une bonne fois pour toutes. « Ouais. »

Trey ne semble vraiment pas apprécier. Il se décale et me fait signe de sortir de la maison. Alors qu'il me suit en direction de la Range Rover garée dans l'allée, il demande : « Tu lui en veux, hein ? »

Mon nez pique, mes yeux brûlent. « J'ai pas envie d'en parler. » Les sanglots s'entendent dans ma voix.

Il s'arrête net et s'appuie contre la voiture, m'observe. « C'est toi qui a rompu ou c'est lui ? »

Une larme coule. Je l'essuie en grommelant. « Ça te regarde pas. » Si Jared ne le lui a pas dit, ce n'est certainement pas moi qui le ferai.

Sa mâchoire se contracte. « En fait, si, ça me regarde. Jared est mon meilleur ami. Ça fait deux semaines qu'il se crève à la tâche pour se rendre digne de toi, mais j'imagine que ça n'a pas suffi. »

Son accusation me pique au vif. Bien plus que je ne l'aurais cru possible. C'est comme si un foutu javelot me transperçait la poitrine.

Des larmes coulent, dégringolent sur mes joues. « Ce n'est pas vrai.

— Tu es au courant pour la gym ? »

Je secoue la tête en me mordant la lèvre pour que Trey ne la voie pas trembler.

« Il a commencé à coacher des ados en foyer pour leur apprendre la boxe. Il dit qu'il veut utiliser ses talents pour aider les autres. Il a dit un truc à propos d'être un guerrier moderne, ou un chevalier. »

Mon cœur manque un battement, est envahi d'une tendresse irrésistible. Enseigner la boxe à des jeunes en difficulté ? Putain, c'est un saint. Au-dessus d'un héros. Cependant, je n'ai jamais eu besoin de ça. Il était déjà un héros à mes yeux. « C'est génial. Mais je ne lui ai jamais demandé de changer pour moi. » J'ai besoin que Trey le sache.

Son visage reste de marbre. « Tu as vu l'autre partie de l'entrepôt ? »

Je secoue la tête en essuyant mes larmes du revers de la main.

Il m'ouvre la portière passager. « Monte. Je vais te montrer d'abord. Tu as le droit de savoir ce que tu abandonnes avant de l'effacer de ton existence. »

La moutarde me monte au nez. « Ce n'est pas *moi* qui l'efface. » J'enfonce mon index dans son torse, bien que je sache qu'il pourrait m'écrabouiller d'une seule main. « C'est *lui* qui a décidé d'abandonner. Il faut croire que je ne suis pas aussi importante pour lui qu'il l'est pour moi. »

L'expression de Trey se teinte de compassion. « Allez, viens, dit-il d'un ton radouci. Je dois vraiment te montrer quelque chose. »

Je monte dans la voiture, sors un mouchoir de mon sac et me mouche.

Trey nous conduit jusqu'à l'entrepôt où a eu lieu le combat. En effet, à la lumière du jour, je peux voir une enseigne neuve peinte au-dessus de l'édifice au bout de l'allée : *Club de boxe*. L'entrepôt du milieu est celui dans lequel j'ai vu se dérouler le combat.

Mais Trey me guide vers le bâtiment de l'autre côté. Quand il déverrouille la porte, j'entre dans... un studio de danse ?

C'est bien ça. Un studio de danse complet, avec des miroirs et du parquet au sol. Des barres contre les murs récemment repeints.

Je murmure : « Qu-qu'est-ce que c'est ? »

Trey ne répond pas. Il se contente de me montrer la porte de l'autre côté de la salle, qui mène vers un autre espace.

Ma mâchoire se décroche, de nouvelles larmes viennent troubler ma vue. C'est mon espace de représentation. Exactement tel que je l'ai imaginé. Non... mieux. La scène est placée contre un mur, des cordes et des foulards en soie sont suspendus au plafond pour les numéros aériens. Toute une rangée de panneaux de séparation noirs est alignée contre un autre mur, attendant de diviser l'espace en plusieurs zones plus petites.

Quelqu'un apparaît dans l'embrasure de la porte à l'autre bout de la salle et reste pétrifié.

Oh mon Dieu. C'est Jared. Il a l'air mal en point, hagard et pâle. Le simple fait de le voir rouvre la plaie béante dans ma poitrine.

« Angelina ? » Il s'éclaircit la gorge. Regarde Trey d'un air interrogatif.

Il ne sait pas si on a déjà effacé mes souvenirs. Qu'il puisse laisser une chose pareille se produire me fait l'effet d'une nouvelle trahison. Je m'approche de lui d'un pas déterminé et lui donne une claque. Comme je l'ai fait la première fois qu'il a essayé d'effacer ma mémoire.

« Angelina.

— Comment est-ce que tu oses renoncer à nous, connard ! Tu tiens à moi. Tu as fait tout ça... » J'écarte les bras pour embrasser l'incroyable espace dans lequel je me trouve. « ... pour moi. Mais tu comptes quand même sur ton pote pour faire le nécessaire et que je t'oublie ? Comment est-ce que tu as pu faire ça ? Je t'ai aimé, Jared. Je t'aime. Même si tu effaçais mes souvenirs un millier de fois, je t'aimerais toujours. Mon cœur sait à qui il appartient. Mais si tu es débile au point de vouloir abandonner juste parce que mes parents sont des trouducs à l'esprit étroit, tu n'es pas le héros pour qui je te prenais. Tu es... » Je bafouille. Malgré ma colère, je suis incapable de l'insulter. Rien ne colle. Il est tout pour moi.

Je remarque alors quelque chose qui retourne mon univers et me fait atterrir sur la tête.

Jared ravale des larmes.

Mon Jared, l'homme le plus fort de tous les temps, pleure. Pour moi.

Je lui saute dans les bras, mes jambes se serrent autour de sa taille, je m'accroche à lui de toutes mes forces. « Ne me laisse pas, s'il te plaît », dis-je d'un ton implorant, mon visage humide contre son cou.

Il tombe à genoux. « *Jamais*. » Sa voix est farouche. « Putain, je ne te laisserai jamais. Je suis désolé... je suis un idiot. J'ai débloqué. Je pensais que je te rendais service. Je ne veux pas te faire de mal, bébé. Jamais. »

Je m'écarte et lui donne une autre claque. Pas très fort, parce qu'il est trop proche pour que je puisse vraiment prendre de l'élan. Elle ressemble plutôt à un préliminaire. Une marque d'affection entre nous. « Tu m'as fait de la peine.

— Je sais. Je suis désolé. Je suis vraiment désolé, putain. »

J'appuie mon front contre le sien, balance ma tête avec la sienne. « Tu as intérêt. » Je pleure toujours, mais mes sanglots se transforment progressivement en larmes de joie.

« Bébé, tu dois savoir ce que ça signifie. Si je te marque, tu es mienne pour la vie. Est-ce que tu comprends ? Et tu deviens membre de la meute. Tu dois jurer de garder le secret, sous peine de mort. »

J'acquiesce, le bonheur se diffuse en moi en bouillonnant. « Être à toi pour la vie, c'est parfait.

— Tu es sûre ? Tu es encore jeune pour faire ce... »

Je lui assène une claque supplémentaire, cette fois clairement un geste tendre. « Ne t'avise plus de mettre mes choix de vie en doute. »

Il éclate de rire. « Je t'aime.

— Pareil.

— Viens. » Il se lève en me tenant toujours serrée contre

lui. « J'ai besoin de te revendiquer tout de suite. Avant que mon cœur explose.

— Ça me va. »

Je regarde derrière nous, mais Trey s'est éclipsé avec tact. Je lui dois un énorme remerciement pour m'avoir emmenée ici au lieu d'aller voir le vampire. Vraiment énorme. Genre, on devrait appeler notre fils aîné comme lui.

Alors que Jared me porte dehors vers sa voiture, je demande : « On va avoir des bébés métamorphes ? »

Il rit et me fait remonter sur sa hanche.

« Ça dépend. Certains enfants avec des parents humains et métamorphes peuvent muter, d'autres pas. Et parfois, des filles issues de ces unions mutent si elles tombent enceintes d'un métamorphe. L'ADN du bébé fait pencher la balance.

— J'espère qu'on aura des bébés loups.

— Ça n'a pas d'importance pour moi, me promet-il. Je les aimerai de toute manière. »

Je lui mordille l'oreille. « J'espère bien. »

~.~

LE TEMPS que l'on arrive chez moi, je tremble. Pas de peur, mais de désir. D'excitation.

Jared va me marquer.

Ça m'est même égal si ça fait mal.

Il enlève son T-shirt à la seconde où on passe la porte. Ses bottes suivent. Je pousse un cri aigu quand il me soulève, me pose sur son épaule et part dans le couloir. Une fois dans ma chambre, il me repose sur mes pieds et m'ôte mon débardeur.

« Enlève tout. Maintenant. » Je n'ai jamais entendu cette

voix autoritaire. Il m'a déjà donné des ordres sur un ton taquin, mais jamais rien de tel. Ce grondement rauque contient une sombre promesse.

Des frissons me traversent pendant que je me déshabille jusqu'à ce que je sois nue devant lui.

Ses yeux deviennent jaunes. Quel beau loup. Magnifique.

Un soupçon de peur apparaît, mais il ne fait que décupler mon excitation. Est-ce qu'il va me fouetter, comme il a promis de le faire si je le rendais jaloux un jour ?

Oh, merde. J'espère.

Il tire sur sa ceinture pour la retirer des passants de son jean et la plie avant de la frapper légèrement contre sa paume. J'ai un petit sursaut.

« Va me chercher des collants. Quatre paires. »

Quatre paires de collants ? Pourquoi... oh. Je suis presque sûre de savoir ce qu'il va en faire, et les trépidations de désir reprennent de plus belle. Je bataille pour ouvrir le tiroir de ma commode et en sors une poignée de collants.

Il me les prend des mains et montre le lit d'un geste du menton. « Sur le ventre. Les jambes écartées. »

Oh, putain, oui.

Je monte sur le lit et m'allonge avant d'écarter les jambes et les bras. Il se sert des collants pour attacher mes poignets et mes chevilles à la tête et au pied du lit, puis il glisse un oreiller sous mes hanches pour soulever mes fesses.

Il ne m'a pas encore touchée, pourtant tous mes nerfs sont à vif, mes sens affûtés. J'ai désespérément envie qu'il me touche.

« Jared ? »

Voilà. Il passe sa main entre mes jambes. Un frisson monte et redescend sur mon échine.

« Tu es terriblement mouillée pour une petite fille sur le point de recevoir une fessée. »

Ma chatte se contracte. *Oui, pitié.*

« Je dois te donner la fessée. Tu sais pourquoi, mon petit ange ?

— Pourquoi ? » Ma voix tremble.

« Pour préparer ton cul avant de te marquer. »

Je lève la tête, un peu désorientée. « Tu vas me marquer sur les fesses ?

— Ouais. J'ai passé un sacré paquet d'heures à réfléchir où et comment marquer une humaine. Je ne peux pas mordre une veine et je ne veux pas laisser une marque trop visible. Et je sais toute la peau que tu dois montrer quand tu danses. Ça me laisse pas beaucoup d'options. C'était soit les seins, soit les fesses. Tu sais déjà que j'ai un faible pour le cul. Et j'adore ces fesses rebondies. » Lorsqu'il les malaxe sans douceur, je me cambre.

« Alors, je vais faire chauffer ton cul parfait avec ma ceinture et je vais te baiser, fort et longtemps. Tu attendras ma permission pour jouir. C'est compris ?

— Oui, monsieur. »

Il pousse un grognement approbateur. « Si c'est trop, bébé, dis stop. Je n'irai jamais plus loin que tu en as envie. D'accord ? »

Je secoue les fesses. « Arrête de parler et commence la fessée.

— Impertinente. » Il enroule l'extrémité de la ceinture autour de son poing jusqu'à ce qu'il n'en reste plus qu'une trentaine de centimètres. « Juste pour ça, je fouetterai aussi ta chatte. »

Je crie et essaie de fermer les jambes, mais c'est impossible : il les a bien attachées. Je tire sur mes liens, et j'adore avoir l'impression qu'il m'a capturée. D'être à sa disposition.

Il donne une tape légère sur mes fesses avec le cuir, un baiser plutôt qu'un véritable coup. Il continue, les tapes deviennent progressivement plus fortes, déclenchent une piqûre qui me fait sursauter et serrer les fesses.

Ce n'est toujours pas de la douleur, seulement une sensation délicieuse. Il commence à accélérer le rythme, tape sous mes fesses, l'arrière de mes cuisses. Rendue déchaînée par le besoin, je me déhanche contre l'oreiller.

« Ce cul m'appartient maintenant, dit-il. J'espère que tu comprends. C'est moi qui le fesse. Moi qui le baise. Moi qui lui redonne une fessée. C'est moi qui te punirai pour avoir un cul si délicieux, nuit après nuit. »

Je gémis.

« Je suis le seul qui te fera crier. Le seul qui a le plaisir de te voir atteindre l'orgasme. Encore et encore, si je le décide. »

Je frotte mes seins contre la couverture, mon clito contre l'oreiller. J'ai besoin de jouir. Tout de suite. « S'il te plaît, Jared, dis-je en un geignement.

— Pas avant que je te le dise, bébé. » L'avertissement est ferme. J'adore quand il se montre sévère avec moi.

Il s'interrompt pour retirer son jean et son boxer. Je suis sûre qu'il va me revendiquer, mais il se contente de chevaucher ma taille face à mon cul. Il pose brutalement ses paumes sur mes fesses et les écarte. « Voilà le petit trou qui me rend dingue. Je ne te baiserai pas là ce soir, mais tu te feras enculer souvent. Chaque fois que je verrai rouler ces fesses. Ou ces cuisses qui me supplient de les écarter et d'enfoncer ma langue là où elle veut être. » Lorsqu'il caresse l'endroit en question, je me cabre en dessous de lui. « Mais il me semble que j'ai promis de fouetter ta chatte.

— Oh. » Je pousse un gémissement sans savoir ce que j'en pense. Surtout avec une ceinture.

Mais bien sûr, Jared sait quoi faire. Il tapote le plat du cuir entre mes jambes, puis frappe un peu plus fort.

C'est exquis.

« Encore.

— Gourmande. » Il me fouette une fois de plus. Et encore.

Je gémis et me trémousse, soulève les hanches pour essayer de soulager mon entrejambe qui palpite. Il s'arrête et passe ses doigts sur ma fente. « Je parie que tu veux ma queue.

— Oui, monsieur.

— Bonne fille. J'aime quand tu m'appelles monsieur. » Il change de position, et un froissement d'emballage m'indique qu'il enfile un préservatif. Puis il est là, entre mes cuisses. Exactement là où j'avais besoin de le sentir depuis qu'on est arrivés chez moi.

Il m'asticote, frotte son gland dans mes sécrétions sans me pénétrer.

« S'il te plaît. »

Il s'enfonce en moi avec un grognement. « Bébé, je ne vais pas être doux. J'ai essayé de me résigner à ne plus jamais te posséder, et maintenant que je t'ai contre moi... » Il se retire et plonge en moi. Si je n'étais pas ferment attachée au lit, j'aurais valdingué dans le mur.

C'est une sensation merveilleuse, comme si les liens étaient en place pour me donner encore plus de plaisir et non pour me tenir captive.

Jared prend appui sur ses poings et fait claquer ses hanches contre mes fesses. Chaque coup de reins me procure plus de satisfaction que le précédent, jusqu'à ce que je ne sois qu'une femme désespérée et gémissante. Il me baise plus fort, plus vite. Je suis tellement trempée qu'il glisse facilement en moi malgré sa brutalité et son exigence.

Je griffe les couvertures, certaine que je ne pourrai pas attendre une seconde de plus.

Jared entre entièrement en moi et rugit. « Maintenant, mon ange ! »

Mon corps réagit avant que mon cerveau ait eu le temps de comprendre son ordre. Alors que ma chatte enserre sa queue en de rapides pulsations, le plaisir irradie dans tout mon corps. Jared se retire avant que je sois prête, mais ses doigts prennent la place de son sexe alors que ses dents s'enfoncent dans la chair de ma fesse gauche.

Je mords le drap pour ne pas crier. Je ne vais pas mentir : ça fait mal. Mais il continue de faire aller et venir ses doigts, et la fin de mon orgasme donne une tonalité sexuelle au moment, en fait une stimulation plus érotique que douloureuse.

Il ouvre la mâchoire, s'écarte et lèche la plaie.

Ma chatte se contracte autour de ses doigts dans les derniers spasmes de jouissance.

Jared embrasse mon dos et remonte jusqu'à mon cou. « Est-ce que ça va, bébé ?

— Oui. Complètement. » Je ne veux pas qu'il s'inquiète. « Je suis à toi, maintenant ?

— Tu es à moi. » La fierté dans sa voix m'emplit d'une béatitude délirante. Il détache les liens autour de mes chevilles et je me retrouve blottie sur ses genoux, un chiffon mouillé posé contre ma marque.

Ses yeux sont vert clair. Le jaune a complètement disparu, son regard est alerte et concentré tandis qu'il observe mon visage.

J'ai la tête qui tourne. Ce n'est pas une sensation déplaisante, un peu comme si j'avais trop bu. « Je me sens un peu bizarre. »

Il me caresse la joue du dos de la main. « C'est le sérum qui recouvre mes crocs, celui que j'ai imprégné dans ta peau.

Il contient une sorte de calmant. Ça devrait passer bientôt. » Il fronce les sourcils.

« Ce n'est pas grave. J'aime bien. Mais ça m'excite. Est-ce qu'on peut recommencer ? »

~.~

Jared

MON ANGE A BESOIN de ma langue entre ses cuisses toute la nuit. À l'aube, la morsure s'est suffisamment refermée pour que je la laisse chevaucher ma queue en l'aidant de mes mains sur ses hanches.

Elle n'est jamais rassasiée.

Même après son troisième orgasme depuis le réveil, elle a le regard fiévreux d'une nympho. J'appellerais bien Trey pour lui demander si c'est la réaction normale d'une humaine qui vient d'être revendiquée, mais à mon avis, c'est un problème que je dois régler seul.

C'est pas une tâche facile, mais je veux bien m'en occuper. Et puis c'est mon devoir. Oh que ouais.

Quand elle finit par avouer qu'elle possède quelques godes, je l'attache au lit et remplis ses deux trous.

« Ne jouis *pas* sans ma permission, petite fille. »

Son regard frénétique me suit, mais elle hoche la tête. « Je vais te garder comme ça. Faire monter le plaisir. Peut-être que si on attend et que ton orgasme est assez puissant, tu seras satisfaite un peu plus d'une minute.

Elle pleurniche et tire sur ses liens.

Je pince ses mamelons, les fais rouler entre mes doigts en observant sa réaction. Seulement du plaisir. Du désir.

« Jared, s'il te plait. Je suis prête. Laisse-moi encore te chevaucher. »

Je secoue fermement la tête. « Tu peux supplier, bébé. J'adore ça. Mais je ne céderai pas. Tu as besoin qu'on laisse monter un peu la température. »

Je me penche pour prendre ses seins en bouche, caresse chaque centimètre de son corps jusqu'à ce qu'elle convulse en gémissant. « S'il te plaît, s'il te plaît, s'il te plaît, s'il te plaît, Jared. J'ai besoin de toi. J'ai tellement besoin de toi. J'ai besoin de toi maintenant. Tu dois me laisser jouir. J'ai besoin de jouir. Jared, s'il te plaît. »

Ma bite est dure comme la pierre, mais je dois choisir une autre position où elle est au-dessus. Je la détache et lui enlève les vibros avant m'asseoir sur le bord du lit et de la laisser chevaucher ma taille. Elle descend lentement sur ma queue avec un grognement rauque.

Elle est sublime.

Sans aucun échauffement, elle fait monter et redescendre ses hanches comme si sa vie en dépendait.

« C'est bien, mon ange. Prends ce dont tu as besoin...

— Je peux ? demande-t-elle, la voix cassée.

— Presque. » Je pose une main dans le creux de son dos et l'aide à me prendre plus profondément à chaque descente. Mon propre orgasme est sur le point de se déclencher, mes cuisses se tendent, mes couilles se contractent.

« Jared », halète-t-elle. Je m'attends à ce qu'elle me supplie à nouveau, mais elle dit : « Je t'aime. Tu es à moi pour toujours aussi. À moi, à moi, à moi. »

Je jouis en un rugissement et oublie presque de lui donner la permission. « Jouis, mon ange ! » Dès qu'elle m'entend, elle est emportée par un orgasme silencieux mais cataclysmique. Tout son corps tremble sous la puissance de l'explosion.

Elle tombe dans mes bras, molle et tremblotante, puis s'endort profondément. Ma compagne en a enfin eu assez pour se reposer. Je l'allonge sur le lit et l'enveloppe de mon corps avec une attitude protectrice.

« Dors, mon ange », dis-je en un souffle en déposant un baiser sur son crâne.

CHAPITRE 13

 *ared*

JE SERRE la main d'Angelina alors que nous marchons dans l'allée de la maison de ses parents pour assister à leur cocktail. Angelina ne voulait pas venir. Je crois qu'elle avait envie de punir ses parents pour ne pas m'avoir accepté, mais j'ai insisté pour qu'elle y aille.

Et elle, elle a insisté pour que je vienne. J'imagine que c'est sa façon de dire *allez vous faire foutre* à ses parents. Mais j'ai mis une chemise et un pantalon, j'ai fait de mon mieux pour paraître respectable. Angelina est ma compagne. Je vais devoir trouver le moyen de m'entendre avec ses parents, parce que je refuse qu'elle subisse des problèmes et de la tension à cause de son choix de partenaire.

Elle pousse la porte sans frapper et on entre. La maison est immense et joliment décorée. Très snob. Je suis presque sûr de sentir le chlore d'une piscine dans le jardin. Angelina me tire vers la cuisine, où un barman derrière le comptoir se tient prêt à servir les invités.

Je demande d'un ton peu convaincu sans savoir à quoi m'attendre : « Une bière ? » Peut-être qu'ils ne boivent que du champagne dans ces soirées.

Le barman énumère quelques choix et j'opte pour une IPA.

« Angelina ! » appelle sa mère quand elle nous voit. Angelina a prévenu ses parents qu'elle m'emmenait, mais le visage de sa mère est crispé.

Je m'avance et lui tends la main « Jared Johnson. »

Elle semble troublée l'espace d'un instant, puis me serre la main en rougissant. « Delia. C'est un plaisir de vous rencontrer. » Elle se tourne vers Angelina et dit à voix basse : « Je crois qu'il vient d'arriver. »

Angelina pince les lèvres et se colle contre mon flanc. Sentant qu'elle a besoin de soutien, je passe un bras autour de sa taille.

Je ne sais pas qui *il* est ni pourquoi ça stresse Angelina, mais je vais vite le découvrir.

Lorsque la porte d'entrée s'ouvre, Delia se précipite au pas de course, suivie par son mari. En voyant un homme aux larges épaules inviter une belle brune à entrer, je dois me détourner pour masquer mon hilarité.

Apparemment, l'invité d'honneur est Jackson King.

Le loup le plus riche du pays. Un bon ami de la meute.

Angelina lève la tête vers moi avec un regard interrogateur et je l'entraîne vers l'entrée. Son père serre la main de Jackson avec enthousiasme. On dirait qu'il s'est volontairement positionné de façon à me masquer. J'imagine qu'il pense que je vais l'embarrasser. Peut-être déclencher une bagarre. Je ne peux pas vraiment lui en vouloir.

La compagne de Kylie passe la tête au-dessus de l'épaule de Delia. « Jared ! »

Je la serre dans mes bras avec un large sourire et prends mon pied en voyant les parents d'Angelina arrêter de leur cirer les bottes pour nous dévisager avec stupéfaction.

Jackson s'approche à son tour et me serre brièvement dans ses bras en me donnant même une tape dans le dos.

« Jackson, Kylie, je vous présente ma copine, Angelina Baker. Mon ange, tu te rappelles le chalet où je t'ai emmenée sur le mont Lemmon ? Jackson est l'ami qui a eu la gentillesse de nous laisser l'utiliser. »

Si j'ignore les expressions ébahies de ses parents, ce n'est pas le cas d'Angelina. Elle leur lance un regard, l'air de dire : *vous avez entendu ça ?*

Quand les narines de Jackson s'évasent, je sais qu'il a senti mon odeur sur Angelina, qu'il comprend que je l'ai marquée. « Très bon choix », nous murmure-t-il à tous les deux en serrant la main d'Angelina. Le visage de ma compagne s'illumine et elle se blottit contre moi.

« Mais, euh... vous vous connaissez ? » Le père d'Angelina n'arrive pas à comprendre ce qui se passe. Son regard fait des allers-retours entre Jackson et moi.

« Bien sûr.

— Comment ? » On peut compter sur lui pour ne pas prendre de pincettes.

J'hésite, mais Kylie dit d'un ton mielleux : « Jackson fait partie du club de combat de Jared. »

Je m'étrangle sur ma bière. Angelina doit tourner la tête pour cacher son sourire.

Même Jackson, un loup des plus stoïques, finit par lâcher après s'être raclé la gorge : « Oui. » Il est réputé pour ses réponses monosyllabiques et je ne pense pas obtenir davantage que cette validation, mais elle est suffisante.

Le père d'Angelina penche la tête. « Non... pas vraiment ?

— Si. » Jackson, Kylie et moi avons répondu en chœur.

« À ce propos, on voulait discuter des ennuis que tu as rencontrés au club pour savoir si on peut faire quoi que ce soit », ajoute Kylie d'un air entendu. Jackson et elle sont tous deux des génies de la sécurité de l'information, mais Kylie est sans doute la meilleure hackeuse au monde. Elle contribue à défaire le nœud de merdes que Sam, le loup qui vit avec eux, a découvert sur DataX avant de faire exploser leurs labos. Je crois qu'elle a aussi procuré de nouvelles identités à Parker, Declan et Laurie.

Garrett a dû les informer de mon interrogatoire musclé avec le mystérieux agent fédéral la semaine dernière, mais ils veulent sans doute entendre ce qui s'est passé de ma bouche.

J'acquiesce. « Bien sûr. Merci, j'apprécie votre geste.

— Bon, et si j'allais vous chercher un verre pour que nous puissions parler affaires ? tente le père d'Angelina.

— Plus tard, répond Jackson. Je vais d'abord discuter avec Jared. »

Jackson est toujours cash. Il ne prend jamais de gants. Difficile de dire si c'est juste sa façon d'être ou s'il manque volontairement de respect au père d'Angelina, mais je penche pour la deuxième option parce qu'il rit tout bas.

Jackson montre la porte menant vers le patio du menton.

« Je vais vous chercher à boire », propose Angelina. En l'entendant, le visage de sa mère rayonne de fierté.

Quelques minutes plus tard, nous sommes confortablement assis tous les quatre sur des fauteuils de jardin devant la piscine. J'entre directement dans le vif du sujet. « L'agent est un loup. Ou du moins, il a du sang de loup. Je n'arrivais pas à comprendre comment il était entré dans l'entrepôt jusqu'à ce que je sente son odeur. Je ne sais pas s'il a été un sujet d'expériences comme le groupe de Parker. Il n'a même pas l'air de savoir qu'il est métamorphe, donc je suppose qu'il n'a jamais rencontré son animal. Il m'a posé des questions sur les explosions et il a essayé de me faire mal pour faire changer mes yeux de couleur. »

Angelina me fixe avec un regard inquiet, et je prends conscience qu'il y a encore beaucoup de choses qu'elle ignore. Je tends le bras et l'attire sur mes genoux. « Je suis désolé, tu n'es pas encore au courant de ces histoires, bébé. C'est une longue histoire qui concerne la meute. Je t'en parlerai quand on rentrera à la maison, d'accord ? Sache simplement que je ne suis presque pas concerné directement.

— D'accord. » Elle se colle contre moi, ses boucles douces tombent sur mon visage et son parfum vanillé fait directement réagir ma bite. J'ai besoin de me retrouver seul avec elle au plus vite. Assez parlé de boulot.

« J'ai fait des recherches... J'ai dû pirater plus d'une base de données pour trouver des informations. C'est un fantôme. Il n'y a presque rien sur lui, m'apprend Kylie. Je peux te dire ce que je sais. »

Je hausse les épaules. « Ouais, il pourrait être un problème. Je ne pense pas être spécialement sa cible, mis à part qu'il m'a vu faire preuve de capacités surhumaines pendant le combat. Si c'étaient les actes illégaux qui l'intéressaient, il aurait arrêté Parker et les autres bookmakers.

— Je pense aussi, dit Jackson. Que veut faire Garrett ?

— Rien pour l'instant. Il nous laisse même continuer les combats. Il pense que ça pourrait nous permettre de mettre la main sur ce type. Et la prochaine fois, c'est nous qui aurons quelques questions à poser à *Dune*. »

Jackson opine du chef.

« Et maintenant, concernant les choses *importantes*, dit Kylie en se tournant vers Angelina avec des yeux brillants. Félicitations d'avoir trouvé le loup de ta vie. »

Angelina sourit. « Merci.

— Je suis une panthère et Jackson est un loup solitaire. Si j'ai bien compris, on est chez tes parents ?

— Oui, répond-elle en s'empourprant. Mes parents essaient de rencontrer Jackson depuis une éternité et ils n'apprécient pas Jared. Tu viens de renverser la situation quand tu as dit que Jackson est membre de son club. »

Kylie lui fait un clin d'œil. « Je me suis doutée que c'était quelque chose du genre. J'ai le nez pour ce genre de trucs.

— Merci. »

L'expression de Kylie s'adoucit. « Avec plaisir. Je suis contente pour vous deux. »

En voyant le père d'Angelina venir dans notre direction d'un pas nonchalant, j'en profite pour me lever. « On va vous laisser parler boulot, dis-je avant de tirer Angelina vers le coin de la maison.

— Qu'est-ce que tu fais ? » Elle glousse quand je la plaque contre les adobes et passe une main sous sa robe légère.

« Je te revendique, dis-je en un grondement. Ici, dans le jardin de ton père. » Je laisse mes mains remonter sur ses cuisses fermes jusqu'à sa culotte.

Elle lève la tête et colle sa bouche contre la mienne, s'abandonne magnifiquement, comme elle le fait toujours. Malgré les problèmes que doit affronter la meute, malgré la façon dont les choses se sont passées chez ses parents la dernière fois, elle a confiance en moi. Elle m'aime. Elle a besoin de moi autant que j'ai besoin d'elle.

Je passe le dos de la main sur son clito et elle gémit contre mes lèvres. « Dis-moi que tu veux que je te baise ici, contre ce mur. » Je glisse un doigt sous le gousset de sa culotte et caresse sa fente humide.

« Je veux que tu me baises, souffle-t-elle.

— Où ça ?

— Ici. »

Merde. Je ne peux pas résister. Je sors une capote de ma poche et ouvre ma braguette avant de couvrir mon membre pour elle.

Elle lève une cuisse, la serre autour de ma taille et prend ma queue dans sa main. Quand elle la guide vers l'entrée de son sexe, je frémis d'anticipation. Un éclair de besoin brûlant se déploie à la base de ma colonne vertébrale.

Je m'enfonce lentement en elle alors qu'elle passe son autre jambe autour de ma taille. Je glisse mes bras dans son dos pour qu'elle ne cogne pas contre les briques parce qu'à cet instant, je perds tout contrôle. Je lui donne des coups de reins sans retenue, mon membre dur fait des va-et-vient dans sa chatte soyeuse.

Elle rebondit sur ma bite, monte et redescend entre mes bras. Elle respire rapidement en halètements désespérés. Lorsqu'elle commence à gémir, je couvre sa bouche de la mienne pour avaler ses cris.

« J'ai besoin de jouir, j'ai besoin de jouir, besoin de jouir », soupire-t-elle contre mon oreille quand je libère ses lèvres.

J'ai envie que ça dure toujours, mais je fais vite pour Angelina. Encore quelques coups de bassin et les feux d'artifice explosent. Je m'enfouis profondément en elle et jouis. « Maintenant, bébé », dis-je en grondant.

Son orgasme est silencieux, mais d'après les contractions de ses cuisses et de sa chatte autour de mon sexe, ses bras crispés autour de mon cou, il est puissant.

On reprend notre souffle ensemble, mais je suis réticent à la lâcher. À me retirer.

« J'adore le loup de ma vie, fredonne-t-elle avant de me mordre l'oreille.

— Putain, je suis tellement fier d'être ton compagnon. Tu n'as pas idée. »

Elle m'embrasse dans le cou. « Je pense que si. Tu m'as toujours traitée comme une princesse.

— Parce que c'est ce que tu mérites, bébé. » Je pose mon front contre le sien. « Je t'aime.

— Mmm. Je t'aime encore plus. »

Je dois m'arrêter pour prendre de grandes respirations parce que j'ai l'impression que ma poitrine va éclater. Un tel déferlement de joie emplit mon cœur qu'il le fait gonfler et décuple sa taille.

ÉPILOGUE

Six mois plus tard

 *ared*

JE PORTE UN COSTUME. Oui, vous avez bien entendu. Un vrai putain de costume. Je suis devant l'entrée de l'entrepôt, tel un foutu maître d'hôtel. Angelina est à l'intérieur et court partout comme une folle, répond au millier de questions que lui posent les danseurs de sa compagnie ainsi qu'à celles des membres de la meute que j'ai embauchés pour que sa première représentation se déroule sans accroc.

Elle pourra engager de vrais techniciens son et lumière par la suite, quand la production sera rodée et qu'elle saura exactement ce dont elle a besoin. Sinon, la meute peut continuer à s'en occuper, ce qu'Angelina semble adorer. Probablement parce qu'ils la traitent comme une princesse sinon ils savent que je leur casserai la gueule.

Trey arrive dans la voiture d'Angelina. Je l'ai envoyé en urgence chercher de quoi manger pour la réception après le spectacle, parce qu'Angelina n'avait pas bien conscience de ce qu'engloutissent les loups de la meute.

« Il faut que tu voies ça », dit Trey en me frappant le ventre avec un journal.

Je déplie le *Daily Star* et le feuillette jusqu'à trouver le feuillet dédié aux évènements artistiques du weekend. Là, en couverture, une photo de ma copine. Elle est suspendue à une corde et fait un grand écart théâtral, une jambe sur la corde, l'autre pointée vers le sol. L'article a pour titre : *La troupe de danse locale AngelWolf présente son premier spectacle, un rendez-vous à ne pas manquer.*

Trey me montre le nom de l'auteur. « C'est le journaliste qu'Angelina espérait voir au spectacle hier soir. » En guise de répétition finale, la troupe a donné une représentation en costumes pour les familles d'accueil avec lesquelles travaille Amber. Angelina nous a demandé une centaine de fois si on avait vu un journaliste dans la salle, mais aucun d'entre nous n'en était sûr.

Je souris comme un idiot en lisant l'article.

La chorégraphe Angelina Baker élève la danse vers de nouvelles sphères au cours de sa production baptisée Angel-Wolf. Ce spectacle interactif associe danse contemporaine, performances et arts du cirque pour nous offrir un moment riche en sensations fortes qui ravira les spectateurs de tous âges.

Le programme de l'évènement nous apprend que cette jeune femme récemment diplômée de l'université de l'Arizona a entièrement imaginé ce spectacle dans le but de « rendre la danse accessible au grand public ».

La qualité et la créativité des numéros les hissent au niveau des productions à gros budget présentées à Las Vegas ou à New York. Pourtant, Baker a créé le spectacle avec un budget très limité et grâce à l'aide de nombreux bénévoles.

« J'espère que ce spectacle s'établira comme une activité incontournable sur le long terme pour employer les talentueux danseurs et artistes de Tucson », a déclaré Baker au cours d'un entretien avant la représentation.

La suite de l'article décrit certains numéros, liste les moments préférés du journaliste et fait l'éloge des artistes.

« Merci, mon pote. J'ai hâte qu'Angelina voie ça. » Je fais un grand sourire à Trey, comme si c'était mon spectacle qui recevait des louanges. « Je vais courir le lui apporter avant le spectacle. Tu peux tenir la porte ? »

Trey acquiesce et je cours à travers la salle. Si je n'étais pas un loup, il me serait difficile de la localiser à travers le labyrinthe que nous avons créé avec les panneaux déplaçables, mais je suis son odeur jusqu'à la loge, où elle fait une mêlée-câlin générale avec ses danseurs.

Quand je toussote, ils s'écartent tous d'un bond en gloussant. « Je voulais vous dire que le *Daily Star* d'Arizona a trouvé que vous avez assuré hier soir », dis-je en levant le journal.

Les danseurs s'en saisissent et se rassemblent autour, mais Angelina me saute dans les bras, joint ses longues jambes autour de ma taille et enlace mon cou. Elle m'embrasse l'oreille. « Merci », murmure-t-elle.

Je secoue la tête. « Ne me remercie pas. Tout est grâce à toi, bébé. C'est ton rêve. Ta vision. Ton génie.

— C'est grâce à toi que le spectacle a vu le jour. » Sa voix est étranglée.

« Non, j'ai juste donné un coup de main au début. Tu as fait tout le reste. »

Elle dépose un nouveau baiser sur mon oreille. « Je t'aime. »

Je la repose par terre. « Bébé, j'ai quelque chose pour toi, dis-je en plongeant la main dans ma poche. Je comptais attendre après le spectacle, mais j'ai l'impression que je dois te le donner maintenant. » Ma gorge devient sèche.

Elle lève ses grands yeux emplis de confiance vers moi. « C'est un cadeau ?

— Oui. » Je sors l'écrin et l'entrouvre. « Tu es déjà à moi selon la loi des métamorphes, mais je pensais que tu aimerais avoir quelque chose à montrer à tes parents. Tu sais, pour qu'ils comprennent bien que c'est sérieux entre nous. »

Elle écarquille les yeux en découvrant l'émeraude entourée de diamants roses sertis sur une bague en or.

« Je, euh, je l'ai choisie parce qu'elle m'a fait penser à tes ballerines de danse. Enfin, à tes collants. » Oh, par le ciel. J'aurais mieux fait de la fermer. Qui achète une bague de fiançailles assortie à des collants ? Je suis un putain d'idiot.

Mais elle éclate de rire, ses yeux se remplissent de larmes. « Je l'adore ! »

Mon cœur recommence à battre. « C'est vrai ? »

Elle la passe à son doigt. « Elle me va parfaitement. Je peux la porter dès maintenant ? »

Ma gorge se noue et je ne peux qu'acquiescer. « Je comprends si tu ne préfères pas. Je ne veux pas que tu aies des ampoules sur les cordes. »

Elle la fait tourner sur son annulaire, tend le bras pour l'admirer. Je lui prends la main et lève ses doigts vers ma bouche.

« Hé, les amoureux ! appelle Trey au bout du couloir. « Les équipes du journal télé local et régional sont là et elles *veulent savoir où elles peuvent installer leurs caméras.* »

J'échange un regard stupéfait avec Angelina. « Je m'en

occupe, dis-je en lui serrant la main. Bonne chance. Je veux dire, *merde*. » J'adore apprendre le jargon des danseurs et savoir que c'est ainsi qu'ils se souhaitent un bon spectacle. J'adore tout savoir sur la vie d'Angelina.

Elle me remercie par-dessus son épaule et on s'éloigne rapidement dans des directions opposées.

Le parking dehors est méconnaissable. Tank, un de mes frères de meute, et sa compagne Foxfire se sont proposés pour guider les voitures parce qu'elles affluent de toutes les directions. Le parking est plein, tout comme la rue devant l'entrepôt.

Des équipes de télévision déchargent leurs caméras des coffres de fourgons garés en double file derrière nos véhicules.

Jackson, Kylie, la grand-mère de Kylie, elle aussi une panthère métamorphe, et leur bébé arrivent avec Sam et Layne, d'autres amis de la meute. Jackson salue les parents d'Angelina sur le parking. Je me redresse un peu à leur approche, comme si ça pouvait m'aider à leur faire bonne impression. Mais ce soir, ils sont tout sourires.

« Tu as vu l'article dans le journal ? » me demande son père comme si on était de vieux potes. On a vraiment essayé de s'entendre au cours des derniers mois. Je viens dîner chez eux le dimanche. Quand je leur ai obtenu une invitation à un barbecue chez Jackson le mois dernier, j'ai apparemment prouvé ma valeur. Surtout parce que Jackson a accepté de faire un investissement considérable dans l'entreprise du père d'Angelina.

Je hoche la tête en souriant. « Oui, le spectacle d'Angelina va rapporter gros, dis-je pour employer des termes qui lui parlent. Et ça prouvera aussi son talent artistique à tout le monde. »

Les visages de ses parents rayonnent.

« Entrez, je vous ai gardé des places au premier rang pour le numéro d'ouverture. » Je les guide tous à l'intérieur pour leur éviter de faire la file avec les personnes qui attendent d'acheter un ticket.

« On va faire salle comble », me murmure Trey.

J'adore qu'il ait dit *on*. Je serai éternellement reconnaissant aux loups de ma meute du soutien qu'ils ont apporté à ce spectacle. Garrett a fermé l'Éclipse pour la soirée afin qu'employés et clients puissent venir ici ce soir. Il ouvrira le club plus tard, pour la fête sur invitation organisée après la représentation.

« Le spectacle de ta compagne est un succès », me dit Garrett en souriant jusqu'aux oreilles lorsqu'il passe à côté de moi. Dès que j'ai marqué Angelina, il l'a acceptée dans la meute sans poser de questions. Bien qu'elle soit humaine.

Je suis sincèrement ému par le soutien de mon alpha et vieil ami.

Merde, je suis ému par le miracle qu'est chaque journée passée en étant le compagnon d'Angelina. Chaque jour est meilleur que le précédent.

~.~

Angelina

JE RESTE SUR SCÈNE, un bouquet de roses blanches sous le bras, et essaie de retenir mes larmes pendant que la foule m'acclame en une standing ovation. Sur la droite, je vois mes professeurs de fac. Je n'arrive pas à croire qu'ils sont venus ! L'un d'entre eux me fait même un sourire.

Mais en vérité ? Je me fiche de ce qu'ils pensent. Ça me serait égal s'ils n'avaient pas aimé, de même que si mes parents avaient détesté. Cependant, je sais que ce n'est pas le cas parce qu'ils ont été les premiers à se lever.

Tout ce qui compte à mes yeux, c'est d'avoir réalisé mon rêve. Quelque chose que je voulais créer pour moi-même et pour mes amis.

Et j'ai réussi grâce au soutien infaillible du loup le plus merveilleux du monde.

Tout le reste ? C'est du bonus.

Et nous avons de quoi nous vanter. Nous avons joué à guichets fermés. Les billets sont déjà écoulés pour le weekend prochain. Couverture médiatique, critiques élogieuses dans les journaux. La première représentation a déjà permis de couvrir la plus grande partie de nos frais, sans compter ce que Jared a investi. Il refuse que je le rembourse.

Je fais une révérence et allume le micro. « Merci à tous d'être venus assister à notre première. Nous espérons que le spectacle vous a plu. »

Les applaudissement reprennent. Des sifflements et des hourras s'élèvent, ceux-là de la part des métamorphes.

« Nous sommes honorés de voir nos amis, nos familles et nos anciens professeurs venus nous soutenir. Je me sens particulièrement chanceuse d'avoir le soutien de quelqu'un d'important dans ma vie sans qui rien n'aurait été possible. » Ma voix tremblote, mais je continue. J'ai besoin de dire ces choses en public, devant Dieu et tout le monde. Je n'aurai jamais honte de Jared et je ne veux plus jamais qu'il pense une chose pareille.

« L'homme qui m'a donné cette bague ce soir pour me

demander d'officialiser les choses. » Lorsque je lève le bras, la grosse bague étincelle sous les projecteurs.

La mâchoire de ma mère se décroche.

Mes amis et la meute de Jared commencent à pousser des cris de joie tandis que le reste des spectateurs applaudit poliment.

« Jared, tu veux bien me rejoindre ? » Je cligne des yeux pour essayer de le repérer dans la salle malgré les lumières aveuglantes et vois sa silhouette massive fendre la foule. Il grimpe les marches pour monter sur la scène et s'approche de moi avec assurance, exactement comme le jour où je l'ai rencontré. « Cet homme nous a laissé utiliser son entrepôt et l'a complètement transformé pour ce spectacle. Il m'a encouragée à chaque instant et il continue de le faire. Merci. »

Jared passe un bras autour de ma taille et m'attire contre lui pour m'embrasser.

Le public redouble d'applaudissements et de vivats. J'éclate de rire lorsqu'il tarde à me lâcher.

Il prend ensuite le micro. « Si la soirée vous a plu, parlez-en à vos amis ! Ce spectacle est là pour durer. »

Je me penche pour ajouter : « Merci d'être venus. Bonne nuit ! »

À point nommé, les lumières se rallument dans la salle et tout le monde se met à parler avec animation. Les gens commencent à se diriger vers les sorties.

Je n'y prête aucune attention parce que Jared s'est remis à m'embrasser. Sa bouche est plaquée sur la mienne, il lèche mes lèvres.

« Je t'aime, bébé », murmure-t-il quand il s'écarte pour respirer. Il pose son front contre le mien. « Putain, tu es une véritable inspiration.

— Et toi, tu es un héros. » J'enlace son cou et lui offre

mes lèvres pour qu'il m'embrasse encore. Parce que, ouais, je viens de me fiancer.

Avec le loup de ma vie.

Fin

MERCI D'AVOIR LU *Le Désir de l'Alpha* ! Si vous avez apprécié ce livre, nous vous serions reconnaissantes de nous laisser vos commentaires ; ils sont très importants pour les auteurs indépendants. Découvrez bientôt le prochain livre de la série *Alpha Bad Boys* : *La Guerre de l'Alpha* !

LA GUERRE DE L'ALPHA -
CHAPITRE 1

Une lumière froide. Une lumière grise. Des hurlements emplissent mes oreilles.

Les murs en béton ne changent jamais, pourtant ils se rapprochent la nuit. Même si mon lion peut voir dans le noir, ça ne veut pas dire que la nuit ne m'affecte pas. Je sais toujours quand le soleil se couche.

Et ces hurlements.

Je ne sais pas s'ils sont réels ou si je les imagine. J'ai tué tant de gens. Leurs cris sont ma pénitence. Éveillé ou endormi, c'est toujours la même chose. Ma vie est un cauchemar sans fin.

Quelque part, quelqu'un chante.

« Quand l'Irlande sourit... »

La faible lumière du jour éclaire mon visage. Je suis dans un lit, pas sur un lit de camp. Les murs ne sont plus en béton mais d'un blanc sale, et fins comme des feuilles de papier. J'entends des murmures dans le salon en plus de l'Irlandais qui gueule. Les sons glissent sur moi et mes muscles noués se détendent.

Ma vue, qui était encadrée de rouge, redevient nette

lorsque mon lion rentre en moi. Je suis dans une chambre, pas dans une cellule avec des gardes sur le point d'entrer. Mais mon animal est prêt à se battre. Il l'est toujours. Des années de mauvais traitements l'ont brisé de manière permanente.

La sueur a trempé mon drap. Encore une mauvaise nuit pleine de rêves dans lesquels je suis enfermé dans une cellule. Ou de flashbacks. Mais par moments, les rêves paraissent plus réels.

Je me force à me lever et fais le lit avec une précision militaire, comme je l'ai fait chaque putain de jour depuis la première semaine du camp d'entraînement. « Un homme peut quitter l'armée, mais l'armée ne peut pas quitter un homme », avait l'habitude de nous dire notre instructeur. Il avait raison. Mais je me demande parfois si je pourrais faire en sorte que le tueur quitte mon lion.

Dès que j'ouvre la porte de ma chambre, le chant s'arrête.

« Nash ? » Une tête apparaît dans le couloir.

« Qu'est-ce que vous foutez ici ? » Je foudroie le métamorphe du regard, son visage juvénile tranchant avec ses cheveux prématurément grisonnants.

Parker hausse les épaules et recule pour me laisser entrer dans le salon. « Je me suis fait virer de mon appart. Ils ont vu mon animal courir autour de l'immeuble et ils m'ont dit *pas d'animaux domestiques*. Et puis, tu as une chambre d'amis. »

N'ayant rien à répondre à ce dernier commentaire, je me tourne vers les deux autres intrus affalés sur le canapé élimé. Deux hommes, l'un avec des cheveux noirs et une bouteille de tord-boyaux à la main, l'autre plus grand que nous tous et trop maigre. Le grand porte des lunettes et cligne constamment des yeux. Le brun esquisse un sourire.

« Je vous avais dit de pas venir ici, dis-je sans m'adresser à quelqu'un en particulier.

— C'est plus grand chez toi », proteste Parker en cachant

un petit sourire. Pendant un instant, j'envisage de l'effacer de sa figure puis de l'utiliser pour essuyer le sol. Mais non. C'est mon agent. Si je le tue, qui organisera mes combats ? Démolir régulièrement un adversaire est la seule chose qui maintient mon animal en vie.

« Hé. » Je pointe du doigt le brun, qui ouvre une bouteille avec une étiquette à l'écriture manuscrite illisible. « C'est quoi, ce truc ? Ça schlingue, on dirait du décapant.

— Ça ? Oh, un petit remède maison contre la gueule de bois. On a passé une bonne soirée à boire hier. Ça nous remettra d'aplomb direct. » Je remarque son accent irlandais et mon cerveau se souvient d'un nom. *Declan.* Un métamorphe, je ne sais pas quel animal. Il sent un peu comme un loup et un peu comme... autre chose. Un mélange métamorphe, un produit des expériences dans les labos secrets de DataX. L'Irlandais est l'un des rares à avoir survécu. Je dirais bien qu'il a eu de la chance, mais c'est faux. Les chanceux sont morts.

« T'en veux ? » Declan me propose la bouteille. Mon lion s'approche de la surface, mais je le repousse en moi. Bien qu'être bourré avant midi soit tentant, je ne me suis pas évadé de la prison du labo pour gâcher mes journées.

« Non. Allez boire dehors. Ou, encore mieux, servez-vous de la bouteille pour brûler les mauvaises herbes devant l'entrée.

— Chef, oui chef ! lance le brun avec une imitation moqueuse d'un salut militaire. C'est toi l'alpha.

— Je suis pas ton alpha », dis-je sans me retourner alors que je vais dans la cuisine. Un petit-déjeuner. De la nourriture. De la normalité. Faire des choses routinières, même si la normalité est une contrée étrangère que je ne visiterai plus jamais.

« T'es le roi des animaux, nan ? Si tu fais partie d'une meute, t'es à sa tête.

— On est pas une meute. » J'ouvre le réfrigérateur et prends la première chose qui me fait envie : une bouteille de lait. Je la porte à ma bouche et bois directement au goulot en ignorant Parker, appuyé contre l'embrasure de la porte.

« Prêt pour le grand combat ? »

Je grogne.

« Un autre grizzly métamorphe. Celui-là vient de Saskatchewan ou d'un autre trou paumé, je sais plus. Je te jure, c'est à croire qu'ils passent leur temps à se castagner dans les montagnes.

— Tant mieux. » Moins de chances que mon lion les tue.

« Les paris sont plutôt équilibrés, continue Parker. Les ours sont les seuls à avoir une chance contre toi. »

Un tupperware rempli d'espèces de brioches maison est posé sur mon comptoir. Je tapote le couvercle. « C'est quoi ?

— Des scones. C'est Laurie qui les a faits. » Dès qu'il l'a dit, je sens la légère odeur du hibou métamorphe mêlée au parfum sucré des viennoiseries. J'ouvre le tupperware et en prends deux.

Je sors mon portable en sentant ma poche vibrer. J'ai un message d'un numéro inconnu.

On vient te voir avec Layne. On a des infos pour toi.

Je réponds : *Je serai à la Fosse.* Et, parce que je ne peux pas m'en empêcher, j'ajoute : *Quelles infos ?*

Kylie a trouvé une femme qui vit seule à Temecula. On est en train de confirmer, mais on pense que c'est Denali.

Denali.

Rouge. Noir.

La porte de la cellule s'ouvre, je me tiens prêt. Les gardes entrent, leurs armes braquées sur moi. Je m'y attendais.

Je ne m'attendais pas à elle. L'odeur de cannelle emplit la pièce. De cannelle... et de désir.

« Nash ? Nash ? »

Le souvenir s'assombrit et s'efface lentement jusqu'à ce que le visage de Parker réapparaisse. Declan et Laurie se tiennent derrière lui à la porte. Ils me dévisagent en silence.

Le monde se teinte de rouge pendant une seconde. Mon lion essaie de prendre le contrôle.

« J'dois y aller. » Je fais deux pas vers la porte puis me ravise. Je reviens dans la cuisine, prends un autre scone et rencontre le regard du grand type. « Merci. Ils sont bons. »

Le hibou métamorphe cligne des yeux derrière ses verres aussi épais que des culs de bouteille.

Je prends la porte sans me retourner.

~.~

La Fosse est quasiment déserte à cette heure-ci, ce qui est une bonne chose. Mon lion est déjà assez à cran en sentant les anciennes effluves de métamorphes. Je le libère et rôde autour du bâtiment. On est au milieu d'une zone industrielle à l'abandon, suffisamment à l'écart pour que personne ne voie un lion rôder autour d'un entrepôt miteux. Personne ne vient ici à part des métamorphes, et les métamorphes qui viennent ici me reconnaîtraient. C'est mon territoire. Mon royaume. Je laisse mon lion détraqué marquer son territoire en me collant contre la barrière métallique qui entoure le parking, puis je reprends forme humaine et entre boire un verre en essayant de ne pas m'attarder sur l'être pitoyable que je suis devenu.

Quelques minutes plus tard, un homme aux cheveux couleur sable ouvre la porte et hume l'air. Depuis le bar, je lève mon verre en signe d'invitation. Il hoche la tête et recule pour laisser entrer sa compagne. Une jeune femme saisissante avec de longs cheveux noirs s'approche, me regarde droit dans les yeux. Je soutiens son regard avec un léger défi. Elle est récemment devenue métamorphe et c'est une dominante. Normalement, mon lion ne tolérerait pas ce genre d'effronteries, mais il ne la considère pas comme une menace dans l'immédiat. C'est une rencontre entre alliés, et il sait qu'il est sur le point d'obtenir ce qu'il veut.

Sam s'assied. Sans un mot, il pose son portable sur le comptoir. La photo d'une femme est affichée sur l'écran. Elle sort d'une maison, son visage à demi caché par la moustiquaire.

Ma poitrine se comprime. *Denali*. La pièce devient floue, rougit.

Sam glisse son doigt sur l'écran pour me montrer le reste. Denali qui descend l'allée, monte dans une voiture. Un short déchiré laisse apparaître ses longues jambes, un T-shirt blanc met en valeur ses bras fins et musclés. « Mon contact a pris ces photos ce matin. Il a confirmé l'adresse de la maison. Elle semble vivre ici. » Sam fait glisser un morceau de papier vers moi, mais je ne peux détacher mon regard de l'image. Sur chaque photo, elle a une expression sérieuse. Pas exactement triste. Distante.

« C'est elle ? demande Layne.

— Oui, dis-je quand je retrouve ma voix. C'est elle. » *Denali. À moi*, rugit mon lion en secouant les barreaux de sa cage. Il veut sortir et se mettre en chasse. Trouver Denali, la revendiquer. *À moi*.

Le rouge trouble ma vue. Je cligne des yeux et tout devient noir.

Je lève la tête quand je me rends compte que je suis silencieux depuis plusieurs minutes. La tension alourdit atmosphère dans la pièce. Les yeux de Layne luisent d'un éclat animal.

« Désolé que ça ait pris si longtemps », dit Sam. Ses bras sont couverts de chair de poule mais sa voix est calme. Ce n'est peut-être pas le métamorphe le plus massif, mais il garde la tête froide sous la pression. Contrairement à nous. « J'étais vraiment sûr qu'on l'avait trouvée la dernière fois. »

Je hoche la tête. « Elle se déplace beaucoup.

— Elle a l'air de s'être installée. Le propriétaire de la maison dit qu'elle a emménagé il y a six mois. Elle n'était encore jamais restée aussi longtemps au même endroit. » Sam pose le doigt sur le papier avec l'adresse. « Mais on ferait mieux de se dépêcher. Avec Layne, on peut...

— Non, dis-je en rangeant le papier dans ma poche. Juste moi. Seul.

— Avec tout le respect que je te dois... » Sam se lève du tabouret en même temps que moi. Il n'essaie pas de me barrer le chemin, mais il s'approche trop près. Le rouge explose derrière mes paupières. Les ténèbres dansent aux coins de ma vision, puis prennent toute la place.

Je reviens à moi une seconde plus tard. Mon poing est serré autour du T-shirt de Sam. Je l'ai plaqué contre le bar. Il a les mains levées en signe de capitulation, mais mon lion s'en fout. Mes canines s'allongent douloureusement, un grondement monte dans ma gorge.

Tout à coup, une vive douleur irradie dans mon dos.

« Je ne ferais pas ça, si j'étais toi », me ronronne une voix douce à l'oreille. Les griffes s'enfoncent un peu plus dans ma peau, dix pointes terribles acérées comme des aiguilles. « Sois un gentil minou et lâche-le. »

Je reprends de force le contrôle sur mon lion, lâche le T-shirt de Sam et grogne quand les griffes pénètrent encore plus profondément.

« Layne », murmure Sam. J'entends un grondement tendre, et la pression quitte abruptement mon dos. Je m'étire en ignorant la douleur sourde qui vibre le long de ma colonne vertébrale et me retourne lentement. De ses yeux félins en amande, la petite femme me regarde bien en face.

« La plupart des gens provoqueraient pas le roi des animaux sur son territoire. »

Elle ne répond pas. Lorsque Sam s'approche d'elle, elle lui prend la main sans me quitter des yeux. *Alors, ne menace pas mon compagnon*, semble-t-elle dire. Mon lion approuve de mauvaise grâce.

« C'est peut-être mieux si tu y vas tout seul », dit Sam en tirant Layne vers la porte.

Dès qu'ils sont partis, je prends mon visage entre mes mains. Mon front est couvert de transpiration à cause de l'effort que maîtriser mon lion me demande. Il est violent, prêt à attaquer amis comme ennemis. Désespéré. Je meurs et il n'existe qu'un seul remède.

Denali.

Le bout de papier dans ma poche touche ma main. Je le froisse et lutte contre la marée de rouge qui menace de submerger ma vue. Ça fait mal, mais je la repousse.

« Alors, chef ? Tu vas aller la chercher ? demande Parker, soudain devant moi.

— Je peux pas. » Je me force à prononcer les mots en ignorant le hurlement de souffrance de mon lion.

« T'es obligé, dit Declan à côté de moi. Ton lion pourra pas tenir plus longtemps.

— Je sais. » Je ferme les yeux. J'étais censé trouver Denali, la rejoindre. M'excuser. M'assurer qu'elle était en sécurité.

C'est trop tard. Mon lion est incontrôlable et j'ai besoin de trouver quelqu'un pour le tuer. Pour me tuer.

« Si quelqu'un était capable de te tuer, tu serais déjà mort, depuis le temps », remarque Parker. Je prends conscience que j'ai parlé tout haut. « Tu te bats tous les soirs et tu gagnes. Contre les plus gros durs parmi les métamorphes, contre ceux qui sont à moitié tarés... contre tous ceux qui osent entrer sur le ring. Parfois même deux à la fois.

— Tu peux pas arrêter de te battre, murmure Declan. Je m'en plains pas. Les affaires sont bonnes. Ta cote grimpe en flèche. Les flics ont arrêté de fouiner et le club de Tucson t'a rendu encore plus célèbre. » Il fait tourner le liquide dans son verre. « La Fosse. L'antre du roi des animaux. »

Je pousse un grondement. Je suis tenté de partir, de rouler jusqu'à chez Denali et de tout lui expliquer. Une fois le choc initial passé, elle me pardonnerait peut-être.

Mais je ne peux pas. Entre mes cauchemars et la folie de mon lion, j'ai construit une cage bien plus solide que celles de DataX.

~.~

Plus tard dans la soirée, je me dirige vers le ring. La foule applaudit, mais je n'entends que des hurlements. Combien de gens ai-je tué quand j'étais soldat ? Ils sont là, des visages fantomatiques aux expressions malveillantes, prêts à m'entraîner vers la mort.

Ma vue devient rouge, puis noire.

Je suis soudain dans le ring et Parker signale le début du match. Quand l'ours se tourne, son profil me rappelle l'un des gardes de DataX. Un connard sadique qui aimait attacher les métamorphes faibles et les électrocuter jusqu'à ce que de la fumée s'échappe de leurs corps. *Des petits casse-croûtes*, les appelait-il.

Rouge. Noir. L'ours s'écroule, son visage un masque sanglant. Les videurs entrent et le traînent hors du ring. Un autre combattant prend sa place. Jeune. Sûr de lui. Comme les prisonniers lorsqu'ils arrivaient en croyant participer à une expérience. Pour créer une race de maîtres.

« On trouvera ce qu'il y a de mieux pour toi, Nash », avait dit le médecin. Des cheveux blonds comme ceux de Sam. Je ne me souviens pas de son nom. « Tu enfanteras la race des Maîtres. »

Rouge, noir. Un autre combattant dans le ring. Deux, cette fois. Ils fondent sur moi ensemble et leurs poings s'abattent. La douleur me lave.

Je suis attaché sur la chaise, des hématomes sur mes flancs. Ma bouche est sèche, mon corps fume. « Plus si costaud, hein ? » demande le garde. Il lève le bâton.

Je rugis et deux visages surpris deviennent flous en face de moi. Je tends le bras à travers la brume rouge, les attrape tous les deux par la peau du cou et entrechoque leurs crânes. D'une pierre deux coups.

La foule pousse des cris. Un sifflement résonne dans ma tête. Declan est devant moi, il me propose de l'eau.

« Combien ?

— Encore un. » Il a l'air inquiet. « Mais c'est pas nécessaire. On peut...

— Non. » Je me remets laborieusement debout alors qu'un métamorphe à l'air mauvais entre à pas lourds sur le ring. Mon lion ne sera pas privé de sa proie.

« On doit arrêter ça », dit Declan à Parker. Ce dernier acquiesce. « Je l'ai jamais vu comme ça. »

Parker se tourne et lève son mégaphone. « C'est tout pour ce soir, les amis... »

Les spectateurs huent. Ils veulent du sang. Je vais leur en donner.

J'approche du centre du ring, les cris de la foule ruissellent sur ma peau contusionnée. « Nash ! Nash ! scandent-ils. Le Roi des animaux ! »

Mon adversaire se retourne avec un sourire cruel. Je lui rends son rictus et libère mon lion.

Rouge. Noir. Noir. Noir.

« Nash, arrête, arrête ! » Une tête grise apparaît devant moi. Parker hurle, sa bouche grand ouverte, ses yeux affolés. « Tu as gagné. Il est à terre. Arrête avant de le tuer. » L'odeur de sang alourdit l'air. Mon lion approuve.

« T'as gagné », répète Parker. J'essaie de faire un pas et chancelle sous le poids de plusieurs videurs. Pris de panique, je me cabre pour les repousser. Inutile. Les gardes de la prison ont des matraques électriques.

« Lâchez-le ! » crie Parker. Les hommes s'exécutent en faisant un bond en arrière, mais je m'élance toutes griffes dehors. Je suis aveuglé par le sang qui coule dans mes yeux. J'atteins le grillage. Il n'est pas électrifié. Quelqu'un a dû couper le courant. J'ai une chance.

« Nash... » Declan est de l'autre côté du grillage.

Je lève les mains, à présent terminées par des griffes noires, et donne un coup de patte dans le métal.

Mes griffes s'arrachent, je rugis mais n'arrête pas avant d'avoir créé un trou assez grand pour laisser passer un lion.

Puis je cours. Mon lion est libre, les gens s'écartent en criant de mon chemin. Le rouge attaque mes yeux, le noir est tapi sur les bords, menaçant. Encore une pointe finale de vitesse et je suis dehors. Je tombe à quatre pattes et laisse les ténèbres m'engloutir.

~.~

Je me réveille dans la voiture, ma bouche est pleine de sang. Le goût puissant me fait tousser et je crache presque sur le papier froissé sur le tableau de bord. L'adresse de Denali. Le lion l'a trouvée et posée là.

« D'accord, d'accord. »

Chaque centimètre de mon corps hurle. Mes mains sont enflées, ensanglantées. Je régénère de plus en plus lentement ces derniers mois. Ça ne peut vouloir dire qu'une chose : je suis en train de mourir. Ce n'est qu'une question de temps. Et de savoir combien de personnes j'emporterai avec moi.

Je ne peux pas mettre Denali en danger. Mais la prochaine fois que je perdrai connaissance, mon lion risque de me mener devant sa porte. Impossible de savoir ce dont il est capable.

En revanche, il a été très clair : si je le laisse mourir, il entraînera tous ceux qu'il peut avec lui dans la tombe.

Je passe la première et commence à rouler, sans savoir si l'homme condamné que je suis se dirige vers l'échafaud ou vers un remède.

~.~

L'adresse correspond à une maisonnette à Temecula. Je me gare devant et reste un instant immobile. Mes mains tremblent. D'excitation ? Ou est-ce le stade final de la folie ?

Venir ici était une erreur. Je le sais dès que je monte sur le petit porche et que son odeur pénètre dans mes narines. Les ténèbres viennent border ma vue, m'entraînent dans leurs profondeurs.

~.~

Les gardes la tiennent en joue avec leurs armes. Mon lion approche de la surface, furieux. Ça fait trop longtemps qu'il n'a pas tué. Mais quand la femme trébuche en avant, je la rattrape et mes bras se referment autour de son dos. Elle est grande, sa tête arrive juste sous mon menton, ses cheveux soyeux sont comme un nuage devant mon visage. Je sens à nouveau une odeur de cannelle dans mon nez, puis sur ma langue.

« Une autre pour toi, Nash. » La voix du garde est sèche, moqueuse. Ils voient ce que je fais aux femmes qu'ils m'apportent. Des caméras sont placées dans les coins de la pièce. Ils regardent.

Mes mains se crispent sur le corps de la femme, elle tourne la tête et cache son visage contre mon torse.

« Tu sais quoi faire. Au boulot, sinon... » La menace flotte dans l'air.

La porte grince et ils sont sortis de la pièce.

Je ne veux pas bouger. Je pourrais l'étreindre toute la nuit et ne jamais avoir envie de plus. Mais le désir est également présent, il bouillonne, le premier soupçon de chaleur après un long hiver.

« Salut », dit-elle. Timide, mais pas mal à l'aise. Je sens sa colère monter, égaler la mienne. Sa frustration. Elle refuse de se laisser intimider. Courageuse. Nue et sans défense, mais pas effrayée.

Après avoir empli mes poumons de son délicieux parfum, je lève son visage vers le mien. « Comment tu t'appelles ? »

~.~

« Denali », dis-je en un murmure. En moi, mon lion attend patiemment, en chasse. Je suis l'odeur de cannelle qui flotte dans l'air jusqu'à la porte-moustiquaire.

Et je la vois. De longues jambes élancées, une peau mate parfaite. Elle est pieds nus devant le comptoir de la cuisine, son poids déporté sur une jambe, son cul bombé moulé dans un short déchiré. Son cou élégant est penché sur ce qu'elle est en train de faire.

Incapable de m'en empêcher, je pousse la porte et entre en silence. Je suis de retour dans la jungle, un soldat, un prédateur traquant sa proie.

Elle tourne légèrement la tête.

Son nom est sur mes lèvres lorsqu'elle se retourne. Un éclat ambré brille dans ses yeux.

« Nash ? » Sa voix est étranglée.

Je m'approche d'elle. Elle rejette la tête en arrière, sa poitrine se soulève rapidement.

« Tout va bien, Denali, dis-je en levant les mains. Je ne te ferai pas de mal. »

Son corps est parcouru d'un tremblement. Une, deux fois, et une senteur épicée s'élève entre nous.

À moi, gronde mon lion. *Ma compagne.*

« Denali, je... » Ma voix se brise, mais c'est trop tard. Elle tourne les talons et court jusqu'à la porte à l'arrière de la maison.

—

Nash

J'ai survécu à des attentats-suicides en zones de guerre. Aux labos des prisons de métamorphes. Aux pires tortures imaginables.

J'ai tout supporté. Rien ne m'a brisé jusqu'à ce qu'ils enferment une belle lionne dans ma cage. Nous avons partagé une nuit ensemble avant que nos geôliers nous séparent de force.

Mais je suis maintenant libre et mon lion est devenu fou. Il va me détruire de l'intérieur si je ne retrouve pas ma compagne.

Je ne sais pas qui elle est. Je ne sais pas où elle habite. Mais je mourrai si je ne la retrouve pas. Je dois la revendiquer.

Je viens te chercher, Denali.

Denali

Ils m'ont enlevée, ils ont écrasé ma fierté, ils m'ont enfermée dans une cage et m'ont forcée à m'accoupler. Ils m'ont tout pris, pourtant j'ai survécu.

Mais une nuit avec un lion métamorphe m'a détruite. Nash m'a volé la seule chose que mes ravisseurs ne pouvaient pas toucher... mon cœur.

Depuis que j'ai réussi à m'échapper, je vis dans la peur que Nash et les autres me retrouvent. C'est en train de tuer ma lionne, mais je dois me cacher. Je dois protéger ce qui m'est le plus cher : notre bébé.

LIVRE GRATUIT DE RENEE ROSE

Abonnez-vous à la newsletter de Renee

Abonnez-vous à la newsletter de Renee pour recevoir livre gratuit, des scènes bonus gratuites et pour être averti·e de ses nouvelles parutions !

À PROPOS DE RENEE ROSE

RENEE ROSE, AUTEURE DE BEST-SELLERS D'APRÈS USA TODAY, adore les héros alpha dominants qui ne mâchent pas leurs mots ! Elle a vendu plus d'un million d'exemplaires de romans d'amour torrides, plus ou moins coquins (surtout plus). Ses livres ont figuré dans les catégories « Happily Ever After » et « Popsugar » de USA Today. Nommée *Meilleur nouvel auteur érotique* par Eroticon USA en 2013, elle a aussi remporté le prix d'*Auteur favori de science-fiction et d'anthologie* de Spunky and Sassy, et celui de *Meilleur roman historique* de The Romance Reviews. Elle a fait partie de la liste des meilleures ventes de USA Today sept fois avec plusieurs anthologies.

Abonnez-vous à la newsletter de Renee pour recevoir des scènes bonus gratuites et pour être averti·e de ses nouvelles parutions!

https://www.subscribepage.com/reneerosefr

À PROPOS DE LEE SAVINO

Lee Savino, auteure figurant sur la liste des bestsellers de USA Today, écrit des romans d'amour « brixy », c'est-à-dire « brillants et sexy ». Vous pouvez la trouver en train de rôder sur sa page d'auteure là : https://www.facebook.com/Lee-Savino-Auteur-110048237376905/